Shana Norris
Der Schluss-mach-Pakt

cbj

DIE AUTORIN

Shana Norris hat schon immer Bücher geliebt und bereits als Kind davon geträumt, selbst welche zu schreiben. Heute ist sie tagsüber Webdesignerin und in der Mittagspause und am Abend Autorin. Sie schreibt sowohl realistische als auch fantastische Jugendbücher. Mit ihrem Mann, zwei Hunden und fünf Katzen lebt sie in North Carolina.

Shana Norris

Der Schluss-mach-Pakt

Aus dem Englischen
von Bettina Spangler

cbj

cbj
ist der Kinder- und Jugendbuchverlag
in der Verlagsgruppe Random House

MIX
Papier aus verantwortungsvollen Quellen
FSC® C014496

Verlagsgruppe Random House FSC-DEU-0100
Das für dieses Buch verwendete
FSC®-zertifizierte Papier *München Super Extra*
liefert Arctic Paper Mochenwangen GmbH.

1. Auflage
Deutsche Erstausgabe Januar 2013
Gesetzt nach den Regeln der Rechtschreibreform

Die Originalausgabe erschien 2011 unter dem Titel
»The Boyfriend Thief«

Übersetzung: Bettina Spangler
Umschlagbild: © 2011 by iStockphoto/Morton
Photographic
Umschlaggestaltung: init. Büro für Gestaltung,
Bielefeld
kg · Herstellung: CZ
Satz: KompetenzCenter, Mönchengladbach
Druck und Bindung: GGP Media GmbH, Pößneck
ISBN: 978-3-570-40160-6
Printed in Germany

www.cbj-verlag.de

Eins

Wenn ich eines hasste auf dieser Welt, dann waren es die Tage, an denen ich den Riesen-Hotdog spielen musste. Die späte Aprilsonne brutzelte erbarmungslos auf mich herab und von den sengend heißen Gehsteigen stieg Hitze auf, während ich in einem riesengroßen Hotdog-Kostüm – ausgestattet mit zwei Zickzackspuren aus Senf und Ketchup auf meinem Bauch und eingepackt in ein dickes fettes Brötchen – draußen vor dem Diggity Dog House stand.

Das Kostüm roch verdächtig nach pilzbefallenen Schweißfüßen, was die gegenwärtige Hitzewelle, die sich über Willowbrook breitgemacht hatte, nur noch verschlimmerte. Ich versuchte, im Inneren des Hotdogs überwiegend durch den Mund zu atmen, um meine Nase vor diesen abartigen Dämpfen zu schützen. Es war so gut wie unmöglich, irgendwas durch das kleine Guckloch mit dem Maschennetz vor meinem Gesicht zu erkennen. Das einzig Gute an der Sache war, dass auch niemand sehen konnte, wer in dem Kostüm steckte, sodass die Cheerleader aus dem zweiten Jahrgang, die ich entfernt von der Schule kannte, wenigstens nicht wussten, wen sie da auslachten. Ich gab mein Bestes, ihnen mit meiner wurstigen weißen Hand, die in einem klobigen Handschuh steckte, zuzuwinken, während sie an mir vorbei in den Laden gingen, wodurch sie nur noch lauter kicherten.

Ich hasste die Tage, an denen ich der Riesen-Hotdog war, ich hasste sie *wirklich*.

»Sieh mal, Bailey«, sagte im nächsten Moment eine Frau, die einen dem Aussehen nach drei Jahre alten Jungen an der Hand hielt. Sie deutete mit dem Finger auf mich und grinste zu ihm hinab. »Das ist Bob, der Hotdog!«

Die Kinder von Willowbrook liebten den Riesen-Hotdog. Wenn man dazu verdammt war, fernab von Disney World, einem Freizeitpark oder irgendeinem anderen Ort zu leben, an dem süße, knuffige Maskottchen rumlaufen, dann musste ein Riesen-Hotdog eben genügen, um dieses Defizit zu kompensieren.

»Hotdog!«, schrie der Kleine und schenkte mir ein sabbriges Grinsen.

Ich tätschelte ihm den Kopf und wandte mich dann ab, um weiter meinen Maskottchen-Pflichten nachzugehen.

Doch der kleine Junge war noch lange nicht fertig mit mir. »Tanzen!«

Ich hob also die Arme und zappelte ein wenig rum, in der Hoffnung, das möge ihn zufriedenstellen. Dann versuchte ich es noch mit einer telepathischen Botschaft an seine Mom. *Sie kommen gleich um vor Appetit auf einen Diggity Dog Loaded Special,* vermittelte ich ihr im Stillen. *Gehen Sie schon rein in den Laden und lassen Sie mich bitte allein in meinem Elend.*

Doch offensichtlich gehörte die Telepathie nicht unbedingt zu meinen Stärken. Die Mutter und der kleine Junge blieben unbeirrt direkt vor mir auf dem Bürgersteig stehen.

»Tanzen! Tanzen! Tanzen!«, forderte der Junge und stampfte trotzig mit den Füßen auf.

Für einen Dreikäsehoch wie ihn konnte er aber echt einen ganz schönen Radau veranstalten, Mannomann. Wenn der so weitermachte, würde unser Manager Mr Throckmorton gewiss nach draußen kommen und nachsehen, was hier los war, und dann würde er sich meinen Namen notieren, weil ich nicht den Shuffle getanzt hatte. Schon wieder. Ich befand mich eh schon auf dünnem Eis, weil ich mir diesen Monat bereits zwei Fehltritte geleistet hatte. Einmal hatte ich meiner besten Freundin Molly fünf Minuten nach zehn heimlich einen Milchshake organisiert, und das andere Mal hatte ich meine Hotdog-Mütze zu Hause vergessen, obwohl ich eigentlich die Kasse hätte übernehmen sollen.

Hier im Diggity Dog House gab es im Grunde nur drei unumstößliche Regeln:

Erstens: Der Laden schloss exakt um zehn. Nicht eine Minute nach zehn. Sondern Punkt zehn Uhr.

Zweitens: Jeder Angestellte, der hinter dem Tresen stand, musste den Hut mit dem großen Plastik-Hotdog vorne über der Stirn tragen, und zwar zu jeder Zeit, während der gesamten Schicht.

Drittens: Wann immer er darum gebeten wurde, musste Bob, der Hotdog, den Hot-Diggity-Shuffle tanzen.

»Okay, okay«, knurrte ich. Der Shuffle war so ein dämlicher Tanz, den Mr Throckmorton erfunden hatte. Der bestand aus ein paar Stepptanzschritten – Schritt, Schritt, Shuffle, Schritt, Shuffle, und dann das Ganze von vorn –, während man die Arme von einer Seite zur anderen schwingen ließ. Und beim großen Finale musste man dann herumspringen und mit dem Brötchenhintern in Richtung Publikum wackeln.

So was von oberpeinlich.

Doch der kleine Junge stand total darauf. Er grinste breit und klatschte mit den kleinen Patschehändchen.

Gerade als ich herumsprang und mit dem Hintern wackeln wollte – vom gellenden Gelächter des Kleinen begleitet –, rief eine Stimme: »Pass auf! Da kommt ein herrenloser Einkaufswagen angefahren!«

Wenn man in einem Brötchen aus Schaumstoff gefangen war, konnte man schnelle Bewegungen so gut wie vergessen. Ich konnte gerade noch erkennen, wie irgendwas Verschwommenes auf mich zukam, ehe es gegen meine Hüfte krachte und mich rückwärts durch die Luft segeln ließ. Ich landete, flach auf dem Rücken, mitten auf dem Gehweg.

Von alleine wieder aufstehen war in einem riesigen Schaumstoff-Hotdog ebenfalls unmöglich. Ich ruderte also mit Armen und Beinen und versuchte möglichst viel Schwung zu bekommen, um mich auf die Seite zu drehen.

So ungefähr musste es sich anfühlen, wenn man eine Schildkröte war.

Jemand packte mich am Arm und zog mich in eine sitzende Position. »Alles in Ordnung?«, fragte eine Stimme, die mir entfernt bekannt vorkam.

Ich machte den Mund auf, um zu erwidern, dass es mir gutging – ein Schaumstoff-Hotdog eignete sich überraschend gut als Polster bei einem Sturz –, doch dann ließ mich eine andere Stimme, die mir noch vertrauter war, innehalten.

»Ich hab dir doch gesagt, du sollst den Einkaufswagen in Ruhe lassen«, blaffte Hannah Cohen.

Ihr Freund, Zac Greeley, kniete vor mir auf dem Boden und hielt meine wulstige, behandschuhte Hand in der seinen, während er sich abmühte, mir auf die Beine zu helfen. Neben uns lag ein umgestürzter rostiger Einkaufswagen, dessen eines Rad sich immer noch drehte.

Zac und ich kannten uns nur flüchtig von der Schule. Ich wüsste echt nicht, was er und Hannah gemeinsam haben könnten. Während man durch Zacs knittrige Klamotten und die stets abstehenden Haare am Hinterkopf mit ziemlicher Sicherheit davon ausgehen konnte, dass er morgens einfach aus dem Bett rollte und offensichtlich das Erstbeste anzog, was er in die Finger bekam, sah Hannah immer total ordentlich und gestylt aus. Sie war Vorsitzende des Junior-Schülerrats (ich war Vizevorsitzende), Vizevorsitzende der Mathe-AG (von der war ich wiederum Vorsitzende), und zugleich war sie diejenige, die momentan genau denselben Notendurchschnitt hatte wie ich, was uns beide zur Klassenbesten machte. Mit anderen Worten: Hannah war meine erklärte Erzrivalin.

Außerdem war sie vor langer, langer Zeit mal meine beste Freundin gewesen.

Die beiden wussten nicht, dass ich da in diesem Riesen-Hotdog steckte. Zum Glück hatte das Kostüm neben Schaumstoffarmen und Handschuhen auch Schaumstoffbeine und Schaumstofffüße, daher war ich komplett verhüllt, sodass sie nicht sehen konnten, wie mir angesichts dieses Fiaskos die Schamesröte ins Gesicht stieg.

»'Tschuldigung, tut mir voll leid!« Zac zerrte mich auf die Füße, ergriff meine Arme, als ich leicht ins Wanken geriet, während ich versuchte, das Gleichgewicht zu finden. »Das nächste Mal werde ich erst mal rausfinden, wie man so einen Einkaufswagen lenkt, bevor ich mit dem Ding den abschüssigen Gehsteig entlangdüse.«

Er grinste und sah dabei aus wie ein verschmitzter kleiner Junge. Soweit ich Zac kannte oder von dem, was man sich über ihn erzählte, war das mit der rasanten Fahrt auf dem Einkaufswagen nur eine von vielen Dummheiten, die er so anstellte. Ich war mir immer noch nicht sicher, ob ich das Gerücht glauben sollte, er habe am irischen Nationalfeiertag, dem St. Patricks Day, in der Cafeteria einen Jig hingelegt, und zwar mit nichts am Leib außer einer grünen Boxershort.

Also bitte: Was hatten er und Hannah gemeinsam?

Ich wollte auf gar keinen Fall was sagen, sonst würde

Hannah meine Stimme erkennen, deshalb hielt ich Zac nur den hochgereckten Daumen hin. Oder zumindest versuchte ich es, so gut es mit dem riesigen Handschuh an meiner Hand ging.

Hannah wartete an der Tür, die Arme vor der Brust verschränkt. »Können wir dir jetzt endlich diesen Hotdog besorgen, vielleicht bevor das Wochenende vorbei ist?«

Damals, als Hannah und ich noch Freundinnen waren, war sie immer albern und total witzig gewesen. Doch jetzt, je mehr wir uns dem Abschlussjahr näherten, war sie nur noch total gestresst, eine verbissene Streberin, die entschlossen war, mich notentechnisch auf den zweiten Platz zu verbannen.

Mir war klar, dass viele Leute vermutlich dasselbe von mir dachten. Aber bei mir war das etwas anderes. An einem Tag hatte ich noch eine Mom gehabt. Und am nächsten Tag war sie plötzlich weg gewesen. Das Verschwinden meiner Mutter, als ich gerade mal zwölf war, hatte alles verändert. Und von diesem Zeitpunkt an war mir alles egal gewesen, was mich nicht näher an mein Ziel brachte. Ich musste erfolgreich sein, um die Lage für meinen Dad, meinen Bruder und mich ein bisschen zu verbessern.

Hannah aber hatte keine richtige Entschuldigung, abgesehen von der Tatsache, dass sie eine Lügnerin war, die heimlich hinter dem Rücken ihrer besten Freundin Dinge erzählte und diese angeblich beste Freundin dann im Stich ließ, wenn alles nicht ganz so lief, wie sie sich das vorgestellt hatte.

Zum Glück konnte sie die Grimasse nicht sehen, die ich unter der Maske zog, während die beiden in den Laden gingen.

Zwei Stunden später hatte ich eine kurze Pause von meinen Maskottchen-Pflichten und saß in der hintersten Ecke der Küche. Der Hotdog-Körper lag in einem zusammengeknüllten Haufen auf dem Boden und ich konnte Elliott Reiser und Tara Watkins beim Arbeiten zusehen. Sie hatten heute Hotdog-Dienst – das hieß, sie bereiteten sie zu, statt sie wie ich zu tragen – und sie standen schrecklich dicht nebeneinander am Küchentresen. Seit Elliott vor drei Wochen angefangen hatte, im Diggity Dog House zu arbeiten, waren er und Tara sich von Mal zu Mal näher gekommen.

Ich verachtete Elliott Reiser, voll und ganz, doch zwischen ihm und meiner besten Freundin Molly Pinski *ging* was. Sie waren zwar nicht zusammen, aber es lief eindeutig darauf hinaus.

Molly war sofort hin und weg gewesen von Elliott, als sie im Elektroladen beide gleichzeitig nach demselben Computerspiel gegriffen hatten. Klar hatte Elliott seinen Charme spielen lassen und damit bei einem unschuldigen Mädchen wie Molly auch noch Erfolg gehabt, weil ich gerade nicht da gewesen war, um ihr die Augen für die Realität zu öffnen.

Und die Realität sah so aus, dass Elliott ein Vollpfosten war. Ganz schlicht und ergreifend ein Idiot. Vielleicht war er ja mal ein ganz anständiger Kerl gewesen, aber inzwischen musste er immer irgendeinen bescheuerten Kommentar ablassen, und dabei hielt er sich auch noch für witzig. Wer weiß, was wohl zwischen ihm und Tara ablief, wenn keiner in der Nähe war. Ich hatte versucht, Molly das klarzumachen, doch sie meinte immer nur, Elliott sei eben ein gesprächiger und freundlicher Mensch und es mache ihr nichts aus, wenn er sich mit anderen Mädchen unterhielte.

Es war zwar nicht so, dass ich tatsächlich gesehen hatte, wie Elliott etwas anderes mit Tara machte, als mit ihr zu reden, und daran erinnerte mich Molly auch immer wieder. Aber sie unterhielten sich schon *extrem viel*. Mehr als er sich mit irgendjemand sonst unterhielt. Und so viel ich bislang von den Heimlichtuereien an der Willowbrook High mitgekriegt hatte, konnten Mädchen und Jungs nicht einfach »nur befreundet« sein. Hinter den Kulissen lief dann immer noch mehr.

Ich räusperte mich ein wenig lauter als gewöhnlich, sodass Elliott und Tara sich zu mir umsahen.

»Na, wenn das mal nicht Avery James ist, unser hauseigenes Maskottchen, der Hotdog«, sagte Elliott mit dem für ihn typischen dämlichen Grinsen im Gesicht. »Alles klar bei dir?«

»Alles klar«, sagte ich. »Und bei euch?« Ich sah ihn mit einem bohrenden Blick an, dann schaute ich zu Tara, und dann wieder zu ihm.

»Super.« Elliotts Grinsen wurde noch breiter, dann machte er sich wieder an das Zubereiten der Hotdogs.

Die Tür zum Büro des Diggity Dog House ging auf und Mr Throckmorton kam raus. Wie immer sah er total zerzaust und unordentlich aus. Er kam jeden Tag um kurz vor zwölf im Imbiss an und machte einen hübsch ordentlichen Eindruck. Aber binnen weniger Stunden stand ihm das Haar wild vom Kopf ab und seine Klamotten waren total zerknittert und voller Flecken. Scheinbar war es unglaublich stressig, ein Hotdog-Imbiss zu managen.

»James!«, blaffte er, als er mich entdeckte. »Bezahle ich Sie etwa fürs Rumsitzen?«

»Ich hab Pause«, entgegnete ich.

»Das ist keine Entschuldigung. Begeben Sie sich wieder nach draußen, sobald Ihre Pause vorbei ist.«

Ich salutierte. »Ja, Sir!«

»Und werden Sie bloß nicht frech«, sagte Mr Throckmorton noch, ehe er auf die Tür zumarschierte, die zum Verkaufsraum führte.

Egal was ich zu Mr Throckmorton sagte, er war immer der Ansicht, ich würde mich »frech« ihm gegenüber verhalten. Langsam glaubte ich schon, er hatte generell was gegen sechzehnjährige Mädchen mit rotem Haar. Oder vielleicht auch nur gegen sechzehnjährige Mädchen mit rotem Haar, die murrten, weil sie ein Hotdog-Kostüm tragen und den Shuffle tanzen sollten.

»Du schwingst deinen Hintern besser wieder da raus, Avery«, sagte Elliott. »Dein Freund wartet auf dich.« Er nickte in Richtung des zerknautschten Kostüms auf dem Boden.

Tara fand seinen Witz offensichtlich zum Schreien komisch.

Denk an das Geld, rief ich mir selbst in Erinnerung. Eintausendundvierundsechzig Dollar und dreizehn Cent und ich musste nur noch sechs Wochen überstehen.

Wenn das Geld nicht gewesen wäre, hätte ich diesen Job und Elliott nie in Kauf genommen. Doch leider war das Diggity Dog House nun mal nicht nur der peinlichste Laden in der ganzen Stadt, sondern auch noch der, in dem man für die Arbeit am besten bezahlt wurde. Mr Throckmorton *musste* uns aber einfach auch mehr bezahlen als die anderen Restaurants, sonst hätte er gar keine Angestellten gefunden, die sich jeden Tag freiwillig zum Idioten machten.

Also setzte ich mich aufs Neue der öffentlichen Blamage aus. Die folgenden paar Stunden zogen sich hin wie Kaugummi, und als die Sonne erst einmal untergegangen war, ging ich nach drinnen, um durchs Restaurant zu ziehen und die Leute zu begrüßen, während sie aßen. Mal ehrlich, ich persönlich wäre ja schon ein wenig genervt, wenn ein fast eins achtzig großes Wienerwürstchen mich beim Essen stören würde, doch die Kunden im Diggity Dog House liebten Bob. Sie grinsten alle breit und winkten mich sogar an ihre Tische. Eine kleine alte Frau, die mir kaum bis zur Schulter ging, ließ sich von ihrem Ehemann mit mir zusammen fotografieren.

Schließlich war es endlich zehn Uhr und der letzte Kunde war von Mr Throckmorton regelrecht rausgeekelt worden. Er war streng, was die Öffnungszeiten betraf, da er gern spätestens um elf daheim sein und im Pyjama vor dem Fernseher sitzen wollte, um sich Wiederholungen von alten Fernsehserien reinzuziehen.

Der Schaumstoff-Hotdog schälte sich von meiner schweißüberströmten Haut, als ich das Kostüm ablegte. Jede Woche versuchte ich es mit einem neuen Deo, um herauszufinden, ob es wohl irgendeins gab, das stark genug war, um es mit Bobs Innerem aufzunehmen, doch bislang hatte ich kein Glück gehabt. Am Ende der Schicht roch ich immer total übel. Das Ganze war so was wie ein wissenschaftliches Experiment: Welche Deomarke konnte es mit dem fiesen Riesen-Hotdog aufnehmen? Normalerweise liebte ich ja wissenschaftliche Experimente, doch dieses war mir dann doch ein bisschen zu heftig.

Das Geld, erinnerte ich mich wieder, während ich mir mit einem Packen Servietten über die Stirn wischte. Ich *brauchte* das Geld.

Ich ging in Richtung Küche und stieß die Tür mit der Hüfte auf, da ich die Arme voll zerknautschtem Schaumstoff hatte. Elliott und Tara waren allein in der Küche und sprangen voneinander zurück, als ich eintrat. Tara machte sich sofort daran, den Ofen sauber zu machen, während Elliott mich schief angrinste.

»Na, nimmst du deinen kleinen Freund heute Nacht mit nach Hause?«, fragte er mich.

Ich kniff die Augen zusammen, während ich den Blick zwischen den beiden hin und her wandern ließ. Elliott tat so, als wäre er absolut unschuldig, doch auf Taras Wangen entdeckte ich eine leichte Röte. Wobei genau hatte ich die beiden da eben wohl überrascht?

Molly hatte meine Theorie, Beziehungen seien die reine

Zeitverschwendung, nie geteilt. Sie hatte zugelassen, dass ihre Hormone ihr den Verstand raubten. Ihr war noch nicht mal klar, wie dringend sie mich brauchte, damit ich auf sie aufpasste.

»Also«, sagte ich, während ich Bob in den Schrank räumte, in dem wir ihn lagerten, »ihr zwei scheint euch aber inzwischen richtig gut zu verstehen, was?«

»Ich bin ja auch ein richtig netter Typ«, meinte Elliott.

Aber klar doch. »Ich werde Molly auf jeden Fall sagen, *wie* nett du bist. Erinnerst du dich an Molly? Das Mädchen, dem du jeden Tag sabbernd hinterherläufst?«

Meine Worte erzielten allerdings nicht den Effekt, den ich mir erhofft hatte. Elliott grinste mich an und schnappte sich den Besen, um den Boden zu fegen.

Okay, vielleicht gab es doch eine Sache, die ich noch mehr hasste als die Riesen-Hotdog-Tage: Elliott Reiser nämlich. Seit jenem Sommer nach der siebten Klasse hasste ich ihn fast ebenso sehr wie meine Mutter. Aber ich konnte Molly schlecht was von diesem Vorfall erzählen, es sei denn, ich wollte, dass sie mich fallen ließ wie einen verschrumpelten alten Hotdog von letzter Woche.

Irgendwie musste ich dafür sorgen, dass sie endlich wieder klar sah und diesen armseligen Arsch loswurde.

»Alle fertig zum Abmarsch?«, fragte Mr Throckmorton, als er in die Küche kam. Er sah auf die Uhr und klatschte in die Hände. »Los, los, wir müssen gehen!«

Ich folgte Mr Throckmorton in sein Büro und überlegte krampfhaft, wie ich ihn am besten um eine Gehaltserhöhung bitten sollte. Als er sich jetzt umdrehte, erschrak er fast ein wenig.

»James, was habe ich Ihnen über das von hinten an mich ranschleichen gesagt?«

»Tut mir leid, Mr Throckmorton«, sagte ich und rang betreten mit den Händen. Ich ließ den Blick durch sein Büro huschen. Stapelweise Kisten und Papier türmten sich überall gefährlich auf, und dazwischen sah man ein paar Schilder, alte Take-away-Tüten sowie alte Hemden mit Schweißflecken drauf, die in einer Ecke herumlagen. Es juckte mich in den Fingern, ein paar Stunden hier drinnen zu verbringen und alles in Ordnung zu bringen, doch Mr Throckmorton würde wohl einen hysterischen Anfall kriegen, wenn ich auch nur eine einzige Büroklammer verrückte.

Ich vergrub die Hände tief in den Taschen, damit sie nicht doch noch nach den alten Steuerunterlagen griffen, die da herumlagen. »Ich wollte mit Ihnen über eine eventuelle Gehaltserhöhung sprechen …«

Mr Throckmorton hielt eine Hand hoch. »Sprechen Sie nicht weiter. Sie wissen genau, dass ich Ihnen nicht mehr Geld geben kann. Ihr jährliches Mitarbeitergespräch findet erst im Juli statt.«

Doch Juli wäre zu spät für mich. Ich hatte nicht vor, noch einen weiteren Sommer im Diggity Dog House zu verbringen.

»Ich weiß, aber ich dachte, ich könnte vielleicht schon im Voraus eine Erhöhung bekommen?«, erwiderte ich, und ich gab mir alle Mühe, so lieb und nett wie möglich zu klingen.

»So funktioniert das nicht.« Mr Throckmorton wühlte in einem Haufen Unterlagen auf dem Schreibtisch herum. Kurz betrachtete er ein Blatt, dann warf er es in Richtung eines Stapels zu seiner Linken. Das Blatt flatterte durch die Luft und segelte dann zu Boden. »Das wäre nicht fair den anderen Angestellten gegenüber.«

Ich zwang mich, nicht auf das unsägliche Ordnungssystem meines Chefs zu achten, und brachte die Stimme in meinem Kopf zum Verstummen, die rief: *Aktenschrank! Um Ihrer Liebe zu Rautensocken willen, bitte benutzen Sie den Aktenschrank.*

»Könnte ich dann vielleicht noch ein paar Stunden mehr arbeiten in der Woche? Ich mache wirklich alles.«

Er schüttelte den Kopf. »Tut mir leid, James. Ich lasse Sie eh schon so viele Stunden arbeiten, wie es das Gesetz zulässt. Ich kann Ihnen leider nicht helfen.«

Ich unterdrückte ein frustriertes Seufzen und zwang mir ein Lächeln ins Gesicht. »Danke trotzdem, Mr Throckmorton«, sagte ich und verließ das Büro.

Als ich zwanzig Minuten später bei uns in die Einfahrt bog und meinen Wagen abstellte, sah ich durch ein einzelnes Fenster noch Licht nach draußen dringen. Die Küche, genau da, wo ich die beiden erwartet hatte. Dad und mein jüngerer Bruder Ian aßen immer noch heimlich eine Kleinigkeit spätabends, wenn ich mal nicht zu Hause war. Normalerweise war das irgendwas Fettiges und extrem dick Machendes.

Als ich in die Küche kam, versuchten mein Dad und Ian,

die Überreste von Fritten mit Chili und Käse schnell in den Müll zu beförderten.

»Hi, Süße«, begrüßte mein Dad mich mit übertrieben begeisterter Stimme. »Hattest du einen schönen Tag in der Arbeit?«

»Klar«, erwiderte ich und sah die beiden mit hochgezogener Braue an. »Und, hattet ihr viel Spaß beim Verstopfen eurer Arterien?«

Dad klappte die Kinnlade runter, und er versuchte, einen empörten Blick aufzusetzen. »Ich habe keinen Schimmer, wovon du …«

Da ließ Ian einen lauten, donnernden Rülpser los. »Verzeihung.«

»Wie nett«, meinte ich, während ich mich an den zerkratzten Holztisch setzte. »Kannst du dir derlei Verdauungsgeräusche nicht aufheben, bis du in deinem Zimmer bist?«

»Was raus muss, muss raus.« Ian war dreizehn und steckte immer noch in dieser Phase fest, da man körperliche Geräusche für eine der witzigsten Sachen auf der Welt hielt.

»Ian, hör auf, deine Schwester zu ärgern«, meinte Dad. »Und Avery, du hörst auf, *mich* zu ärgern. Ein bisschen Chili und Käse wird uns schon nicht schaden.«

»Du wirst noch an mich denken, wenn dein Herz dann beschließt, einfach nicht mehr zu schlagen«, entgegnete ich.

»Damit kann ich leben.«

»Wenn du weiter so viel isst, ist das nicht sehr wahrscheinlich.« Ohne mich würden Dad und Ian nichts als Cheeseburger und Pizza in sich hineinstopfen.

Dad wischte sich mit einer Serviette einen Klecks Chili vom Kinn. »Ich geh jetzt ins Bett. Ich hab morgen nach der Arbeit ein Date mit Trisha, bin also erst spät zu Hause.«

Bei der Erwähnung von Trisha verdrehte ich die Augen. Ian und ich hatten Dads neuste Freundin noch nicht kennengelernt, obwohl mir klar war, dass es nur noch eine Frage der Zeit war, ehe sie mit uns am Esstisch sitzen würde. Dad hielt sich immer eisern an die Zweimonatsregel: Wenn eine Beziehung schon mehr als zwei Monate andauerte, dann brachte er die Betreffende mit nach Hause, damit wir sie kennenlernen konnten. Ich fand diese Regelung ziemlich genial. So war ich davor verschont geblieben, mich mit ein paar namenlosen Damen zu befassen, die es nicht über ein zweites Date hinaus geschafft hatten. Aber um ehrlich zu sein, hätte mich eine Zwei*jahres*regelung gleich noch viel glücklicher gemacht.

Dad war mit Trisha jetzt schon zwei Monate und eine Woche zusammen.

»Im Gefrierfach ist noch eine Lasagne«, fuhr er fort. »Und sorg bitte dafür, dass Ian an seinem Geschichtsaufsatz arbeitet.«

»Ich brauche keinen Babysitter«, grummelte Ian.

»Ja, Dad«, sagte ich. Manchmal kam es mir so vor, als würde Dad Ian und mich immer noch für kleine Kinder halten, die nicht fähig waren, auf sich selbst aufzupassen. So als hätten wir uns nicht eh schon fast seit vier Jahren um uns selbst gekümmert.

Dad beugte sich zu mir und küsste mich auf die Stirn.

»Okay, ich hör schon an deinem Ton, dass du keine Anweisungen fürs Babysitten von deinem alten Dad brauchst. Gute Nacht.«

Als Dad gegangen war, schnappte ich mir einen Putzlappen und wischte den Tisch und den Küchentresen ab. Während ich damit beschäftigt war, sagte ich mir im Stillen die einzelnen Knochen der Hand auf. *Phalanx distalis, Phalanx proximalis, Ossa metacarpi, Ossa carpi.* Der Rhythmus der Wörter klang nett und beruhigend, während ich alles in Ordnung brachte und zusah, dass die Schüsseln sauber gestapelt und die Löffel in der Schublade nicht durcheinander waren. Alles wieder hübsch ordentlich an den richtigen Platz zu räumen, beruhigte mich immer und gab mir das Gefühl, die Kontrolle zu haben.

Unter einem Haufen Werbepost fand ich einen der unzähligen Ratgeber, die Dad sich ständig kaufte. *Mein neues Ich: Wie man Enttäuschungen und Liebeskummer überwindet, um das Glück neu zu finden.* Ich stopfte den kompletten Stapel – Werbeprospekte und Buch – gesammelt in den Mülleimer.

»Versuch morgen bloß keinen Ärger zu machen«, warnte ich Ian, als ich mich zu ihm umdrehte. »Nur weil Dad nicht zu Hause ist, bedeutet das noch lange nicht, dass du dich aufführen kannst. Es geht einfach nicht, dass ich wieder mal von der Arbeit weg muss, bloß weil man dich dabei erwischt, wie du dich heimlich ins Kino schleichst.«

»Kleine Korrektur«, meinte Ian. »Man hat mich erwischt, wie ich *raus*geschlichen bin, nicht wie ich *rein* bin.«

»Nur weil du überhaupt erst in den falschen Film gegangen bist. Das nächste Mal sag ich das Dad.«

»Du bist so eine Verräterin, Geschwister sollten zusammenhalten«, murmelte Ian.

Ich ging auf mein Zimmer, um mich bettfertig zu machen. Als ich auf meinen Schrank zuging, fiel mein Blick auf die Prospekte, die in einer Ecke auf meiner Kommode lagen.

»Verbringen Sie den Sommer in Costa Rica!«, verkündeten die riesigen orangen Buchstaben vorne auf dem Cover.

Ich hatte mir die Broschüren bereits so oft angesehen, dass sie schon fast auseinanderfielen. Aber es ging nicht um einen Urlaub, ich wollte drei Wochen in einem Vorort von San José verbringen, um bei einer Hilfsorganisation ein medizinisches Praktikum zu machen. Das war ein reiner Bildungsaufenthalt, der sich auf meinen Bewerbungen fürs College gut machen würde, ein erster Schritt in Richtung meines Ziels, Medizin zu studieren. Es würde eine Erfahrung fürs Leben werden.

Doch leider kostete das Ganze auch viertausend Dollar.

Inzwischen hatte ich mehr als zweitausend angespart, nachdem ich nun schon mehr als ein Jahr teilzeit im Diggity Dog House arbeitete und auch das Geburtstagsgeld von meinen Großeltern gespart hatte. Aber ich hatte immer noch einiges vor mir, und da es nur noch zwei Monate waren, bis es losging, war ich nicht allzu zuversichtlich, dass ich diesen Sommer wirklich in Costa Rica verbringen würde.

Allerdings hatte ich bereits die Kaution bezahlt, mit der man mir meinen Platz reservierte, und die wurde nicht zurückgezahlt, selbst wenn ich das übrige Geld nicht rechtzeitig zusammen hatte. Es musste also in diesem Sommer passieren, noch vor meinem Abschlussjahr. Dann würden die Colleges sich meine Bewerbungen ansehen, und mit dieser Erfahrung hatte ich weit größere Chancen, dass ich tatsächlich an einem akzeptiert wurde.

Die kleine Stimme in meinem Kopf wusste genau, dass ich log. Ich hätte mich genauso gut auch für ein Praktikum hier in der Nähe entscheiden können, aber es hatte ja dieses eine sein müssen, weil es in Costa Rica stattfand. Mein Blick huschte zu der Karte, die an der Wand über meinem Bett hing. Die Welt da draußen war groß, doch nur wenige Orte waren mit gelben Reißnägeln markiert: Belgien, Hongkong, Südafrika, Vancouver und Costa Rica.

Wenn ich die Augen schloss, dann stellte ich mir manchmal vor, wie sie bei mir auf der Bettkante saß und mir von all den fernen Ländern erzählte, die sie so gerne sehen wollte. Während Hannah Cohens Mom, die ständig nur in Designerklamotten rumlief, davon träumte, am Eifelturm vorbeizuspazieren oder über die Kanäle von Venedig zu gondeln, hatte meine Mom sich danach gesehnt, sich in Dschungeln, Wäldern oder auf Bergen zu verirren. Sie hatte sich vor der ganzen Welt verstecken wollen.

Doch hatte ich mir nie vorstellen können, dass sie sich auch vor uns verstecken wollte.

Ich hatte all mein Verhandlungsgeschick aufbringen müssen, um meinen Dad davon zu überzeugen, mich überhaupt nach Costa Rica gehen zu lassen. Er war immer noch nicht so recht begeistert von der Idee, mich Tausende von Meilen weit wegzuschicken, doch schließlich hatte er mir doch seine Erlaubnis gegeben – vorausgesetzt, ich sparte mir das Geld für die Reise selbst zusammen. Denn in unserer Familie mit einem alleinerziehenden Elternteil – und demnach mit nur einer Person, die Gehalt bekam –, war Geld nicht eben im Überfluss vorhanden. Mr Throckmorton um eine Lohnerhöhung zu bitten, war meine letzte Hoffnung gewesen, um durch meinen Job doch noch an die restliche Kohle zu kommen.

Ich seufzte, während ich den Blick von den Prospekten losriss und den Schrank aufmachte, um meinen Pyjama aus dem dafür vorgesehenen Regal in der Mitte zu holen. Ich würde es schon noch nach Costa Rica schaffen, ganz gleich, was es mich auch kostete. Und ich würde das ganze Land absuchen, bis ich die Antworten hatte, nach denen ich suchte.

Zwei

»Jeder Idiot, der auch nur das Geringste von Firewalls versteht, könnte sich ins Netzwerk unserer Schule einhacken«, sagte Molly.

»Und woher willst du das wissen?«, fragte ich. »Hast du dich denn schon eingehackt ins Netzwerk der Schule?«

Mollys Gesicht wurde so rot wie die gefärbten Strähnen in ihrem ansonsten blonden Haar. »Natürlich nicht. Ich hab mir nur mal die Sicherheitseinstellungen angesehen und dabei bemerkt, wie schlecht sie eigentlich sind.«

Eine von Mollys liebsten Freizeitbeschäftigungen war das »Testen« von Sicherheitseinstellungen verschiedener Einrichtungen in der Stadt. Zum Glück für die Unternehmen in Willowbrook hackte Molly sich nicht irgendwo ein, um Schaden anzurichten, sondern nur um zu sehen, ob sie es überhaupt schaffen würde. Anschließend bot sie den betroffenen Firmen ihre Dienste an, um die Netzwerksicherheit zu erhöhen – gegen eine großzügige Entschädigung, versteht sich. Molly war wirklich die geborene Geschäftsfrau.

»Ich habe heute Morgen Miss Lancaster angerufen …«

»Moment mal«, unterbrach ich sie. »Du hast die Computerlehrerin der Schule angerufen, an einem Sonntagmorgen?«

»Ja.«

»Zu Hause?«

»Wo soll sie denn um acht Uhr früh sonst sein? Jedenfalls habe ich versucht, ihr das Problem mit der Firewall der Schule zu erklären, doch sie hat einfach aufgelegt.«

Ich täuschte ein überraschtes Keuchen vor. »Nein, im Ernst?«

Molly drohte mir mit dem Finger. »Mach du dich nur über mich lustig, aber die Sache ist ernst. Ich sollte wirklich meine Spuren hinterlassen im Netzwerk der Schule, das wäre ihnen sicher eine Lehre. Vielleicht sollte ich meine Noten manipulieren.«

»Ich schätze, damit schadest du dir mehr, als es was nützen würde«, sagte ich. Molly hatte eh einen Einserdurchschnitt. Da konnte sie ihre Noten eigentlich nur schlechter machen.

»Dann sollten die besser beten, dass kein anderer darauf kommt, wie man sich in die Notendatenbank einhackt.«

Molly würde sich den ganzen Tag lang auslassen darüber, wie ungerecht Miss Lancaster sie behandelt hatte, wenn ich sie nicht bald auf ein anderes Thema brachte.

»Ich muss unbedingt mit dir über Elliott reden«, sagte ich.

Keiner war überraschter gewesen als ich, als Molly und Elliott plötzlich angefangen hatten, miteinander rumzuhängen. In den zwei Jahren, seit Molly nach Willowbrook gezogen war, hatte sie ein paar Freunde gehabt, doch Elliott war für sie ein ganz neuer Typ Junge. Sie trug zerrissene enge Jeans und Springerstiefel, er Khakis und Polohemden. Molly redete über Datenbanken und Firewalls, Elliott schwärmte von Basketball und Cheerleadern in kurzen Röcken. Was sollten die beiden wohl gemeinsam haben?

Molly verlagerte ihre Position auf dem Blümchensofa ihres Wohnzimmers und widmete sich wieder dem James-Bond-Film, den sie sich angesehen hatte. *Goldfinger,* was sonst, das war ihr Lieblingsfilm. »Nicht schon wieder.«

»Du hast ihn ja gestern Abend auch nicht mit Tara gesehen. Zwischen den beiden läuft was, das weiß ich.«

»Hast du gesehen, wie sie sich geküsst haben oder gehört, wie er sie um ein Date gebeten hat?«

Ich biss die Zähne zusammen und antwortete: »Nein.«

Molly drückte meinen Arm. »Ich vertraue Elliott. Ich gehöre nicht zu diesen durchgeknallten Mädchen, die ausflippen, wann immer ihr Freund sich mit einer anderen unterhält. Und außerdem sind wir ja eigentlich kein *Paar*. Wir unterhalten uns ja nur und gucken mal, wie es so läuft.«

»Keiner wird dich für verrückt halten, bloß weil du ihm misstraust. Immerhin hat er Lila Mahoney betrogen.«

»Das war in der neunten Klasse«, erwiderte Molly. »Ich glaube, Elliott ist in den vergangenen zwei Jahren erwachsen geworden.«

»Darauf solltest du dich besser nicht verlassen«, murmelte ich leise.

»Sieh mal, Elliott kann doch auch einfach so mit Mädchen befreundet sein. Er könnte sogar mit dir befreundet sein, wenn du es nur zulassen würdest. Verbring mal ein bisschen Zeit mit ihm, ich bin mir sicher, du würdest ihn bald genauso gern haben wie ich.«

Ich presste die Lippen aufeinander und biss die Zähne zusammen. Molly konnte ja nicht ahnen, dass Elliott und ich tatsächlich mal befreundet gewesen waren. Ich war fest entschlossen, nicht zuzulassen, dass sie je herausfand, was vor vier Jahren zwischen uns vorgefallen war.

Sie war im Grunde die einzige Freundin, die ich noch hatte, die einzige Person, der ich abgesehen von meinem Dad und meinem Bruder noch vertraute. Zwischen uns beiden hatte es gleich geklickt, als sie diesen Aufkleber von einer absolut unbekannten Band namens Hallow Flux auf meinem Schulheft entdeckte und dann gleich damit rausrückte, dass sie alle ihre Songs auf ihrem iPod hatte. Seither waren Molly und ich ein eingeschworenes Team gegen den Rest der Welt.

Ich hätte eigentlich glücklich sein sollen, dass sie einen neuen Schwarm hatte, zumindest wenn es nach den ungeschriebenen Gesetzen zwischen besten Freundinnen ging. Doch Molly hatte nun mal so gut wie jeden zweiten Monat einen neuen Schwarm. Kurz vor Neujahr war sie in den Vorsitzenden der Technik-AG verknallt gewesen. Und davor hatte sie eine Goth-Phase gehabt und war mit Brian Kelley ausgegangen, der gern schwarzen Lippenstift trug. (Ich wusste immer genau, wann sie unter der Treppe heimlich geknutscht hatten, weil sein Lippenstift dann über ihr ganzes Kinn verschmiert war.) Wie viele Trennungen konnte eine Person eigentlich ertragen? Er würde sie sitzen lassen, und dann würde ich *wieder mal* haufenweise Strawberry-Cheesecake-Eis mit ihr futtern müssen, und zwar nicht die fettreduzierte Variante. Darüber sollte ich mich freuen?

»Du mit deinen Vorurteilen gegenüber Elliott, du übertreibst doch alles maßlos, was er so tut«, sagte Molly zu mir.

Mir klappte die Kinnlade runter. »Ich übertreibe? Was sollten er und Tara denn sonst getan haben? So ganz allein?«

»Vielleicht haben sie sich über die Hausaufgaben unterhalten? Oder über Sport? Die wirtschaftliche Lage? Etwas, was so rein gar nichts mit den Szenarien zu tun hat, die du dir so zusammenfantasierst?«

Arme, naive Molly. Sie wollte immer an das Beste in den Menschen glauben. Sie musste erst noch lernen, wie grausam die Welt sein konnte.

»Elliott ist nicht so schlimm, wie du immer meinst«, sagte sie, während sie sich noch ein Popcorn in den Mund steckte.

O doch und ob er das war. Aber natürlich konnte ich ihr nichts von jenem Sommer erzählen, um ihr zu erklären, weshalb ich Elliott bis in alle Ewigkeit hassen würde. Also musste ich auf andere schlimme Dinge zurückgreifen, die er verbrochen hatte.

»Was ist damit, dass er mir im Sportunterricht ein Bein gestellt hat?«

Molly zog eine Augenbraue hoch. »Aber du hast doch dieses Jahr überhaupt kein Sport. Wie soll er dir denn da ein Bein gestellt haben?«

Entrüstet hob ich die Arme. »Na, in der achten Klasse! Er

hat mir vor aller Augen ein Bein gestellt, sodass ich auf die Schnauze gefallen bin.«

»Jetzt erzähl mir bloß nicht, dass du mich mit was überzeugen willst, was vor *drei* Jahren passiert ist.«

»Ich hatte zwei Wochen lang einen blauen Fleck am Knie«, meinte ich.

»Okay«, sagte Molly ganz langsam, wobei sie ein fieses Funkeln in den Augen hatte. »Wenn wir schon bei uralten Geschichten wären, was ist dann mit dem Eiervorfall?«

Ich stopfte mir eine Handvoll Popcorn auf einmal in den Mund, um ihr nicht antworten zu müssen. Ich konnte einfach nicht *fassen,* dass Elliott ihr von dem Eiervorfall erzählt hatte.

»Na, muss ich dein Gehirn erst wieder auf Trab bringen?«, erkundigte sich Molly. »Der Klassenausflug in der dritten Klasse. Der Eierlauf. Du hast Elliott dein Ei an den Kopf geklatscht, nachdem er dich geschlagen hatte.«

Ich schluckte den aufgeweichten Klumpen Popcorn hinunter und sagte: »Ich erinnere mich nicht an einen solchen Vorfall.«

Sie neigte den Kopf zur Seite, sodass ihr der rotblonde Pony vor das eine Auge fiel. »Natürlich nicht. Elliott hat mir *alles* darüber erzählt.«

»Das ist lange her«, murmelte ich.

»Ja, wie fast alles, was du gegen Elliott vorzubringen hast.«

»Lila hat er vor zwei Jahren betrogen. Woher weißt du, dass er das nicht noch einmal tut?«

Molly runzelte die Stirn, während sie die Schüssel nach

den Popcornstücken durchwühlte, an denen am meisten Käse war. »Das kann ich nicht wissen. Aber weißt du was? Ich hätte gern die Chance, das selbst herauszufinden.«

Corrie, Mollys Mom, kam in ihrem Schneeflockenpyjama und ihren Weihnachtsbaumhausschuhen ins Zimmer geschlurft, obwohl Weihnachten schon fünf Monate her war. »Oh, schon wieder Sean Connery?«, meinte sie, während sie sich über die Couch beugte, um sich etwas von dem Popcorn zu krallen. »Den würde ich auch nicht verachten, ob geschüttelt oder gerührt, jederzeit.«

Molly verzog das Gesicht. »Igitt. Mom, kannst du deine Altweiberfantasien bitte nicht in meiner Gegenwart ausleben?«

Mollys Mom war noch nicht alt, zumindest wenn man an Eltern im Allgemeinen dachte, und sie sah weit jünger aus, als sie war, mit langen blonden Haaren und blauen Augen wie die von Molly. Sie hasste es, wenn ich sie Mrs Pinski nannte, da sie und Mollys Dad inzwischen schon seit zehn Jahren geschieden waren.

»Corrie«, sagte ich, da ich die Chance nutzen wollte, einen unbeteiligten Beobachter auf meine Seite zu ziehen. »Darf ich Sie um Ihre Meinung bitten? Wenn ein Kerl den ganzen Tag über ein absoluter Arsch ist und mit anderen Mädchen flirtet, sollte dann nicht jedes Mädchen, das ernsthaft an ihm interessiert ist, kapieren, wie sehr sie sich in ihm getäuscht hat, und ihm den Laufpass geben?«

Corrie legte den Kopf schief, so wie Molly das immer tat. »Kommt ganz darauf an. Wie scharf ist denn der Kerl?«

»Hässlich«, sagte ich, im selben Moment, wie Molly rief: »Superscharf!«

Corrie lachte. »Ich sehe schon, die Sache wird uns ein Weilchen beschäftigen.« Sie steckte sich Popcorn in den Mund, kaute einen Moment lang darauf herum und sagte dann: »Also Mädchen, die einzige Möglichkeit, die Angelegenheit zu regeln, ist, einen Kompromiss auszuhandeln.«

»Und wie soll der aussehen?«, fragte Molly.

»Mach ein paarmal mit ihm rum, dann jag ihn zum Teufel«, meinte Corrie, während sie zur Tür rausschlurfte.

Molly schauderte. »Warum nur hab ich jetzt ein Bild davon im Kopf, wie meine Mom mit irgendwelchen Typen rummacht? Ächz!« Sie haute sich ein paarmal gegen die Stirn.

»Zurück zu *unserem* Problem«, meinte ich. »Ich bin da leider nicht so nachsichtig und vertrauensselig wie du. Einmal Schlange, immer Schlange, sag ich nur.«

»Leute ändern sich auch mal«, versicherte Molly mir. Sie seufzte, während sie ein paar Popcorn aus der Schüssel herausklaubte. »Würdest du dich besser fühlen, wenn ich dir verspreche, dass ich mich nicht in ihn verliebe, ehe du mir einen stichhaltigen Beweis liefern konntest, der deine Anschuldigungen stützt?«

»Ja!«, rief ich.

Sie warf mir einen finsteren Blick zu. »Du brauchst nicht gleich so auszuflippen vor Begeisterung. Ich meine damit nicht, dass ich nicht mit ihm reden werde, aber ich fang so lange nichts Ernsthaftes mit ihm an. So eine Art Probezeit von einem Monat. Wenn er sich in der Zeit als vertrauenswürdig erweist, dann kann ich ihn treffen, so oft ich will. Ich darf ihn heiraten und Tausende von Hackerbabys zur Welt bringen, wenn ich Lust darauf habe. Okay?«

Ich hielt ihr meine klebrigen Käsefinger hin. »Okay.«

Meine Lippen verzogen sich zu einem zufriedenen Grinsen, während wir uns die Hände schüttelten. Jetzt musste ich nur noch abwarten, bis Elliott und Tara einen Fehler begingen – und das würden sie zweifelsohne noch tun –, und dann wäre ich Elliott Reiser endlich für immer los.

Drei

»In den nächsten sechs Wochen«, sagte mein Wirtschaftslehrer Mr Freeman am Montagnachmittag, »werden wir ein kleines Experiment durchführen.«

Die meisten in der Klasse fingen bei diesen Worten an zu ächzen. Wirtschaft war nicht unbedingt ein Fach, in dem man irgendwelche Experimente erwartete. Das war normalerweise eins von diesen simplen Fächern, in denen man nur ein paar Texte in einem Buch lesen, sich an Diskussionen beteiligen und dann ein paar Tests bestehen musste. Jeder mochte Mr Freeman, der erst vor ein paar Jahren das College abgeschlossen hatte und einen recht lockeren Lehrstil verfolgte, doch in der Kursbeschreibung hatte nirgends was von irgendwelchen Experimenten gestanden.

Mr Freeman hielt beschwichtigend die Hände hoch. »So schlimm wird es nicht. Wir haben uns jetzt das ganze Jahr mit Wirtschaftsrecht beschäftigt und wie Firmen funktionieren. Jetzt sollt ihr aus eigener Erfahrung lernen, wie es ist, ein Unternehmen zu leiten. Dazu tut ihr euch in Zweiergruppen zusammen. Jedes Paar wird dann ein völlig neues Unternehmen planen. Ihr verfasst einen Businessplan, bereitet einen Antrag für ein Darlehen vor und erhaltet dann ein wöchentliches Feedback, wie euer Unternehmen sich so macht. Ihr werdet mit ein paar unerwarteten Wendungen konfrontiert werden, über die ich während der sechs Wochen willkürlich entscheide.«

Eigentlich klang das alles gar nicht mal so schlecht. Ein paar Leute in der Klasse hatten sich bereits mit jemandem zusammengetan, deshalb drehte ich mich schnell zu Molly um, in der Absicht, sie zu fragen, ob sie meine Partnerin sein wolle, als Mr Freeman weitersprach.

»Ich werde die Paare auswählen, indem ich Zettel mit Namen aus zwei Behältern ziehe.« Damit hielt Mr Freeman zwei Plastikschüsseln hoch, damit wir sie sehen konnten. »In der einen Schüssel befinden sich die Jungsnamen, in der anderen die Mädchennamen. Da wir mehr Mädchen in der Klasse haben als Jungen, werden die letzten beiden Mädchen ein Team bilden. Ich möchte, dass das Experiment möglichst realistisch abläuft, also kann es sein, dass ihr mit jemandem zusammenarbeiten müsst, mit dem ihr noch nie zu tun hattet. Jemand, mit dem ihr euch noch nicht einmal vorstellen könnt, ein Unternehmen zu gründen.« Er grinste. »Denn in der wirklichen Welt kommt man nicht unbedingt immer klar mit seinen Arbeitskollegen.«

Molly drückte ihren Daumen und hielt ihn hoch, um mir zu bedeuten, dass sie hoffte, wir würden die letzten beiden Mädchen sein.

»Das erste Team«, sagte Mr Freeman, als er zwei Zettel

aus den beiden Schüsseln fischte, »bilden Nathan Thompson und Molly Pinski.«

»Ich möchte bitte, dass Sie noch mal ziehen!«, rief Molly. Sie sah zu Nathan hinüber, ein dürrer Junge mit einer riesigen Brille. Er war Kassenwart bei der Mathe-AG und eigentlich ziemlich nett, wenn auch recht ruhig. »Nichts gegen dich, Nate«, versicherte sie ihm, auch wenn Molly ganz genau wusste, dass Nathan es hasste, wenn man ihn Nate nannte. Über seiner Brille zog seine Stirn sich in Falten.

»Hier wird nicht noch mal gezogen«, erklärte Mr Freeman. Er zog ein paar weitere Namen aus den Schüsseln, bis er endlich vorlas: »Das nächste Team besteht aus Zac Greeley und Avery James.«

Ich ächzte ganz leise vor mich hin. Zac drehte sich auf seinem Stuhl ein paar Reihen vor mir um und zeigte mir den hochgereckten Daumen. Ich bezweifelte, dass er die Sache allzu ernst nehmen würde, daher war mein super Notendurchschnitt in Gefahr. Außerdem würde ich die ganze Zeit aufpassen müssen – dass er die Sachen nicht verlor oder in eine Dreckspfütze fallen ließ. Ich rümpfte die Nase, als mein Blick auf seine dreckigen Chucks fiel. Die Sohle seines linken Schuhs war mit Klebeband fixiert.

Am besten bereitete ich mich gleich mal darauf vor, dass ich das ganze Projekt alleine würde durchziehen müssen, damit es auch gut lief.

Direkt vor Zac saß Hannah Cohen, die sich in diesem Moment auf ihrem Stuhl umdrehte und mich länger als nötig mit einem sonderbaren Ausdruck im Gesicht anstarrte.

Ich rutschte nervös auf meinem Platz hin und her, versuchte aber, sie zu ignorieren. Was hatte die bloß für ein Problem heute? Was für ein Glück, dass ich nicht mit ihr in ein Team gesteckt worden war. Sie hätte vermutlich während des Projekts alles dafür getan, um mich fertigzumachen.

Was, wenn sie Zac dazu brachte, mich an ihrer Stelle zu quälen? Würde er das tun? Er war immerhin mit der Hexe von Willowbrook zusammen, also musste auch er irgendwo eine fiese Ader haben.

Als der Gong die Stunde beendete, kam Zac zu mir, während ich gerade meine Bücher einpackte.

»Hey, Partner«, meinte er mit einem breiten Grinsen.

»Hi.« Zac hatte ein derart ansteckendes Lächeln, dass ich einfach zurückgrinsen musste, auch wenn ich das eigentlich nicht wollte.

Hinter seiner Schulter beobachtete Hannah uns, die bereits vorne im Klassenzimmer auf ihn wartete.

»Schätze mal, wir sollten ein Treffen vereinbaren für ein erstes Brainstorming«, meinte Zac. »Ich hätte da schon ein paar Ideen, aber du kannst es mir ruhig sagen, wenn du die bescheuert findest. Weil ich manchmal schon echt die verrücktesten Einfälle habe, und mir fällt noch nicht mal auf, wie verrückt sie eigentlich sind, bis ich mich auf einem Skateboard von einer Horde Minipudel über den Gehweg schleifen lasse. Und das ist nicht gerade die beste Fortbewegungsmethode, das kann ich dir sagen.«

»Tja, wir könnten …« Ich verharrte mitten in der Bewegung, die Wirtschaftsbücher halb in meinen Rucksack gestopft, und riss auf einmal meinen Kopf hoch, um ihn anzusehen. »Warte mal. *Wie* war das?«

Zac lachte. »Ach, das hab ich nur vor ein paar Wochen ausprobiert. Die Hunde von unserem Nachbarn fanden das gar nicht so prickelnd. Genauso wenig wie der Nachbar.«

Ich schüttelte den Kopf, um das Bild loszuwerden, wie Zac auf einem hundebetriebenen Skateboard dahinraste. »Ich hab heute keine Zeit, weil ich arbeiten muss, aber wie wäre es mit morgen nach der Schule? Im Rose Castle?«

Zac nickte und strich sich über die lange schwarze Mähne, die ihm direkt über die Augen fiel, sobald er den Kopf bewegte. »Ich muss heute auch arbeiten, aber morgen kann ich mir freinehmen. Dann treffen wir uns da um halb vier.«

»Gut.«

Zac schenkte mir ein weiteres Lächeln, dann drehte er sich um und ging auf Hannah zu, die mich ein letztes Mal ins Visier nahm, ehe sie Zac aus dem Zimmer zerrte.

***

»James!«, blaffte Mr Throckmorton, sobald ich nach der Schule zur Hintertür des Diggity Dog House reinmarschiert war. »Watkins hat sich krankgemeldet, deshalb müssen Sie sie heute als Bob vertreten.«

Mein Mund klappte auf. »Aber ich war schon am Sonntag Bob!« Dass ich gleich an zwei Tagen in nur einer Woche dieses warme, stinkende Kostüm tragen sollte, entsprach nicht unbedingt meiner Vorstellung von Spaß.

»Keine Widerrede«, meinte Mr Throckmorton, ehe er in sein Büro verschwand.

Ich stopfte meinen Rucksack in den Spind und stapfte auf den Aufbewahrungsschrank zu. Das war typisch Tara, dass sie sich krankmeldete, genau an dem Tag, an dem sie Bob sein sollte.

Mir blieb noch nicht einmal Zeit, die durch Klimaanlagen gekühlte Luft im Lokal zu genießen, ehe ich raus in die glühende Hitze musste. Soeben hatte ich den Reißverschluss des Kostüms zugezogen, als jemand hinter mir den Raum betrat.

»Hey.« Elliott warf mir ein schiefes Grinsen zu. »Ich muss schon sagen, du bist der niedlichste Riesen-Hotdog, den ich je gesehen habe.«

Sprach er mit mir? Ich sah mich um, so gut das ging, um nachzusehen, ob vielleicht noch ein anderer Riesen-Hotdog hier im Zimmer war.

Elliott verstaute seinen Rucksack im Schließfach. »Echt schade, dass wir nicht wieder zusammen Hotdog-Dienst haben.«

Er dachte, ich wäre Tara! Es war schwer zu sagen, wer tatsächlich im Kostüm steckte, und eigentlich wäre sie ja heute Bob gewesen. Offensichtlich wusste er nicht, dass sie sich krankgemeldet hatte.

»Tja«, fuhr Elliott fort, während er überprüfte, ob sein Diggity-Dog-House-Hemd auch ja ordentlich in der Hose steckte, »ich geh dann besser mal, bevor Mr Throckmorton mich anbrüllt, weil ich nicht draußen bei den Hotdogs bin. Wir sehen uns dann in der Pause, okay?«

Ich reckte den Daumen hoch. Wenn ich was gesagt hätte, hätte er vielleicht gecheckt, dass da gar nicht diejenige im Kostüm steckte, die er darin vermutete. Ich weiß nicht, wieso ich ihn in dem Glauben ließ, ich wäre Tara, aber irgendwas sagte mir, dass ich das noch zu meinem Vorteil würde nutzen können.

Während ich draußen war, dachte ich immer wieder an Elliott, Molly und Tara. Ich wusste, dass da irgendwas hinter Mollys Rücken lief. Er war ein solcher Widerling. Er war schon immer ein echt fieser Typ gewesen, der total hintenrum war und Lügen erzählte und einen bei der erstbesten Gelegenheit fallen ließ.

Keiner hinterging meine beste Freundin und kam auch noch damit durch!

Während ich also für ein paar Kids, die danach verlangt hatten, den Shuffle hinlegte, wirbelten mir diverse Ideen durch den Kopf, wie ich diese Sache nutzen konnte, um gegen Elliott vorzugehen.

»Tanz!«, forderte das kleine Mädchen, das vor mir stand, mich erneut auf.

Ich stöhnte. »Komm schon, Kleine. Ich hab den Shuffle jetzt schon fünf Mal für dich getanzt.«

Bob durfte eigentlich nicht mit den Kunden sprechen, aber dieses Kind hatte meine Nerven jetzt echt genug strapaziert. Mir taten die Füße weh und das Schaumstoffkostüm klebte an meiner schweißgebadeten Haut.

Das Gesicht des kleinen Mädchens wurde knallrot, und sie presste die Lippen zu einer schmalen weißen Linie zusammen, während ihre Augen ganz groß wurden. Ich wusste, was das für ein Gesicht war. Ich hatte durch meine Arbeit hier so oft Kinder um mich herum, dass ich wusste, wann ein Tobsuchtsanfall der heftigeren Sorte drohte.

»Okay, okay, ich tanz ja schon«, sagte ich schnell und fing an zu shuffeln. Meine Bewegungen waren langsamer und weniger enthusiastisch als bei den ersten vierhundert Malen, aber es würde hoffentlich reichen.

Doch leider hatte ich vergessen, dass es noch ein Gesicht gab, das ein Kind gern machte und das einem beginnenden Tobsuchtsanfall ziemlich ähnelte.

Das Kotzgesicht.

Und genau das tat das kleine Mädchen mit den Zöpfen direkt vor mir, als ich mit dem Shuffle fertig war. Halb verdaute Bröckchen Hotdog schossen aus ihrem Mund und verteilten sich vorne auf meinem Kostüm.

Die Mutter packte das Mädchen an der Hand und zerrte es fort, jetzt da ich voller Hotdog-Kotze war. Einen Moment stand ich wie angewurzelt da, die Arme zur Seite gestreckt, weil ich die Kotze auf keinen Fall anfassen wollte.

Ein paar Jungs aus der Mittelstufe gingen an mir vorbei, lachten und deuteten auf mich. Das reichte, um mich aus meiner Schockstarre zu befreien und nach drinnen ins Diggity Dog House zu eilen – schnurstracks auf die Mitarbeitertoilette zu.

Damit die Kotze nicht auch noch an meinen Körper kam, blieb ich in dem Kostüm und versuchte, es sauber zu machen. Daher war ich auch immer noch als Riesen-Hotdog verkleidet, als hinter mir ein Klopfen an der Tür zu hören war.

»Besetzt!«, rief ich.

Die Tür aber öffnete sich nichtsdestotrotz und Elliott quetschte sich herein. Schnell schob ich mir das Netz vors Gesicht, damit er mich nicht erkannte. »Hab ich's mir doch gedacht, dass ich dich hier drinnen habe verschwinden sehen.« Dann betrachtete er mit angewidertem Gesicht mein Kostüm. »Igitt. Ist das schon wieder Kinderkotze?«

Ich gab mir alle Mühe, wie Tara zu klingen. »Ja, total eklig.« Anschließend schickte ich zur Sicherheit noch ein blödes Kichern hinterher.

»Komm, lass mich mal.« Elliott schnappte sich ein Papiertuch und wischte an dem Kostüm herum. Nicht viele Jungs hätten freiwillig Kotze von einem Mädchen abgewischt.

»So, bitte schön«, meinte er nach einer Weile und lächelte ganz lieb. »Das Schlimmste ist weg.«

Natürlich war Elliott nur deshalb so hilfsbereit, weil er dachte, ich wäre Tara. Ich konnte mir nicht vorstellen, dass er Kotze von Molly gewischt hätte.

»Danke«, presste ich zwischen zusammengebissenen Zähnen hervor.

»Kein Problem. Ist ja nicht so, als hätten wir nicht alle schon mal einen Schwall Kotze abbekommen in dem Kostüm.« Dann verschwand sein Lächeln, und sein Gesicht wurde ernst, während er mich ansah. Seine Augen suchten die meinen durch das Netz. »Wie geht es dir? Hast du noch mal über das nachgedacht, worüber wir gestern gesprochen haben?«

Worüber hatten sie denn gesprochen? Millionen Möglichkeiten gingen mir durch den Kopf. Hatte er sie gefragt, ob sie mit ihm ausgehen will? Ob sie ihn küsst? Ob sie mit ihm nach Vegas durchbrennt? In jeder dieser Szenarien sah ich Elliott und Tara vor mir, wie sie sich in den Armen lagen und darüber lachten, wie dumm Molly doch war, dass sie keinen Verdacht schöpfte.

Mir wurde bewusst, dass Elliott mich immer noch ansah und auf eine Antwort wartete. Was hätte Tara wohl auf diese Frage erwidert?

»Oh, äh …« Ich kicherte. »Ich hab mich noch nicht entschieden.« Das klang mir nach einer hinreichend schwammigen Antwort, mit der ich hoffentlich durchkommen würde.

Elliott seufzte und wirkte genervt. »Du kannst dich nicht ewig davor verstecken. Früher oder später wirst du dich der Wahrheit stellen müssen.«

Der Wahrheit? Die Wahrheit, dass Elliott total in Tara verknallt war und heimlich was mit ihr hatte? Oder dass er das zumindest vorhatte? Vielleicht wollte Tara ja nicht die Zweitbesetzung sein und wartete deswegen lieber ab.

Meine Hände ballten sich zu Fäusten im Inneren der dicken Handschuhe. »Du bist so ein Arsch, dass du Molly heimlich hintergehst.«

Elliott blinzelte. »Was meinst du …«

Er hielt inne, und ehe ich mich aus seiner Reichweite bewegen konnte, hatte er mir das Netz vom Gesicht gerissen und stierte mich finster an.

»Avery«, knurrte er. »Ich hätte es wissen sollen.«

Ich nahm ihm das Netz wieder aus der Hand. »Dieses Mal hab ich dich aber echt eiskalt erwischt. Ich wusste ja, dass du mit anderen Mädchen flirtest, wenn Molly gerade mal nicht in der Nähe ist, und jetzt habe ich endlich den Beweis.«

Elliott schüttelte den Kopf. »Du bist doch verrückt, Avery James. Und du hast keinen Schimmer, was du da redest.«

Damit wirbelte er herum, stürmte aus dem Raum und ließ mich mit dem Packen nasser, kotzeverschmierter Tücher in der Hand stehen.

Vier

Das Rose Castle war durchdrungen vom Lärm der Musik und der Gespräche, als ich am nächsten Tag nach der Schule dort eintraf. Ich bahnte mir einen Weg durch die Menge und schaute mich um, um zu prüfen, ob Zac vielleicht schon vor mir eingetroffen war. Doch er war nirgends zu sehen, also bestellte ich einen Schoko-Shake, setzte mich an einen freien Tisch und holte meine Wirtschaftsbücher aus der Tasche.

Ich war so sehr darauf konzentriert, ein paar Ideen zu Papier zu bringen, dass ich erst bemerkte, dass sich jemand mir gegenüber an den Tisch gesetzt hatte, als derjenige was sagte.

»Hallo, Avery.«

Verblüfft blickte ich auf und sah in die vertrauten blauen Augen von Elliott Reiser.

»Was willst du denn hier?«, pflaumte ich ihn an.

»Ich hab mitgekriegt, dass du allein hier rumsitzt, da dachte ich, ich leiste dir ein wenig Gesellschaft«, meinte Elliott. »Du sahst einsam aus so ganz allein.«

»Ich warte auf jemanden, also kannst du dich ruhig wieder verziehen.«

»Und wie wäre es, wenn ich bleibe, bis derjenige kommt?«, entgegnete Elliott, während er sich zurücklehnte und keinen Zweifel daran ließ, dass er es nicht eilig hatte, zu verschwinden.

»Ich bin echt beschäftigt. Wir haben so ein mega Wirtschaftsprojekt am Laufen.« Ich tippte mit dem Stift auf meinen Notizblock.

»Aber nicht beschäftigt genug, um nicht noch nebenbei mein Leben ruinieren zu können, wie immer«, erwiderte Elliott, wobei er sich vorbeugte und seine Hände über die meinen legte. Er drückte sie ganz fest, damit ich sie nicht zurückziehen konnte.

»Ich hab keinen Schimmer, wovon du redest.«

»Ich weiß, dass du mit Molly über das geredet hast, was deiner Meinung nach angeblich vor sich geht«, erklärte Elliott. »Und jetzt behauptet sie, ich befände mich in einer Art Probezeit.«

Ich zuckte mit den Schultern. »Zu schade.«

Elliotts Stirn verzog sich zu einem finsteren Blick. »Ganz gleich, was du auch denkst, ich würde Molly *niemals* betrügen.«

»Aber ich seh doch, wie du mit Tara rummachst. Sobald sie sich bereit erklärt, deine widerlichen Lippen zu küssen, sagst du doch auf keinen Fall Nein.«

Elliott warf mir ein verschmitztes Grinsen zu. »Du weißt genau, dass meine Lippen nicht widerlich sind.«

Ich schauderte. »Bäh. Mach dich bloß nicht besser, als du bist. Das war ein Fehler, den ich niemals vorhabe, zu wiederholen.« Ich ließ zu, dass sich einen Moment bleierne Stille zwischen uns breitmachte. Dann fuhr ich fort: »Und jetzt tue ich alles, was nötig ist, um Molly vor dir zu beschützen.«

»Ich würde ihr niemals wehtun.«

»Klar«, sagte ich und spürte, wie meine Beine unter dem Tisch zu zittern begannen. Ein Kloß bildete sich in meinem Hals, an dem ich fast erstickte, als ich versuchte, ihn hinunterzuschlucken. »Genau wie du mir niemals wehtun wolltest, weil wir nämlich angeblich die besten Freunde waren.«

All das, was Elliott zu mir gesagt hatte an jenem Tag, als er und Hannah aufgehört hatten, meine Freunde zu sein, ging mir wieder durch den Kopf. Wir waren fast dreizehn gewesen und der letzte Schultag der siebten Klasse lag nur ein paar Tage zurück, der Beginn des Sommers war eingeläutet. Dort im Keller im Haus seiner Eltern, das direkt gegenüber von dem unseren stand, hatte Elliott mir gesagt, dass er mich für immer hassen würde und dass ich es verdient hätte, für den Rest meines Lebens allein in meinem Zimmer zu hocken ohne auch nur einen einzigen Freund. Hannah hatte mich eine verlogene Schlange genannt und mir ihre Hälfte des »Beste Freundinnen«-Halskettchens entgegengeschleudert.

Ich biss mir auf die Zähne, damit mein Kinn nicht zu beben anfing, während ich Elliott über den Tisch hinweg anstarrte.

Ein Anflug von Schuld flackerte über sein Gesicht. »Avery, ich …«

»Tut mir leid, dass ich zu spät dran bin.«

Elliott und ich sahen gleichzeitig zu Zac hoch, der auf einmal neben dem Tisch stand. Er lächelte mich an, dann warf er Elliott einen Blick zu und verzog dabei das Gesicht.

»Zac«, sagte ich erleichtert. Wenn ich an so was glauben würde, dann wäre er jetzt wohl mein Ritter in der schimmernden Rüstung. Wenigstens lieferte er mir eine Entschuldigung, Elliott loszuwerden. »Schön, dass du es geschafft hast.«

Elliotts Gesicht verfinsterte sich, während er Zac musterte, von den strubbeligen braunen Haaren bis runter zu den schmutzigen Sneakern. Elliott trug wie üblich ein sauber gebügeltes Poloshirt, das ordentlich in seine Khakihose gesteckt war. »Greeley«, grunzte er zum Gruß.

»Reiser«, erwiderte Zac. Er deutete auf den Stuhl, den Elliott besetzt hielt, und meinte: »Ist das mein Platz?«

»Ja«, bestätigte ich. »Elliott wollte gerade gehen.«

Elliott funkelte Zac noch einen kurzen Augenblick an, dann aber stand er auf und wandte sich wieder mir zu. »Wir unterhalten uns später, Avery. Du kannst dich nicht ewig vor mir verstecken.«

Zac blickte ihm hinterher, als er ging, einen amüsierten Ausdruck im Gesicht. »Du und Elliott, ihr seht aus, als wäret ihr die *besten* Freunde.«

Ich schnaubte verächtlich. »Klar, sind wir. Er ist mir der

liebste Mensch auf der ganzen Welt, und ich bin mir sicher, dass er dasselbe von mir denkt.«

Zac hob beide Augenbrauen. »Willst du darüber sprechen?«

Ich schüttelte den Kopf. »Ganz bestimmt nicht. Lass uns lieber mit dem Projekt loslegen.«

Zac holte seinen Block aus dem Rucksack und schlug ihn auf. »Ich hab mir ein paar Ideen für unser Unternehmen notiert, aber das ist doch viel schwerer, als ich dachte. Meine ganzen Vorschläge sind eigentlich ziemlich lahm.«

»Lass uns mal Listen tauschen.« Ich drehte seinen Block herum, damit ich seine Vorschläge lesen konnte, und reichte ihm im Gegenzug die meinen.

»Die sind doch gar nicht so schlecht«, sagte ich dann. »Das Fotostudio ist gut. Warte mal, steht da wirklich ›Touristenranch‹?«

»Ja, das steht da«, bestätigte Zac grinsend. »Als ich noch klein war, wollte ich immer eine eigene Ranch haben. Ich dachte, mit diesem Projekt könnte ich diesem Ziel doch recht nahekommen.«

Ich lachte und war froh, dass Zac mich von meiner Begegnung mit Elliott ablenkte. »Ich hab überhaupt keinen Schimmer, wie man so eine Ranch führt, nicht einmal wenn es dabei nur um eine erfundene geht.«

Zac zuckte mit der Achsel und betrachtete meine Auflistung. »Das ist schon okay. Soll ja auch ein Abenteuer sein, oder?« Er machte eine kurze Pause, dann sagte er: »Macht es dir was aus, wenn wir die Tierhandlung von deiner Liste streichen? Ich, äh, habe ein Problem mit Vögeln. Und ich schätze, eine Tierhandlung ohne Vögel, das geht nicht.«

Ich zog die Nase kraus, während ich ihn betrachtete. »Was meinst du damit, du hast ein *Problem* mit Vögeln?«

Zac sog scharf die Luft ein, dann murmelte er ganz schnell: »Vögel machen mir Angst.«

Er zog den Kopf ein, als würde er sich vor mir schämen, und trommelte mit den Fingern auf dem Tisch herum, während ich diese Neuigkeit sacken ließ. Der Geräuschpegel der um uns herum redenden und essenden Leute blieb gleichbleibend laut.

»Vögel«, fragte ich, »machen dir *Angst?«*

»Ja. Also total, sodass ich mir fast in die Hosen mache.«

»Du meinst ganz normale Vögel? Die draußen rumfliegen?« Ich flatterte mit den Armen, als wären es Flügel.

»Tu das nicht! Aaah!« Seine Ohren waren oben ein wenig rot geworden. »Ich weiß, es ist vollkommen bescheuert, aber ich mag Vögel einfach nicht. Mit ihren flatternden Flügeln überall und den Schnäbeln, mit denen sie mir die Augen auspicken wollen. Und diese *Krallen.«* Er schüttelte sich. »Wenn ich erst von den Krallen anfange.«

Ich hatte das mit der Vogelphobie immer noch nicht ganz verdaut. Ich konnte einfach nicht verstehen, wie dieser fast eins achtzig große und ungefähr achtzig Kilo schwere Kerl sich vor winzigen Vögelchen fürchten konnte, die gerade mal ein paar Hundert Gramm wogen.

»Und was tust du, wenn du nach draußen ins Freie gehst?«, fragte ich. »Da sind überall Vögel.«

»Solange sie auf ihren Bäumen bleiben oder hoch am Himmel fliegen, ist das kein Problem. Ich will nur nicht, dass sie zu mir kommen oder irgendwo in die Nähe meines Kopfes. Ich gehe nie an den Strand. Hast du die *Seemöwen* da schon mal beobachtet? Die schwärmen da in Scharen rum, und ich schwöre dir, das Geschrei, das die veranstalten, bedeutet nur, dass sie Pläne schmieden, wie sie sich am besten organisieren, um mich anzugreifen.«

»Wurdest du denn schon mal von einem Vogel angegriffen?«

Zac zog den Kopf ein und zuckte mit den Schultern. »Na ja, nein. Aber als ich sechs war, hat mir mal einer auf den Kopf gekackt. Sieh mal, ich weiß auch nicht, warum ich Vögel hasse, aber es ist nun mal so. Ich hab sie schon immer gehasst. Du kannst mich jetzt ruhig für verrückt oder sonderbar halten oder was auch immer. Ich hasse Vögel, Punkt. Ich pack sie einfach nicht.«

»Dir ist schon klar, dass das hier nur ein rein hypothetisches Projekt ist«, hakte ich nach. »Es wird keine echten Vögel geben, selbst wenn wir uns für die Tierhandlung entscheiden.«

»Ich komm auch mit hypothetischen Vögeln nicht klar!«, rief Zac und fuchtelte dabei mit den Armen, als müsse er diese hypothetischen Vögel wegscheuchen.

»Okay, okay«, beruhigte ich ihn und hielt beschwichtigend die Hände hoch. »Keine hypothetischen Vögel. Und auch keine Tierhandlung. Ich hab da eine Idee. Ich gehe deine Liste durch und markiere die Vorschläge, die mir am besten gefallen, und du siehst dir meine an und machst es genauso, okay? Dann wählen wir von denen einen aus.«

»Klingt nach einem guten Plan«, meinte Zac. Er schien jetzt viel ruhiger, nachdem ich mich damit einverstanden erklärt hatte, auf die imaginären Vögel zu verzichten.

Wir lasen also jeder die Liste des anderen durch und markierten die Vorschläge, die uns am besten gefielen. Zac hatte eine ganze Reihe recht alberner Ideen notiert, aber es waren durchaus auch ein paar ziemlich brauchbare dabei. Zwar kein richtiger Knaller, aber ich war bereit, einen Kompromiss einzugehen.

»Okay«, meinte Zac ein paar Minuten später. »Dann sehen wir mal, was wir alles haben.«

Insgesamt waren noch neun Vorschläge übrig.

»Oh«, sagte ich, als ich sah, was Zac markiert hatte, »das kannst du gleich vergessen.« Ich deutete auf die Zeile, in der stand *Partnervermittlungsagentur*. »Das war nur so eine blöde Idee gewesen. Ich hab einfach alles aufgeschrieben, was mir in den Sinn gekommen ist, selbst das Allerbescheuertste. Ich glaube nicht, dass das eine so gute Geschäftsidee ist.«

»Warum denn nicht?«, entgegnete Zac und wirkte ernsthaft verwirrt. »Ich finde es großartig, das ist der beste Vorschlag auf der Liste. Darauf kommen die anderen Teams doch bestimmt nicht, also gehen wir kein Risiko ein, dass wir dasselbe Unternehmen haben wie ein anderes Team in der Klasse. Und es gibt viele Menschen, die bereit sind, ein Heidengeld zu bezahlen, um die große Liebe zu finden.«

»Ich bin mir nicht sicher, ob Mr Freeman das so gut gefallen wird«, meinte ich. »Vermutlich wird er darauf bestehen, dass wir uns ein ernsthafteres Geschäftsmodell überlegen.«

»Aber Partnervermittlung ist doch ein ganz ernstes Geschäft«, protestierte Zac. »Hast du denn noch nie einen von diesen Werbespots gesehen im Fernsehen? Es gibt Tausende von Websites, die einzig und allein dafür da sind, Paare zusammenzubringen. Hmm … Wir könnten sogar zweigleisig fahren, im Internet und mit echten Beratern in einer Agentur für die örtliche Kundschaft. Wir brauchen also einen Programmierer, der sich um die Website kümmert, und ein paar Angestellte, die die Kunden im persönlichen Gespräch beraten. Die könnten uns gleichzeitig bei den Internetanwendungen helfen, dann sparen wir Personalkosten.«

Und ehe ich wusste, wie mir geschah, hatte Zac schon ein neues Blatt aufgeschlagen und angefangen, die ganzen Ideen aufzuschreiben, die nur so aus ihm heraussprudelten. Seine Hand flog über die Seite, doch selbst bei der Geschwindigkeit bezweifelte ich, dass der Stift noch mit dem Fluss seiner Gedanken mithalten konnte, der in Form von Worten aus seinem Mund kam.

»Wir müssen uns einen Namen überlegen«, meinte Zac. »Irgendwas, was hängen bleibt, aber nichts allzu Schmalziges. Nichts für ungut, aber schmalzig geht gar nicht.«

»Zac«, sagte ich in dem Versuch, seinen Redeschwall zu unterbrechen.

»Wie wär's mit ›A bis Z Paardienste‹? Für Avery und Zac? Oh! Wir könnten unseren direkten Kunden besondere Konditionen anbieten, wenn sie ihre Bewerbung auch online stellen. So locken wir die Kunden in die Agentur. Und wir müssen auf jeden Fall Werbung machen.«

Ich versuchte es erneut. »Zac …«

Doch er schien mich immer noch nicht zu hören. »Denkst du, wir sollten uns auf eine bestimmte Altersgruppe beschränken? Ich meine, sollen wir uns vielleicht auf Teenies konzentrieren? Oder lieber auf Erwachsene? Minderjährige Kunden bereiten bestimmt mehr Probleme, was die Sicherheit betrifft und Internetpiraterie …«

»Zac!«

Ein paar Leute an den Nebentischen drehten sich nach meinem Aufschrei zu uns um. Zac sah mich blinzelnd an.

»Was denn?«, fragte er. »Gefällt dir das nicht? Das war doch *deine* Idee.«

Ich spielte mit dem Papier meines Strohhalms herum. »Das ist mir klar. Aber es war nur ein Witz. Wir können keine Partnervermittlung für unser Schulprojekt nehmen.«

»Aber die Idee ist echt gut. Das ist mal was anderes, zwischen den ganzen Boutiquen und Restaurants, an denen die anderen Teams vermutlich arbeiten. Und außerdem ist es eine Serviceleistung, die dafür da ist, andere Menschen glücklich zu machen. Was soll daran denn falsch sein?«

»Vielleicht alles?«, meinte ich. »Dieser ganze Partnervermittlungsquatsch ist doch der reinste Schwindel. Jeder Idiot kann zwei Leute zusammenbringen, wenn sie gleiche Interessen oder Ziele haben. Warum sollte man denn dafür bezahlen?«

Zac zuckte mit den Schultern. »Aber die Leute bezahlen nun mal dafür, ständig. Nicht jeder hat so eine einnehmende Art wie du, und nicht jeder zieht haufenweise Menschen an, die sich ihm zu Füßen werfen.«

Ich schleuderte das zusammengeknüllte Strohhalmpapier über den Tisch auf ihn. »Ich meine das ernst. Die ganze Partnervermittlungsindustrie ist ein einziger Beschiss, die stürzen sich auf all die einsamen Idioten, die meinen, sie bräuchten jemanden, der ihrem Leben einen Sinn verleiht.«

»Du kannst doch nicht jetzt schon eine so zynische Einstellung zur Liebe haben.« Zac klopfte mir mit seinem Stift auf die Finger. »Du bist noch nicht mal aus der Highschool raus.«

»Beziehungen sind reine Zeit- und Energieverschwendung. Ich bin nicht Klassenbeste geworden, indem ich hinter jedem süßen Typen her war, der in meine Richtung gesehen hat.«

»Findest du mich etwa süß?«, fragte er mit einem Augenzwinkern.

Er grinste mich an und ich schämte mich dafür, dass ich rot wurde. Ich musste wieder die Kontrolle über dieses Gespräch kriegen, ehe Zac mitbekam, wie sehr er mich durcheinandergebracht hatte. Ich setzte mich aufrecht hin, nahm die Schultern zurück und richtete meinen Bleistift auf dem Tisch parallel zur Kante meines Blocks aus, um wenigstens wieder ein kleines bisschen Ordnung in das Chaos zu bringen, das Zac hier an unserem Tisch angerichtet hatte. »Das hättest du wohl gern«, entgegnete ich.

Zac klopfte mir noch einmal mit dem Stift auf die Knöchel und lächelte, während er den Beat in seinem Kopf auf meine Haut übertrug. »Niemand kann völlig abgeschottet vom Rest der Gesellschaft leben. Jeder braucht Liebe, daher …« Mit einer weit ausholenden Geste deutete er auf den Block mit den Notizen. »Tada! Jeder braucht eine Partnervermittlungsagentur.«

Dort, wo er auf meine Finger klopfte, ging ein Prickeln durch meine Hand. Ich legte meine andere Hand darüber und rieb über die Stelle, damit das Prickeln wegging. »Nicht jeder. Ich bin nicht naiv genug, um wissenschaftliche Fakten mit irgendwelchen Vorstellungen von geistigen Verbindungen zu verwechseln.«

»Ach, wirklich?« Zac lachte leise, während er sich zu mir über den Tisch beugte. Sein Gesicht war nun nur noch wenige Zentimeter von meinem entfernt. »Und was genau sagt uns die Wissenschaft über die Liebe?«

Er war mir so nahe, dass ich die goldenen Sprenkel in seinen braunen Augen sehen konnte. Ein kaum sichtbares Muttermal war unter seinem linken Auge zu erkennen und ein heller Pfirsichflaum bedeckte die Haut oberhalb seiner Lippe. Ich schluckte und gab die Worte wieder, die sich mir in all den Jahren, die ich mich nun schon mit medizinischen Werken befasste, ins Gehirn gebrannt hatten. »Liebe ist eine Form der Lust. Lust wird durch die Ausschüttung von Endorphinen ausgelöst. Das, was eine Person unserer Ansicht nach attraktiv macht, basiert nur auf Pheromonen. Wir reagieren positiv auf jemanden, dessen Pheromone zu den unseren passen, und dann denken wir, wir hätten uns verliebt. Aber das spielt sich alles nur im Kopf ab, reine Einbildung. Buchstäblich.«

Jetzt grinste Zac über das ganze Gesicht und klopfte mir mit dem Stift leicht auf die Nase. »Du bist wirklich so was wie ein wandelndes medizinisches Nachschlagewerk. Du hast alles durchschaut, was?« Seine dunklen Augen blickten mich unverwandt an, und ein leises Lächeln kräuselte seine Lippen, als wüsste er eh schon, was ich sagen würde, auch wenn er nicht daran glaubte.

Tja, alles hatte ich noch nicht durchschaut. Bei ihm hatte ich immer noch so meine Probleme.

»Ich weiß genug, um nicht so leicht auf die Biologie reinzufallen.« Ich starrte ihn eine Weile an und forderte ihn im Stillen heraus, sich mit mir anzulegen oder mich eines Besseren zu belehren. Doch das tat er nicht. Er starrte zurück, ebenso schweigend, bis ich mich schließlich von seinem Blick löste, da mir die Röte übers Gesicht kroch.

Ich nahm einen Schluck von meinem Getränk, um meinen mit einem Mal total trockenen Hals zu befeuchten. »Ich finde immer noch,« sagte ich dann, »dass Partnervermittlungen nichts als Beschiss sind, aber wenn du es für eine gute Idee hältst, bitte schön. Solange ich eine eins dafür kriege, ist es okay für mich.«

Meine letzte Hoffnung war jetzt, dass Mr Freeman was dagegen hatte und uns zwingen würde, uns was anderes auszudenken.

Fünf

»Also dann«, meinte Hannah Cohen, während sie mit dem Hammer auf den Tisch schlug. »Die Sache ist beschlossen. Die Einnahmen aus dem Frühlingsflohmarkt gehen an das örtliche Tierheim. Ich bin mir sicher, die Hunde und Katzen werden sehr dankbar sein für das Fressen, das mithilfe unserer Spende gekauft werden kann.«

Molly lehnte sich auf der anderen Seite von Hannah mit ihrem Stuhl zurück, um eine Grimasse zu schneiden, und sie wackelte mit dem Kopf, wie Hannah das immer tat, wenn sie bei den Sitzungen unserer Jahrgangsstufe etwas sagte. Ich hustete, um mein Lachen zu vertuschen. Hannah nahm ihren Job als Vorsitzende des Jahrgangs viel zu wichtig und gab sich in dieser Funktion bei den monatlichen Versammlungen immer fast noch arroganter, als sie es eh schon war.

Doch als Vizepräsidentin ging ich mit meinem Lachen nicht unbedingt als bestes Vorbild für den Rest der Mitglieder durch. Auch wenn es einfach total treffend und witzig war, wie Molly sie nachmachte.

Hannah warf mir einen kurzen Blick zu, ehe sie ihr Haar zurückwarf und sagte: »Gibt es sonst was Neues?«

Natalie Spinelli, auch bekannt als Hannahs rechte Hand, meldete sich. »Ich wäre dafür, dass wir uns über die Wahl der diesjährigen Klassenkönigin und des Klassenkönigs unterhalten.«

Als Molly sich nun kerzengerade aufrichtete, donnerten die Füße ihres Stuhls mit einem lauten Knall auf den Fliesenboden. »Was gibt es da denn zu besprechen? Die Sache mit dem Klassenkönig und der Klassenkönigin ist ein archaisches Ritual, das man schon vor zwanzig Jahren hätte abschaffen sollen. Sind wir an dieser Schule denn ernsthaft noch an Beliebtheitswettbewerben interessiert? Täusche ich mich oder leben wir inzwischen im einundzwanzigsten Jahrhundert?«

Gemurmel wurde laut vom Rest der Leute, einige waren ganz Mollys Meinung, andere offensichtlich nicht, bis Hannah schließlich wieder mit dem Hammer auf den Tisch schlug.

»Wir haben deinen Einwand registriert, Fräulein Schriftführerin«, sagte Hannah an Molly gewandt, »doch leider muss er abgewiesen werden. Der Klassenkönig und die Klassenkönigin sind tief verwurzelte Traditionen hier an der Willowbrook High, und indem wir sie jedes Jahr aufs Neue wieder aufleben lassen, gedenken wir derer, die vor uns hier waren. Ich schließe mich der Anregung von Ratsmitglied Spinelli an, dass wir die Wahl diskutieren sollten.«

Natürlich tat sie das. Hannah war schon die vergangenen zwei Jahre zur Klassenkönigin ernannt worden. Ihr war eh klar, dass sie den Titel auch dieses Jahr längst in der Tasche hatte.

Nach zwanzig weiteren quälenden Minuten, die wir über Klassenkönig und -königin diskutierten – und mit »diskutieren« meine ich lediglich, dass jeder Einzelne erklärte, weshalb er fand, dass Hannah in diesem Jahr Klassenkönigin werden sollte – war das Treffen endlich vorbei.

»Vielen Dank«, keuchte ich, während ich meinen Rucksack und meine Sachen aufsammelte. »Noch fünf Sekunden länger, und ich hätte mir selbst eins mit Hannahs Hammer übergebraten, um nichts mehr mitkriegen zu müssen.«

Molly, die während der gesamten Diskussion geschmollt und sich geweigert hatte, weiterhin Protokoll zu führen, stierte finster auf Hannahs Rücken, während die den Raum verließ. »Was würde ich geben, wenn sie die Wahl zur Klassenkönigin in diesem Jahr nicht gewänne. Kannst du dir vorstellen, was für einen Anfall sie kriegen würde?«

Das konnte ich mir allerdings vorstellen. Sie hatte tagelang geheult, als sie in der vierten Klasse beim Buchstabierwettbewerb verloren hatte – gegen mich. Es war schon erstaunlich, dass wir vor unserem großen Zerwürfnis überhaupt befreundet gewesen waren, schließlich waren wir immer Konkurrentinnen um dieselben Auszeichnungen und Titel gewesen.

»Hannah wird nicht verlieren«, sagte ich. »Viel zu viele Leute fallen auf ihr unschuldiges Gehabe herein.«

Wir verließen das Klassenzimmer, in dem die Versammlung üblicherweise stattfand, und gingen den Flur entlang.

»Und, was für ein Geschäft hast du für das Wirtschaftsprojekt gewählt?«, wollte Molly wissen.

»Zac meint, ich darf vor nächster Woche niemandem etwas davon verraten.«

Molly stieß ein missmutiges Geräusch aus. »Kannst du es nicht mal mir sagen, der allerbesten Freundin auf der ganzen Welt?«

Ich verdrehte die Augen. »Na gut. Es geht um eine Partnervermittlungsagentur.«

»Cool! Die Idee klau ich euch!«

»Untersteh dich«, stieß ich zwischen zusammengepressten Zähnen hervor. »Sonst schnallt Zac sofort, dass ich dir davon erzählt habe, und dann bringt er mich um.«

»Jetzt mach dir mal nicht gleich in die Hosen.« Molly tätschelte meine Schulter. »Nathan und ich haben schon eine andere Geschäftsidee. Wir versuchen es mit einer Bäckerei.«

Ich stutzte ein wenig, als sie das sagte. »Was weißt du denn vom Backen?«

»Null«, gab Molly zu. »Aber das war das Einzige, auf das wir uns einigen konnten. Er bäckt gern und ich esse gern. So haben wir beide was davon. Außerdem, in meiner Vorstellung sind wir in Wahrheit CIA-Agenten, und die Bäckerei dient nur zur Tarnung, damit keiner Verdacht schöpft.«

Auf einmal tauchte Elliott aus der Menge vor uns auf. Mist, ich hatte so gar keine Lust, mich jetzt auch noch mit ihm zu beschäftigen, nachdem ich schon Hannah eine

Stunde lang hatte ertragen müssen. Daher zerrte ich Molly rasch in die Mädchentoilette, ehe sie ihn entdeckte.

Molly warf mir einen entrüsteten Blick zu, während sie die Falten in ihrem T-Shirt wieder glatt strich. »Was ist denn mit dir los?«

»Nichts«, sagte ich. »Ich muss mal aufs Klo.«

»Aha.« Molly verschränkte die Arme vor der Brust und lehnte sich gegen das Waschbecken. »Und die Tatsache, dass Elliott gerade auf uns zukam, die hatte mit deiner Aktion wohl nichts zu tun, was?«

Sollte Molly tatsächlich irgendwann mal als Geheimagentin arbeiten, dann hätten ihre Opfer keine Chance, denn ihr entging wirklich nichts, was sich um sie herum abspielte.

»Natürlich nicht. Hab ihn gar nicht gesehen.«

Molly warf mir einen Blick zu, der besagte, dass sie mir das ganz und gar nicht glaubte.

Ich wandte mich ab und fing an, vor dem Spiegel mein Haar in Ordnung zu bringen. Nicht dass das nötig gewesen wäre, aber so hatte ich wenigstens etwas, auf das ich mich zur Ablenkung konzentrieren konnte.

»Hey«, sagte ich, »denkst du, deine Mom würde mich noch mal fürs Rasenmähen bezahlen?«

»Nein, glaub ich nicht«, meinte Molly entschieden. »Du hast das Gras das letzte Mal viel zu kurz geschnitten. Es hat einen Monat gedauert, bis es wieder auf eine normale Höhe gewachsen war.«

»Ich hab dir doch gesagt, dass ihr einen neuen Rasenmäher braucht.«

Molly kramte in ihrem Rucksack und brachte eine Tube Lipgloss mit Wassermelonengeschmack zum Vorschein. »Es liegt nicht am Rasenmäher, sondern an der Person, die ihn bedient.«

Ich seufzte. »Ich brauch unbedingt ein paar Jobs, mit denen ich mir ein bisschen Extrakohle verdienen kann, sonst wird das diesen Sommer nichts mit Costa Rica.«

»Vielleicht engagiert meine Schwester dich ja mal wieder als Babysitter«, schlug Molly vor. »Wenn du versprichst, das Baby nicht fallen zu lassen oder es zu verlieren.«

Ich zog die Nase kraus bei dem Gedanken an vollgekackte Windeln. Babyhintern sauber zu machen war nicht gerade mein Traumjob, ganz gleich, wie niedlich Mollys Neffe auch sein mochte.

»Ich hab echt Sorge, dass das Geld nicht reicht, trotz allem, was ich getan habe«, sagte ich und sah mein Spiegelbild stirnrunzelnd an. »Das ist die Chance meines Lebens. Ich hab jahrelang darauf gewartet, dass ich endlich alt genug dafür bin, um da hinfahren zu können. Wenn ich es diesen Sommer nicht schaffe, dann werde ich vielleicht nie mehr die Gelegenheit dazu haben.«

»Du schaffst das schon«, versicherte mir Molly. »Ich hab zweihundert Dollar gespart, die könnte ich dir notfalls leihen.«

Ich lächelte. »Danke, aber ich kann doch kein Geld von dir annehmen. Ich weiß doch, dass du für einen neuen Computer sparst.«

Molly zuckte mit den Schultern. »Es wird noch viele neue

Computer geben in meinem Leben. Das Angebot steht, falls du darauf zurückkommen willst. Ich seh jetzt mal zu, dass ich Elliott noch erwische. Kommst du mit?«

Ich schüttelte den Kopf und versuchte, meinen Ärger hinunterzuschlucken. Musste sie denn alle fünf Sekunden an Elliott denken? »Nein, wir sehen uns später, wenn du dich wieder von ihm losgeeist hast.«

»Hey, ich kann sehr gut ein befriedigendes Liebesleben führen und gleichzeitig eine moderne, karriereorientierte Frau bleiben«, erklärte Molly, ehe sie nach draußen verschwand.

Als die Tür sich hinter ihr geschlossen hatte, hörte ich eine Toilettenspülung und dann ging eine der Kabinentüren auf. Hannah kam herausmarschiert, den Rucksack über der Schulter baumelnd. Schweigend trat sie ans Waschbecken und ließ sich Zeit damit, ihre Hände zu waschen und sie anschließend sorgfältig zu trocknen. Ich tat so, als wäre ich wahnsinnig beschäftigt mit dem Inhalt meines Rucksacks, während ich darin herumwühlte, um sie nicht ansehen zu müssen.

Endlich, nachdem sie das Papierhandtuch in den Müll geworfen hatte, drehte sie sich zu mir um und sagte: »Hallo, Avery.«

»Hi«, erwiderte ich, den Arm immer noch bis zum Ellbogen in der Tasche. Sofort wurde ich wachsam. Hannah sprach mich sicher nicht ohne Grund an.

Sie glättete eine Falte in ihrem roten Cardigan, den sie trotz der Hitze heute anhatte. Die weißen Rosen am unteren

Saum passten exakt zu der weißen Rose an ihrem Haarband. Das dunkelbraune Haar fiel ihr in perfekten Locken auf die Schultern, und der Rock, der ihr bis zum Knie ging, entsprach haargenau dem Dresscode der Schule. Hannah hätte es nie gewagt, bei der Rocklänge zu bescheißen, wie es die anderen Mädchen taten. Unseren Lehrern zufolge war Hannah die perfekte Musterschülerin.

»Tolle Leistung beim Geschichtstest letzte Woche, Avery«, meinte Hannah. »Du hast ja sogar die Bonusfragen beantworten können. Bravo.«

»Hör endlich auf, heimlich in die Notenbücher der Lehrer zu gucken. Du willst doch nicht dabei erwischt werden und dir dadurch deinen einwandfreien Ruf ruinieren, oder?«

Hannah schenkte mir ein aufgesetztes Lächeln. »Wenigstens habe ich einen guten Ruf, um den ich mich sorgen kann. Ich bin hier nicht diejenige, die als Eisprinzessin bekannt ist.«

Ich hatte absolut keine Lust, den ganzen Tag hier rumzustehen und mir Hannahs hexenmäßig grünes Gesicht anzusehen. Denn so sah ihre Haut im grausamen Licht der Toilette aus. »War nett, mit dir zu plaudern, aber ich muss jetzt los.« Damit ging ich in Richtung Tür, zog den Reißverschluss meines Rucksacks zu und warf ihn mir über die Schulter.

»Warte«, rief Hannah. »Ich hab da ein Angebot für dich.«

»Du bist nicht mein Typ«, erwiderte ich.

Hannah grinste mich fies an. »Haha. Ich meine einen

geschäftlichen Deal, inspiriert von dem, was Mr Freeman uns diese Woche beigebracht hat. Ich hab zufällig euer Gespräch mit angehört. Ich weiß genau, wie schlimm es für dich wäre, wenn du nicht all diesen armen, kranken Menschen helfen könntest und keine Chance bekommst, die Heldin zu spielen. Das hast du doch schon immer gern getan, nicht wahr? Den Leuten helfen?«

Ich seufzte und verdrehte die Augen zur Decke. »Können wir jetzt bitte aufhören mit den Spielchen und zum eigentlichen Punkt kommen? Was willst du von mir?«

»Ich will, dass du mir den Freund ausspannst.«

Ich brauchte ein paar Sekunden, ehe ich die Bedeutung dessen, was sie da gesagt hatte, begriff.

»Willst du mit Zac Schluss machen?«, entfuhr es mir.

Hannah schaute finster drein. »Könntest du das nicht noch ein bisschen lauter sagen? Ja, ich will mit Zac Schluss machen. Aber ich will, dass er derjenige ist, der *mich* sitzen lässt. Und da kommst du ins Spiel.«

Durch meinen Kopf wirbelten unzählige Fragen, aber ich stellte einfach diejenige, die ich als Erstes rausbrachte. »Warum willst du denn mit Zac Schluss machen?«

Hannah zuckte mit den Schultern. »Das geht dich nichts an.«

»Okay. Und warum machst du nicht selbst mit ihm Schluss?«

»Ja, genau, weil das ja so toll wäre für meinen Ruf, nicht wahr? Falls du es noch nicht mitbekommen haben solltest, ein ganzer Haufen Leute hier mag Zac ziemlich gern. Es geht sogar das Gerücht, dass er vielleicht zum Klassenkönig gewählt wird. Wenn ich jetzt mit ihm Schluss mache, so kurz vor den Wahlen, dann kann ich mir den Titel als Klassenkönigin abschminken. Dann bin ich ruiniert.«

Klassenkönigin? Hannah wollte also bloß nicht den ach so wichtigen, dämlichen Beliebtheitswettbewerb an unserer Schule aufs Spiel setzen? Es hatte noch nicht mal viel zu bedeuten, wenn man Klassenkönig oder -königin war. Man ging keinerlei besondere Verpflichtungen ein, hatte keine speziellen Vorteile, im Grunde hatte man rein gar nichts davon. Die Sache war wirklich nichts weiter als ein Beliebtheitswettbewerb, den unsere Schule ins Leben gerufen hat, damit zwei Schüler jedes Jahr etwas bekamen, was sie zusätzlich bei ihren Collegebewerbungen anführen konnten. Ich wurde den Verdacht nicht los, dass es die Columbia herzlich wenig interessierte, ob Hannah jetzt zum dritten Mal den Titel der Klassenkönigin gewann oder nicht.

Und das hier war genau der Grund, warum ich nicht an die wahre Liebe glaubte. Zac hatte keinen blassen Schimmer, dass Hannah in diesem Augenblick mit mir darüber sprach, dass sie mit ihm Schluss machen wollte. Da konnte man nichtsahnend in den Tag gehen, ohne auch nur einen Gedanken daran zu verlieren, dass etwas faul sein könnte in der eigenen Beziehung, überzeugt, dass man sich über alles liebte, und in Wirklichkeit heckte die bessere Hälfte gerade einen Plan aus, wie sie einen am besten loswerden konnte.

»Kannst du ihn nicht selbst dazu bringen, dass er mit dir

Schluss macht?«, fragte ich. »Ich bin mir sicher, wenn du ihm deine wahre Persönlichkeit zeigen würdest, dann würde er dich auf der Stelle sitzen lassen.«

Hannahs Lachen hallte von den Fliesen an den Wänden um uns herum wider. »Glaubst du etwa, darauf wäre ich nicht schon von selbst gekommen? Ich versuch jetzt schon seit zwei Monaten, ihn dazu zu bringen, die Sache mit mir zu beenden. Ich war total pampig zu ihm, ich hab Verabredungen platzen lassen, ich hab ihn ignoriert. *Aber er schnallt es einfach nicht.* Dass er sich in dich verliebt, ist meine letzte Hoffnung.«

Ich lehnte mich gegen die Wand und musterte sie. »Und was soll es mir bringen, dir dabei zu helfen?«

»Ich hab dir doch gesagt, dass es um einen geschäftlichen Deal geht. Du tust mir diesen Gefallen, und ich sorge dafür, dass du nach Costa Rica kannst. Dann haben wir beide, was wir wollten.«

Nein, sicher nicht. Da musste doch ein Haken sein an der Sache. Warum sollte Hannah Cohen irgendetwas tun, damit ich das bekam, was ich mir wünschte?

»Warum ich?«, fragte ich und ich sah sie mit zusammengekniffenen Augen an. »Findest du denn sonst keinen an dieser Schule, der herzlos genug dafür wäre?«

»Bist *du* denn nicht auch herzlos, Avery? Jedenfalls hast du dich so benommen an dem Tag bei Elliott im Keller.« Sie zuckte mit den Schultern. »Du hast doch eh schon Erfahrung darin, mir die Freunde auszuspannen. Nach der Sache hier wären wir quitt.«

»Ich hab dir Elliott nicht ausgespannt«, protestierte ich.

»Nein, aber du hast alles kaputt gemacht«, meinte Hannah leise. »Es war nicht allein die Freundschaft zwischen uns dreien, die du an jenem Tag zerstört hast.«

Ich vergrub die Fingernägel in meiner Handfläche. Ich würde jetzt *garantiert* nicht vor Hannah anfangen zu heulen. Ich würde ihr nicht die Genugtuung bereiten, dass sie sah, wie sehr mich die Sache immer noch belastete, auch nach vier Jahren noch.

»Such dir doch jemand anderen, der die Drecksarbeit für dich erledigt«, knurrte ich. Dann versuchte ich mich an ihr vorbei zur Tür zu drängen.

»Erzähl mir jetzt bloß nicht, dass du auf einmal so was wie ein Gewissen hast«, sagte Hannah.

Gerade wollte ich die Tür aufziehen, als ihre folgenden Worte mich innehalten ließen. »Wenn du es nicht tust, dann erzähl ich Molly, dass du in der siebten Klasse mit Elliott rumgemacht hast.«

Ich drehte mich zu ihr um und sah ihr ins Gesicht. Mir schlug das Herz bis zum Hals.

Hannah grinste mich fies an. »Sie weiß es nicht, oder? Sie hat keine Ahnung, warum du Elliott eigentlich so hasst.«

Ich holte ein paarmal tief Luft. »Das wirst du nicht wagen.«

»Ach, willst du mich auf die Probe stellen? Du schuldest mir was, Avery. Das ist die Chance für dich, deinen Fehler wiedergutzumachen.« Sie verschränkte die Arme vor der Brust. »Also, bist du jetzt dabei oder nicht?«

Ich schüttelte den Kopf, doch dann spielte Hannah ihren allerletzten Trumpf aus, die Karte, von der sie wusste, dass ich gegen sie nicht ankam.

»Ich zahl dir fünfhundert Dollar dafür.«

Ich war wie erstarrt. Hatte sie da gerade echt was von *fünfhundert Dollar* gesagt?

Hannah zog ihr Scheckbuch aus der Tasche. »Zweihundert jetzt, dreihundert, sobald der Job erledigt ist. Also, letzte Chance. Bist du dabei oder nicht?« Sie öffnete das Scheckheft und beobachtete mich, während ihr Stift über dem Papier schwebte.

Fünfhundert Dollar. Für sie war das vielleicht ein Klacks. Hannah hatte früher in derselben Straße wie ich gewohnt, direkt neben Elliott und seiner Familie. Doch vor einigen Jahren expandierte die Bank, deren Eigentümer ihr Vater war, auf nationaler Ebene, und seitdem verdiente er haufenweise Kohle. Die Cohens wohnten inzwischen in einem riesigen Haus in einer schicken Gegend im Bonzenviertel von Willowbrook. Für Hannah waren fünfhundert Dollar sicher so was wie ein Fliegenschiss, verglichen mit ihrem Bankkonto.

Aber für mich waren fünfhundert Dollar *alles*. Sie konnten ausschlaggebend sein, ob ich in einen Flieger nach Costa Rica stieg, oder ob ich wieder mal den ganzen Sommer in einem Riesen-Hotdog-Kostüm verbringen würde.

Außerdem, was bedeutete mir Zac Greeley überhaupt? War doch auch nur ein Typ, mit dem ich zur Schule ging. Wir waren ja noch nicht mal richtig befreundet. Wir hatten außerhalb der Schule nie was miteinander zu tun gehabt vor unserem gemeinsamen Wirtschaftsprojekt.

Ich leckte mir mit der trockenen Zunge über die Lippen. »Einverstanden, ich bin dabei«, brachte ich schließlich krächzend heraus.

Hannah füllte unverzüglich den Scheck aus und riss ihn aus dem Heft. »Dachte ich's mir doch.«

Sechs

»Also, Avery«, sagte Trisha, während sie mir über den Tisch und die frischen Lilien hinweg, die mein Dad heute extra gekauft hatte, zulächelte. »Dein Vater hat mir erzählt, dass du wahrscheinlich Klassenbeste wirst?«

Endlich hatte ich wieder einmal einen Abend frei ohne Hotdogs, kreischende Kids und Elliott Reiser. Ein nagelneues Buch über Wirbelsäulenanomalien lag unberührt auf meinem Nachttisch und wartete darauf, dass ich es aufschlug.

Aber nein. Dad hatte mich ja mit anderen Plänen überfallen müssen. Als Ian und ich aus der Schule heimgekommen waren, hatte Dad angerufen, um uns zu erklären, dass wir uns hübsch anziehen und um achtzehn Uhr dreißig fürs Abendessen fertig sein sollten, weil seine Freundin vorbeikäme.

Seine *Freundin*. Leute über vierzig sollten keinen Freund oder Freundin mehr haben dürfen. Sie sollten befreundet sein, mehr nicht.

Trisha Montgomery war Lehrerin der fünften Klasse an

der Willowbrook Elementary. Sie sah nicht mal aus wie das rotäugige, tollwütige Biest mit riesigen Hörnern, das ich eigentlich erwartet hatte. Stattdessen wirkte sie eigentlich recht nett und hübsch mit ihrem Blümchensommerkleid und den goldenen Sandalen. Das hellbraune Haar hatte sie locker und ein wenig unordentlich auf den Kopf getürmt. Vermutlich hatte es weit länger gedauert, es so zerzaust aussehen zu lassen, als es den Eindruck machte. Das war eine von diesen Frisuren, die ich nie hinkriegen würde, da ich einfach nicht fähig war, das richtige Gleichgewicht zwischen unordentlich und gestylt zu finden.

Der Ausschnitt ihres Kleides aber war ein bisschen zu tief, vor allem für eine Grundschullehrerin. Ich hatte Ian ein paarmal gegen das Bein treten müssen, als ich mitbekommen hatte, wie er sie anstarrte.

»Vielleicht«, antwortete ich schließlich schulterzuckend. »Man weiß nie. Ein angehender Superwissenschaftler könnte noch an meine Schule versetzt werden, dann würde er mich auf Platz zwei oder drei verbannen.«

Dad lachte. »Avery ist immer so bescheiden. Sie hatte schon immer ausgezeichnete Noten. Sie möchte gerne mal Ärztin werden.«

»Sie geht nach Costa Rica«, steuerte Ian, der Schleimer, bei. »Um den armen Menschen dort zu helfen.« Dem brauchte man echt nur ein Paar Brüste vors Gesicht zu halten, schon vergaß Ian, was es hieß, sich als Familie geschlossen gegen den Eindringling zu stellen.

Trishas Lächeln wurde noch breiter. »Das klingt ja cool.

Da wollte ich schon immer hin.«

Cool. Die Freundin von meinem Dad, die mindestens schon achtunddreißig war, verwendete doch tatsächlich das Wort *cool*. Ich würde es von nun an ganz bestimmt nicht wieder benutzen, jetzt, da ich erlebt hatte, wie lächerlich es aus Trishas Mund klang.

»Also, *vielleicht* geht sie«, korrigierte Dad Ian. Sein Lächeln verblasste ganz leicht, und seine Schultern spannten sich an, wie immer, wenn mein Trip nach Costa Rica zur Sprache kam. »Das ist noch nicht endgültig entschieden.«

Dad sprach nicht gern über diese Sache. Er unterstützte mich zwar in meinem Traum, Ärztin werden zu wollen, doch es gefiel ihm ganz und gar nicht, dass ich so weit weg wollte. Mir war klar, dass das zum Großteil auch an Mom lag. Was, wenn ich wegging und beschloss, nie wiederzukommen, genau wie sie?

Es lag mir in den Genen, doch ich würde nie zulassen, dass dieser Teil meiner DNA je die Oberhand gewann und ich irgendjemand verletzte. Diesen Abenteuergeist, der einen gern mal dumme Fehler begehen ließ, würde ich schon unter Kontrolle halten und bekämpfen. Der Unterschied zwischen mir und meiner Mom war, dass ich jegliche Ablenkungen von außen *komplett* kontrollierte.

Ich rückte den Löffel auf dem Tisch gerade und stellte sicher, dass er parallel zum Teller lag. Dann bewegte ich mein Wasserglas um einen Zentimeter in die perfekte Position, genau acht Zentimeter rechts oben von meinem Teller entfernt.

»Ich gehe auf jeden Fall«, erklärte ich Dad. »Und zwar *diesen* Sommer. Ich hab schon fast das ganze Geld beisammen, das ich brauche.«

Dad trank einen Schluck Wasser und schluckte, ehe er das Glas vorsichtig zurück auf den Tisch stellte. »Reden wir darüber doch bitte ein andermal.«

Ich aber konnte mir die folgenden Worte nicht verkneifen, auch wenn mir klar war, dass das jetzt ganz und gar nicht der richtige Zeitpunkt für eine solche Diskussion war. »Du behandelst mich wie ein kleines Kind.« Mein Zorn darüber, dass Dad ganz unerwartet jemanden zum Abendessen mitgebracht hatte, machte es mir unmöglich, den Mund zu halten. Wenn Trisha ein Teil dieser Familie sein wollte, dann sollte sie ruhig sehen, wie wir in Wirklichkeit so waren, sie sollte ruhig hinter die Kulisse aus frischen Schnittblumen und gegrilltem Steak blicken. »Ich bin längst fähig, wichtige Entscheidungen wie diese alleine zu treffen.«

Ian beugte sich über seinen Teller und schaufelte Bohnen in seinen Mund, als könnte er gar nicht schnell genug mit dem Essen fertig werden. Wann immer Dad und ich uns stritten, fing Ian an zu fressen. Nachdem Mom uns verlassen hatte, hatte er es sich zur Gewohnheit gemacht, Kekspackungen und kleine süße Snacks in seinem Zimmer zu verstecken. Dad hatte nie ein Problem darin gesehen, doch ich machte alle paar Monate Jagd auf diese ungesunden Leckereien und warf das Zeug weg.

Ich sah meinen Dad finster an, doch er stierte runter auf seinen Teller und aß ungerührt weiter. Er ignorierte mich geflissentlich, während Ian alles in sich reinstopfte wie ein Backenhörnchen, das sich auf den Winter vorbereitete.

»Also«, meinte Trisha nach einem Augenblick betretenen Schweigens, während sie ihr Steak in kleine, mundgerechte Stücke schnitt, »hast du an der Schule einen Freund?« Diese Frage war ganz offensichtlich an mich gerichtet.

Was sollte das denn werden – eine Befragung? Ich steckte mitten in einem endlosen Frage-Antwort-Spiel, auf das ich rein gar keine Lust hatte. Schon gar nicht, wenn mir dabei ständig Trishas Ausschnitt entgegensprang. Ians Blick wanderte wieder mal von seinem Teller weg und ich trat ihm ein weiteres Mal gegen das Bein.

»Nein«, erwiderte ich. »Ich habe keinen Freund.«

»Das ist ja auch nicht schlimm«, sagte Trisha. »Man weiß nie, wann Mr Right plötzlich vor einem steht. Es könnte sogar ein Kerl sein, von dem man immer dachte, er wäre nicht viel mehr als ein guter Bekannter.« Sie streckte die Hand aus und verschränkte ihre Finger mit denen von Dad. »Euer Vater und ich, wir waren auch schon eine ganze Weile nur so befreundet, ehe er mich fragte, ob ich mit ihm ausgehen wolle. Hat er euch mal erzählt, wie wir uns kennengelernt haben?« Ohne eine Antwort abzuwarten, fuhr sie fort und strahlte dabei übers ganze Gesicht. »Es war in einem Café. Wir bestellten dort immer den gleichen Muffin und das gleiche Getränk, und eines Tages, als ich es satt hatte, darauf zu warten, dass euer Dad den ersten Schritt tat, da wies ich ihn darauf hin. Von da an trafen wir uns jeden Morgen dort und unterhielten uns ein paar Wochen lang nur, ehe er den Mut fand, mich um ein Date zu bitten.«

Ich hatte echt Mühe, gegen den drohenden Brechreiz anzukämpfen. Ich wollte absolut nichts über das Liebesleben meines Dads erfahren. Nicht einmal harmlose Details wie die, die sich in diesem Café abgespielt hatten.

»Avery ist viel zu jung, um über Liebe und Romantik nachzudenken«, meinte mein Dad. »Ihr steht eine große Zukunft bevor. Da braucht sie sich nicht von irgendeinem Jungen ablenken zu lassen.«

»Ach, Mitch«, seufzte Trisha, wobei sie mich ansah und die Augen verdrehte, als wolle sie mich unbedingt wissen lassen, dass sie meinen Dad ja für *so* altmodisch hielt. »Es ist ganz normal, dass Mädchen in ihrem Alter sich für Jungs interessieren. Selbst die klügsten unter ihnen.«

Also bitte, war heute etwa Reden-wir-alle-über-Avery-Tag? Zeit für einen Themenwechsel. »Und, wie läuft es mit deinem Kunstprojekt?«, erkundigte ich mich bei meinem Bruder.

»Ganz prima«, sagte Ian mit dem Mund voller Essen. »Ich hab eine ganze Reihe toller Fotos geschossen.«

Mein Themenwechsel schien zu funktionieren. Trisha wandte sich jetzt mit funkelnden Augen Ian zu. Sie war wirklich eine richtige Schleimerin. »Was für ein Projekt ist das denn?«

Ian sprang von seinem Stuhl hoch. »Ich zeig es dir.«

Er sprintete über den Flur und kam Sekunden später mit

einer Schuhschachtel zurück. Dann schob er seinen leeren Teller zur Seite, öffnete die Schachtel und verteilte Dutzende von Bildern über den Tisch.

»Ich hab vor, eine Collage zu machen von Leuten aus der Stadt. ›Alltagsleben in Willowbrook‹. Da zeige ich einfach irgendwelche Menschen, denen ich in der Stadt über den Weg laufe, wie sie ganz normal die Dinge tun, die sie immer tun. Ich glaub, das hier kommt in die Mitte.« Er deutete auf ein Foto von der alten Frau, der die Bäckerei gehörte, wie sie gerade hinter der Theke in der Nase bohrte.

Trisha musste kichern. »Nun, das ist definitiv ein echter Blickfang. Die Bilder sind fantastisch. Du hast wahrhaftig ein Auge dafür, Leute in ihrer alltäglichen Umgebung treffend einzufangen.«

Ian strahlte. »Danke!«

»Du hast ja so ein Glück, Mitch«, meinte Trisha, während sie die Bilder durchsah. »Du hast da zwei wirklich intelligente und talentierte Kinder.«

»Und ob ich Glück habe«, bestätigte er, wobei er uns alle angrinste.

Durch den Schleier der Tränen in meinen Augen wäre Trisha fast als meine Mom durchgegangen. Sie hatten in etwa die gleiche Statur – oder zumindest war Trisha in etwa so groß, wie ich meine Mutter in Erinnerung hatte, aus der Zeit, bevor sie verschwunden war. Wir hätten fast so was wie eine normale Familie beim Abendessen sein können, aber stattdessen war das alles natürlich reine Zeitverschwendung.

Denn eine Sache hatte ich in den sechzehn Jahren meines Lebens gelernt, nämlich dass man sich nie darauf verlassen konnte, dass die Leute bei einem blieben. Wenn man sich jemandem öffnete, hatte man hinterher nur Ärger damit.

Und heute Abend trug dieser Ärger ein Kleid mit viel zu tiefem Ausschnitt.

Unvermittelt stand ich auf und sagte: »Ich geh jetzt auf mein Zimmer. Ich hab da noch ein paar Hausaufgaben zu erledigen.«

»Ich dachte, die hättest du bereits gemacht«, sagte Ian. »Ich hab dich doch am Tisch sitzen und sie machen sehen.«

Okay, noch so ein Punkt auf der Liste von Gründen, weshalb mein Bruder vermutlich die Pubertät nicht überleben würde, weil ich ihn nämlich vorher schon totgeprügelt haben würde. »Ich hab halt auch noch *andere* Hausaufgaben zu erledigen.«

»Wie viel Hausaufgaben kann ein Mensch machen müssen?« Ian sah noch einmal seine Fotos durch und zog ein anderes heraus, das er Trisha zeigen wollte. »Sieh dir das hier an. Einer meiner besten Schnappschüsse, wie ich finde.«

Niemand sonst versuchte mich aufzuhalten, als ich mich aus dem Zimmer schlich und auf den Flur hinaus verschwand. Sie waren jetzt alle derart mit Ian beschäftigt, dass sie mich und mein schlechtes Benehmen für den Augenblick vergessen hatten.

Ich ging also in mein Zimmer und war mehr als nur ein bisschen angefressen. Am liebsten hätte ich die Tür hinter mir zugeknallt oder mit der Faust gegen die Wand geschlagen oder so etwas. *Konzentrier dich,* ermahnte ich mich selbst. Dann schloss ich die Augen und stieß langsam die Luft aus.

Meine Schritte hinterließen schon fast eine Spur auf dem Boden, während ich auf und ab wanderte und die Namen der Handknochen ein ums andere Mal wiederholte. »Phalanx distalis«, murmelte ich.

Warum ließ Dad zu, dass seine Hormone unser Leben ruinierten?

»Phalanx proximalis«, machte ich weiter mit dem nächsten Knochen.

Mom hatte ein riesiges, klaffendes Loch hinterlassen, als sie einfach so verschwunden war. Es hatte lange Zeit gedauert, bis der Schaden allmählich wieder behoben worden war. Da konnten wir es jetzt echt nicht brauchen, dass jemand anderer daherkam und dieses Loch abermals aufriss. Was wir brauchten, waren Antworten auf die Fragen, die bei uns zurückgeblieben waren.

Ich erreichte das Ende meines Zimmers, wirbelte auf dem Absatz herum und marschierte in die andere Richtung wieder zurück. »Palanx media.«

Ian und ich brauchten keine Ersatzmutter. Hatte ich denn meine Sache nicht gut gemacht, indem ich diese Rolle übernommen hatte? Was war denn falsch daran, wie die Dinge im Augenblick waren? Ich hatte mein Möglichstes getan, die Tatsache, dass Mom nicht mehr bei uns war, wettzumachen. Nachdem sie gegangen war, hatte Ian fast ein Jahr lang gebraucht, ehe Dad das Haus verlassen konnte, ohne dass er in

Tränen ausbrach. Er war immer der Überzeugung gewesen, Dad würde ebenfalls für immer verschwinden. Wir hatten schon seit Jahren keinen gemeinsamen Urlaub als Familie mehr gemacht, da wir dafür einfach nicht das nötige Geld hatten. Ich hatte mich ganz für die Schule aufgeofert, um sicherzugehen, dass ich ausreichend gute Noten bekam, damit ich reihenweise Stipendien absahnen und es so aufs College schaffen würde, ohne dass es meinen Dad finanziell belastete. Dann hatte ich geschuftet, um ausreichend Geld zu verdienen, damit ich mir die Dinge kaufen konnte, die ich benötigte und gern haben wollte, damit ich Dad damit nicht zur Last fiel. Ich putzte und kochte, wenn ich gerade nicht arbeitete, ich bezahlte Rechnungen und sorgte dafür, dass der Haushalt lief. Außerdem achtete ich darauf, dass Ian sich ordentlich anzog und auch mal was anderes aß außer Pizza und Cheeseburger.

»Ossa metacarpi.«

Ich war damals diejenige gewesen, die die alten Tagebücher, Briefe und selbst die Einkaufszettel meiner Mutter durchgesehen hatte – alles, was in Schubladen gestopft gewesen war – in der Hoffnung, diejenigen Orte bestimmen zu können, an denen sie möglicherweise war, um dann die fünf wichtigsten auf einer Karte zu markieren. Ich war diejenige gewesen, die darauf gekommen war, dass sie sich am allerwahrscheinlichsten in Costa Rica aufhielt, weil sie darüber nämlich am häufigsten gesprochen hatte. Sie hatte immer davon geträumt, dort abgeschieden auf einem üppig überwucherten Berg zu leben.

Doch das hatte nicht gereicht. Nichts von dem, was ich je unternommen hatte, war gut genug gewesen. Nicht gut genug, um meinem Dad den Wunsch nach einer neuen Mom für unsere Familie auszutreiben, und nicht gut genug, um meine echte Mom dazu zu bringen, bei uns zu bleiben.

»Ossa carpi«, flüsterte ich und stieß einen langen Atemzug aus. Meine Mom war diejenige gewesen, die mein Interesse an der Medizin geweckt hatte. Ich erinnerte mich noch gut daran, wie ich mit ihr in einem alten Medizinbuch geblättert hatte, als ich noch klein war, und die Namen verschiedener Knochen und Organe lernte. Das war etwas, das uns verband, und manchmal überraschte sie mich mit einem neuen Medizinbuch, das wir uns zusammen ansehen konnten. Mom hatte eigentlich auch mal Ärztin werden wollen, als sie noch ein Kind war. »Dann hab ich geheiratet«, hatte sie immer gesagt, wenn ich sie fragte, warum sie dann nicht auch Medizin studiert hatte. »Und ich bekam dich und Ian.«

Da hatte ich zum ersten Mal das Gefühl gehabt, etwas falsch gemacht zu haben, einfach nur, indem ich zur Welt gekommen war.

Nachdem sie verschwunden war, studierte ich die Medizinbücher, die sie zurückgelassen hatte, und suchte nach einer Antwort auf die Frage, was denn aus der Mutter geworden war, die ich gekannt hatte.

Ich bewegte meine Finger in einem gleichmäßigen Rhythmus und spürte, wie die einzelnen Teile funktionierten. Geschmeidig. Kontrolliert. Körperteile, die man sehen und studieren konnte, verstand ich recht gut. Andere Dinge wiederum – so was wie Hormone – waren für mich unvorhersehbar.

Die Männer hier im Haus wären verloren gewesen ohne mich, zwei hoffnungslose Fälle. Ich war immer die Vernünftige bei allem und musste sie daran erinnern, was für Auswirkungen die Hormone auf das logische Denken haben konnten. Wir brauchten niemanden mehr in unserer Familie. Ich würde es schaffen, Klassenbeste zu werden, ich würde Medizin studieren und ich würde selbst für meinen Trip nach Costa Rica bezahlen. Ich würde die Antworten finden, die wir uns erhofften, damit endlich all die Wunden verheilten und wir die Vergangenheit hinter uns lassen konnten.

Wenn die Sache zwischen Trisha und Dad erst mal wieder vorbei war – und dass das schon bald passieren würde, davon war ich überzeugt –, dann würde ich diejenige sein, die sofort zur Stelle war, die die Einzelteile wieder aufsammelte und sich dann um alles kümmerte.

Wieder einmal.

Sieben

»Guten Morgen, Sonnenschein«, sagte mein Dad, als ich am Samstagmorgen in die Küche getapst kam. Oder zumindest dachte ich, es wäre mein Dad. Ich musste nämlich zweimal hinsehen, um ganz sicher zu sein. Er saß am Tisch in T-Shirt, sportlicher kurzer Hose, Laufschuhen und mit einem weißen Schweißband um die Stirn und den dazu passenden Mini-Schweißbändern am Handgelenk.

Ich sah ihn mit hochgezogenen Augenbrauen an. »Ist Halloween dieses Jahr schon früher?«

»Sehr witzig«, meinte er und trank den letzten Schluck von seinem Orangensaft. »Ich treff mich gleich mit Trish zu einer kleinen Runde Jogging im Park.«

Ich hatte den Kühlschrank geöffnet, um die Milch von ihrem Platz auf dem dritten Regal zu holen, doch jetzt hielt ich inne, die Hand mitten in der Luft. »Jogging? *Du?*« Seine Worte hatten mich derart überrascht, dass ich gar nicht mitbekam, dass er auch seine Freundin erwähnt hatte.

»Ich jogge, ja«, meinte Dad beharrlich.

»Seit wann das denn?«

»Okay, ich bin schon seit dem College nicht mehr gelaufen, aber es wird mir guttun«, meinte Dad. Er hieb sich mit der Faust auf die Brust. »Endlich mal wieder ein bisschen frische Luft in diese Lungen pumpen.«

»Ich finde, du solltest dir viel eher Gedanken machen, ob du mit deinen alten Lungen überhaupt noch Luft kriegst. Ich will ja nichts sagen, Dad, aber du bist nicht unbedingt sportlich. Es ist über zwanzig Jahre her, dass du das letzte Mal Sport getrieben hast.«

Ich machte mir eine Schüssel Müsli und setzte ich mich dann ihm gegenüber an den Tisch. Dad wirkte ein wenig eingeschnappt, weil ich seine Lauffähigkeiten infrage stellte.

»In der Highschool hab ich Leichtathletik gemacht und bin Mittelstrecke gelaufen«, erklärte Dad. »Da wird mich das bisschen Joggen schon nicht umbringen.«

»Joggen?«, echote Ian, der ins Zimmer gestolpert kam, die Augen noch halb geschlossen. »Du gehst *joggen?«*

Dad schlug mit der flachen Hand auf den Tisch. »Warum traut ihr mir eigentlich noch nicht mal eine simple Sache wie Joggen zu? Ist ja nicht so, als würde ich bei einem Marathon mitlaufen.«

Ich steckte mir einen Löffel voll Müsli in den Mund, um nicht antworten zu müssen.

Ian machte sich da nicht so viel Mühe, Dads Gefühle zu schonen. »Ich hab dich ja bisher noch nicht mal schnell gehen sehen«, meinte er, während er sich seine Crunchies vom Kühlschrank holte. »Bis auf das eine Mal im Supermarkt, als die angekündigt haben, in der Fleischabteilung würde es kostenlos Chicken Wings zum Probieren geben.«

Dad stand vom Tisch auf und stellte sein leeres Glas in die Spüle. »Ihr beide haltet euch wohl für besonders schlau.« Er drehte sich mit einem finsteren Gesichtsausdruck zu uns um. »Wir sehen uns später – nach meiner gemütlichen Laufrunde.«

Und damit stürmte Dad aus dem Zimmer. Einen Augenblick später wurde die Haustür zugeschlagen.

»Die bringen ihn sicher im Krankenwagen nach Hause, oder?«, fragte Ian, während er sich setzte.

»Wahrscheinlich, ja. Er geht mit Trisha laufen.«

»Na und?«, meinte Ian, wobei er Krümel von seinem Essen über dem Tisch verteilte.

»Igitt.« Ich wischte mir ein Stück zerkaute Crunchies vom Arm. Ich sah Dads neuesten Ratgeber auf dem Tresen liegen. *Wie man die Liebe findet, wenn man sich verloren fühlt.*

»Was meinst du, wie ernst ist es ihm mit ihr?«

Ian zuckte mit den Achseln. »Ich würde mal sagen, dass unser Dad joggen geht, ist ziemlich ernst.«

Ich rührte mit dem Löffel im meiner Schüssel und beobachtete, wie die letzten Müslikrümel auf der Milch im Kreis herumwirbelten.

»Denkst du oft an sie?«, fragte ich schließlich ganz leise.

Zwischen Ian und mir lief das immer so, dass ich gar nicht erst sagen musste, von wem ich sprach. Er wusste es. Wir hatten das alles gemeinsam durchgestanden: Er hatte wie ein Häuflein Elend auf meinem Schoß geheult, und ich hatte ihn in meinen Armen gewiegt und ihm erklärt, alles würde wieder gut werden. Und ich hatte es tatsächlich so gemeint. Alles würde irgendwann wieder gut werden. Dafür würde ich schon sorgen.

»Eigentlich nicht«, erwiderte er nach einer kurzen Pause.

Aber noch was war da zwischen Ian und mir: Ich wusste genau, wann er log. Also tat ich so, als würde ich es nicht bemerken, als er ein paar Schokopralinen aus der Tasche seines Pyjamas fischte und sie zu seinen Crunchies gab.

Nachdem ich aufgegessen hatte, spülte ich meine Schüssel ab und stellte sie wieder in den Schrank, ehe ich nach oben ging, um zu duschen und mich anzuziehen. Ich wollte mich heute Vormittag mit Zac bei ihm zu Hause treffen, um an unserem Projekt zu arbeiten, und danach musste ich arbeiten.

Auf dem Heimweg am Tag zuvor hatte ich einen kurzen Zwischenstopp eingelegt, um mir ein paar Zeitschriften zu kaufen. Auf den Titelseiten waren Schlagzeilen zu lesen wie »Schnapp ihn dir! 10 absolut sichere Tricks, wie man den Traumtyp erobert« und »Die Kunst des Küssens: Wie man ihm gekonnt die Lippen verschließt«. Ich hätte mich eigentlich nie dabei erwischen lassen wollen, wie ich mir in der Öffentlichkeit solchen Schund kaufte, doch in diesem Fall handelte es sich um wichtige Recherchen. Ich wusste im Grunde nicht das Geringste darüber, wie man einen Typen für sich gewann.

Dem Rat in einem der Dutzend Artikel folgend, die ich gelesen hatte, schlüpfte ich in mein liebstes Sommerkleid und band mein Haar dann zu einem unordentlichen Pferdeschwanz zurück. Ich tupfte mir ein bisschen glänzenden Lipgloss auf die Lippen, damit sie zum Blickfang wurden.

Ich betrachtete mein Spiegelbild. Es war schon seltsam, wie die paar kleineren Veränderungen mir das Gefühl gaben, die echte Avery wäre plötzlich verschwunden.

»Pheromone und Farbe steigern die optische Anziehungskraft und sorgen für eine Ausschüttung von Endorphinen«, rief ich mir selbst ins Gedächtnis. Es war irgendwie echt erbärmlich, was Mädchen alles taten, nur um die Aufmerksamkeit der Jungs zu erregen. Zum Glück war das bei mir eine reine Geschäftsstrategie und lag nicht daran, dass ich so verzweifelt war, dass ich einen dieser Tricks einsetzen *wollte*.

Trotzdem, vielleicht sah ich ja sogar ganz nett aus. Auf jeden Fall anders. Ich trug sonst nie Make-up, und normalerweise hätte ich einen Cardigan über dem Kleid getragen, um mich zu verstecken. Ich lächelte mein Spiegelbild an und bemerkte, wie meine Augen funkelten, während sie das Sonnenlicht einfingen, das durchs Fenster drang.

Ein paar Minuten später parkte ich meinen Wagen vor dem Haus, dessen Adresse Zac mir gegeben hatte. Es handelte sich um ein Haus aus roten Ziegelsteinen im Farmhausstil. Es wirkte freundlich, sehr ordentlich und fügte sich gut zwischen den anderen Gebäuden daneben ein.

Irgendwie sah das alles ganz und gar nicht nach Zac Greeley aus.

Ich drückte auf die Klingel und hörte das Geräusch

schwach durch das ganze Haus echoen. Ich zog meine Tasche auf der Schulter hoch, dann streifte ich mit der Hand vorn über das Kleid, um die Falten zu glätten. Warum fühlte sich mein Magen eigentlich auf einmal an, als würden ein paar Eichhörnchen darin hausen?

Das hier ist kein großes Ding, versicherte ich mir selbst. *Betrachte es einfach als wissenschaftliches Experiment.* Ich mochte wissenschaftliche Experimente. Hypothesen aufzustellen und Daten zu beobachten, um dann aus diesen Tatsachen eine Schlussfolgerung zu ziehen – das war in meinen Augen eine sinnvolle Sache.

Hypothese: Ein ansonsten glücklich liierter Teenagerjunge konnte dazu gebracht werden, seine Freundin für ein anderes Mädchen sitzen zu lassen und das einzig durch den Einsatz von Charme, Gewitztheit und ein klein wenig Sexappeal.

Die Tür ging auf und Zac sah mich grinsend an. Seine Augen wurden ein bisschen größer, während sein Blick runter zu meinen Schultern glitt, dann weiterwanderte bis zu meinen Füßen und schließlich wieder hochhuschte zu meinen Augen.

Beobachtete Daten: Zac hatte mich eindeutig von oben bis unten gemustert.

»Hey. Du siehst ja hübsch aus. Hast du noch ein Date nach unserem Treffen?«

»Nein«, sagte ich und lachte, während ich mit den Schultern zuckte. »Nur mit dir am Projekt arbeiten und anschließend gehe ich richtig arbeiten.«

Zac trat einen Schritt zurück, um mich ins Haus zu lassen. »Ach so«, meinte er mit tiefer, gedehnter Stimme. »Du hast dich doch wohl nicht extra für meine Wenigkeit hübsch gemacht, oder?«

Vielleicht war das mit dem Kleid und dem Make-up doch keine so gute Idee gewesen. Ich wollte ja auch nicht den Eindruck erwecken, als strengte ich mich allzu sehr an. Vielleicht wäre bei Hannah dieses Outfit gar nicht groß aufgefallen, sodass Zac es keines zweiten Blickes gewürdigt hätte, doch normalerweise trug ich nun mal Jeans oder einen schlichten Rock, ein T-Shirt mit einem schlauen Spruch vorne drauf und dazu meine lilafarbenen Chucks. Plötzlich fühlten meine Zehen sich ein klein wenig nackt in den Sandalen.

Mir blieb es allerdings erspart, Zac auf seine neckische Frage zu antworten, da in diesem Augenblick ein großer blonder Mann in dunkelblauer Hose und ordentlich gebügeltem Hemd auftauchte. Auf einem Namensschild an seiner linken Brusttasche stand »Greeleys Schlüsseldienst: George Greeley, Geschäftsführer.«

»Oh«, meinte er, als er uns entdeckte. »Dachte ich's mir doch, dass ich die Türklingel gehört habe.«

»Hallo«, begrüßte ich ihn und erwiderte sein höfliches Lächeln.

Auf einmal betrachtete Zac total interessiert ein Gemälde mit Blumen, das an der Wand hing.

Der Mann streckte mir eine Hand hin. »Da mein Sohn offensichtlich nicht die Absicht hat, uns einander vorzustellen, übernehme ich das eben selbst. Mein Name ist George Greeley, ich bin Zacs Dad.«

»Avery James. Ich, äh … bin eine Schulfreundin von Zac.«

Zac stopfte sich die Hände in die Hosentaschen. »Ich hab dir und Mom doch gestern Abend erzählt, dass Avery heute vorbeikommt, um mit mir an dem Wirtschaftsprojekt zu arbeiten, schon vergessen?«

Mr Greeley nickte, doch der verwirrte Ausdruck in seinem Gesicht verriet mir, dass er sich ganz und gar nicht daran erinnerte. »Ach so, ja. Nun denn, Avery, ich zähle auf dich, dass du Zac dazu bringst, die Sache mit der nötigen Konzentration anzugehen. Pass bloß auf, dass er auch fleißig ist und sich nicht in eine von seinen wilden Ideen verrennt, ja?«

Im Grunde basierte unser gesamtes Projekt auf einer von Zacs wilden Ideen. Doch der finstere Ausdruck, der sich jetzt über Zacs Gesicht legte, verriet mir, dass es keine so gute Idee gewesen wäre, darauf hinzuweisen.

Ich nickte. »Ich werde mein Bestes geben.«

Mr Greeley lächelte zufrieden. »Ich bin dann mal im Laden, Zac. Und dich erwarte ich dort um drei. *Nicht* um drei Uhr dreißig. Punkt drei. Kriegst du das hin?«

Zac verdrehte die Augen. »Ich bin ein *einziges* Mal zu spät gekommen«, murmelte er. »Ist doch kein Weltuntergang.«

Doch Mr Greeley schnappte sich gerade die Tasche, die auf der Kommode lag, und hatte Zacs Antwort offensichtlich gar nicht gehört. »Wir sehen uns später, Zac. War schön, dich kennenzulernen, Avery.«

Als die Tür hinter seinem Dad ins Schloss gefallen war,

schien die Anspannung von Zacs Körper abzufallen. Er lächelte und mir entging nicht der erleichterte Ausdruck in seinen Augen.

»Bist du bereit, eine Partnervermittlung aufzubauen?«, fragte er.

Ich zog die Augenbrauen hoch. »Dann zeig mir mal, wo es langgeht, Amor.«

Zac führte mich den Flur entlang in das Wohnzimmer, das mit gemütlichen, plüschigen Sitzmöbeln bestückt war, die vor einem großen Flachbildfernseher standen, der wiederum über einem offenen Kamin thronte. Doch mein Blick fiel sofort auf einen Lampenschirm, der ein wenig schief saß, und auf den Tisch, der nicht ganz parallel zur Couch stand. Jemand hatte ein paar Zeitschriften auf dem Tisch liegen lassen, und einen Augenblick lang zuckte es mir in den Fingern, sie zu einem ordentlichen Stapel zu legen. Rasch setzte ich mich auf das grüne Sofa und klemmte mir die Hände unter die Beine. Wer war ich denn, dass ich bei anderen Leuten zu Hause anfing aufzuräumen?

Ein paar Getränkedosen und eine Schüssel mit Chips standen auf dem Tisch. Zac nahm neben mir Platz und schlug den Notizblock mit dem Businessplan und unseren Notizen auf, den er nach dem Unterricht gestern mit nach Hause genommen hatte. Ich hatte befürchtet, er würde ihn vielleicht verlegen, doch er hatte darauf bestanden, dass er ihn mitnahm, damit er sich alles noch einmal durchlesen konnte. Er öffnete den Block bei der ersten Seite mit den Fragen, die Mr Freeman uns diktiert hatte, und Zac hatte sogar schon ein paar Zeilen dazu geschrieben in seiner weitläufigen, unordentlichen Handschrift, die fast von der Seite zu tanzen schien.

»Du hast ja bereits die ganze Arbeit erledigt«, stellte ich fest.

»Ich konnte nicht anders«, meinte er verlegen. »Ich schlafe nicht, deswegen habe ich eine Menge Zeit.«

Ich warf ihm einen Blick zu. »Du schläfst nicht?«

»Na ja, ich meine, ich schlafe schon. Aber nicht so viel wie andere Menschen. Hier und da ein paar Stunden. Genug, um über die Runden zu kommen.« Er zuckte mit den Schultern, als wäre das keine große Sache, abgesehen von der Tatsache, dass er den natürlichen Zellstoffwechsel seines Körpers durcheinanderbrachte, indem er nicht genügend Schlaf abbekam. »Egal, ich war jedenfalls wach und irgendwie begeistert mich dieses Projekt ziemlich. Ich musste die ganze Zeit darüber nachdenken, deswegen hab ich gleich mal ein paar Fragen beantwortet. Unser Geschäft wird einfach super laufen.«

»Hast du vor, irgendwann selbst mal ein Geschäft auf die Beine zu stellen?«

Zacs Lächeln verblasste. »Nein. Ich werde wohl den Schlüsseldienst von meinem Vater übernehmen. Jedenfalls wenn es nach ihm geht.«

Ich musste an den geschäftsmäßigen, überaus ernsten Gesichtsausdruck von Zacs Dad denken und daran, wie Zac sich sofort versteift hatte, als er ins Zimmer gekommen war. »Und was wäre, wenn es nach dir ginge?«

Zac zuckte mit den Achseln. Er schien auf einmal gar nicht mehr er selbst zu sein. Seine Schultern waren nach vorne gesackt und statt des üblichen Lächelns hatte er jetzt einen grimmigen Ausdruck im Gesicht. »Ist doch egal«, meinte er, fast schon mechanisch. »Was ist mit dir? Willst du mal ein eigenes Geschäft aufbauen?«

»Ich will Ärztin werden. Vielleicht meine ärztlichen Dienste in armen Gegenden der Welt anbieten.«

Zacs Augen wurden ganz groß. »Wow. Im Ernst?«

»Ja, ich glaube, das könnte Spaß machen und wäre sicher sehr befriedigend. Entweder das, oder ich studiere Genetik und finde heraus, was uns zu dem macht, was wir sind. Zum Beispiel erforsche ich dann, wie viel an unserer Persönlichkeit von den Genen bestimmt ist.«

»Das wäre ja voll cool«, meinte Zac. »Du könntest den Menschen helfen, herauszufinden, ob sie dazu verdammt sind, leicht auszurasten oder mathematische Nieten zu sein, bloß weil ihre Eltern auch so waren.«

Oder ob sie dazu verdammt sind, ihre Familie zu verlassen, nur weil ein Elternteil das ebenfalls getan hat.

»Vielleicht könntest du sogar vorherbestimmen, wie die Persönlichkeit eines Menschen sich vom Augenblick seiner Geburt an genau entwickeln wird«, fuhr er fort. Der lebhafte Zac, den ich hier allmählich kennenlernte, war wieder da, und er fuchtelte wild mit den Armen, während er sprach. »Vielleicht lässt sich das sogar schon sagen, noch *bevor* jemand geboren wird! Du könntest dafür sorgen, dass man ganz anders über Menschen und ihre Persönlichkeit denkt.

Möglicherweise findest du raus, wie man die Gene so manipuliert, dass unerwünschte Charakterzüge gar nicht erst auftreten.«

»Das sind doch nur Pläne, alles rein theoretisch«, rief ich ihm ins Gedächtnis. »Erst mal muss ich es aufs College schaffen und dann das Medizinstudium bestehen.«

»Oh, und ob du das bestehen wirst. Du bist doch viel zu klug, um bei irgendwas zu versagen.«

Ich verdrehte die Augen. »Danke für dein Vertrauensvotum. Aber vielleicht sollten wir uns jetzt erst mal darauf konzentrieren, dass wir unser Wirtschaftsprojekt erfolgreich hinter uns bringen?«

»Oh«, meinte Zac, als hätte er vergessen, warum ich überhaupt bei ihm war. »Klar.«

Er beugte sich wieder über seine Notizen, sodass ihm das dunkle Haar über die Augen fiel. Ich warf von der Seite einen verstohlenen Blick auf ihn und musterte sein Profil. Mir war bislang gar nicht aufgefallen, dass seine Nase vorne ein bisschen nach oben zeigte. Oder dass da eine Locke war, die ihm immer übers Ohr hing.

Ich hüstelte und wandte mich wieder ab, damit Zac nicht mitbekam, wie mir die Schamesröte über das Gesicht kroch.

Doch vielleicht sollte ich auch mal mit dem anfangen, wofür ich engagiert worden war. Die Gelegenheit jedenfalls schien mir gut genug. »Ich wette, du bist viel schlauer, als du denkst.«

»Das ist Ansichtssache«, entgegnete Zac. »Und die meisten würden dir da wohl widersprechen.« Er grinste mich an, doch mir entging nicht, dass da ein verletzter Ausdruck in seinem Blick lag.

»Warum tust du das?«, fragte ich ihn.

Er runzelte die Stirn. »Was denn?«

»Dich selbst schlecht zu machen. Ich will dir hier ein Kompliment machen und du machst einen Witz draus.«

Zac tippte mit dem Finger auf das Buch, das auf seinem Schoß lag. »Ich mag eben Witze.«

»Nicht alles im Leben ist ein Witz.«

Zac räusperte sich, und es schien fast so, als wäre ihm die Sache ein bisschen peinlich. »Tut mir leid. Tja, und danke für das Kompliment.« Er sah niedlich aus mit diesen roten Flecken im Gesicht.

Warum kam mir jetzt der Gedanke, dass Zac niedlich war?

»Gern geschehen«, erwiderte ich und schaffte es nicht, ihm dabei in die Augen zu sehen, weil es mir selbst peinlich war.

Einen kurzen Moment lang schwiegen wir beide. Ich sah mich im Zimmer um, während es in meinem Inneren schrie, ich solle mir endlich was einfallen lassen, was ich sagen könnte. Ganz egal was, Hauptsache, es füllte diese schreckliche Stille.

Zum Glück übernahm Zac diese Aufgabe. »Also … sollen wir uns dann an die Arbeit machen?«

»Klar, tun wir das.«

Warum war es bei Zac im Haus eigentlich so heiß? Ich hob den Saum meines Kleides ein klein wenig an und versuchte, mir damit ein bisschen Luft zuzufächeln.

»Wir müssen uns erst mal überlegen, wie viel Geld wir als Darlehen brauchen«, meinte Zac, nachdem er in den Unterlagen gelesen hatte. »Wollen wir mal sehen. Wir brauchen einen Laden für das direkte Geschäft mit den Kunden. Und Möbel und …«

Das unvermittelte Schrillen meines Handys aus der Tasche meines Kleides schreckte mich auf, sodass ich einen spitzen Schrei ausstieß. Zac zuckte ebenfalls hoch und stieß mit dem Knie ziemlich heftig gegen den Wohnzimmertisch.

»Tut mir leid!«, entfuhr es mir, und ich beugte mich rasch vor, um Zac die Hände aufs Knie zu pressen. Und dieses Knie war verbunden mit einem ziemlich muskulösen Oberschenkel, der mir nicht entging, als ich mich vergewisserte, dass Zac auch nicht verletzt war – eine rein medizinische Maßnahme, versteht sich. »Alles in Ordnung?«

»Alles bestens«, antwortete Zac und verzog das Gesicht. »Willst du nicht rangehen?« Er deutete mit einem Nicken auf die Tasche, in der mein Handy immer noch vor sich hin schrillte.

»Ach so, ja.« Ich zog das Ding raus und ging ran, ohne darauf zu achten, wer da anrief. »Hallo?«

»Hallo, Avery«, drang eine vertraute Stimme an mein Ohr. Mir drehte sich der Kopf immer noch derart, dass ich die Stimme am anderen Ende der Leitung erst nicht zuordnen konnte.

»Wer ist da?«

»Oh, das verletzt mich jetzt aber. Du hast es dir zur

Lebensaufgabe gemacht, mich zu quälen, und jetzt erkennst du noch nicht mal meine Stimme?«

»Elliott«, sagte ich und unterdrückte ein Stöhnen. »Woher hast du meine Nummer?«

»Dein Bruder war nur allzu bereit, sie mir zu geben im Austausch für die von einer gewissen Cheerleaderin«, erklärte Elliott.

Wenn ich heute Abend heimkam, würde ich Ian umbringen, so viel stand fest.

»Tja«, sagte ich, wobei ich mir alle Mühe gab, fröhlich zu klingen und die Wut, die in mir brodelte, zu unterdrücken, »war nett, mit dir zu plaudern, aber ich bin im Moment ziemlich beschäftigt.«

»Ach so, ja, ich weiß«, meinte Elliott. »Ich hab deinen Wagen schon vor dem Haus der Greeleys stehen sehen.«

»Schnüffelst du mir jetzt etwa hinterher?«

Zac sah mich mit fragend hochgezogenen Brauen an.

»Ich wollte mir gerade was zum Mittagessen besorgen, da bin ich an dem Haus vorbeigekommen. Kann ja auch nichts dafür, dass ich direkt gegenüber von dir wohne und genau weiß, welches Auto du fährst.«

»Wie auch immer. Was willst du?«

»Hör auf, Molly Lügen über mich zu erzählen, weil du denkst, zwischen Tara und mir läuft was.«

»Ich lasse nicht zu, dass du meiner besten Freundin wehtust.«

»Ich würde nie etwas tun, womit ich Molly verletzen könnte«, versicherte mir Elliott. »Wie oft muss ich dir das noch sagen? Was muss ich denn noch alles tun, um mich euch beiden zu beweisen?«

Ich presste die Augen zu und holte ein paarmal tief Luft, um mich zu beruhigen. »Hör zu, Elliott, ich muss jetzt wirklich auflegen …«

»Ich brauche deine Hilfe«, unterbrach er mich in dem Moment, und seine Stimme klang dabei fast ein bisschen heiser, als wäre er total verzweifelt. »Molly ist nicht wie irgendeins von den anderen Mädchen, die ich so kenne. Ich will wirklich …«

»Tschau, Elliott«, sagte ich, ehe ich einfach auflegte. Sofort klingelte das Telefon erneut, doch ich stellte es einfach aus und steckte es zurück in meine Tasche.

Zac beäugte mich verwirrt. »Alles in Ordnung?«

»Oh ja, alles bestens.« Ich winkte ab. »War nur der tägliche Stalking-Angriff von Elliott Reiser, der scheint neuerdings total durchzudrehen.«

Dass das meine Schuld war, musste er ja nicht unbedingt wissen.

»Also wie jetzt, will er, dass du mit ihm ausgehst oder so was?«

Bei dem Gedanken durchfuhr mich ein Schauder. »Oh nein. Auf keinen Fall. Elliott und ich würden uns beim ersten Date gegenseitig umbringen. Er ist an meiner Freundin Molly interessiert. Und aus irgendeinem unerfindlichen Grund beruht dieses Gefühl auf Gegenseitigkeit.«

»Und?«

»Und«, sagte ich, unfähig, Zac bei den folgenden Worten

in die Augen zu sehen, »ich hab nicht gerade viel übrig für Elliott. Deshalb wollte Molly bislang nicht mit ihm ausgehen und das macht ihn wahnsinnig.«

Zac lehnte sich zurück und nickte, während er mit den Fingern auf seinen Knien rumtrommelte. »Ach so. Und deswegen gibt Elliott dir die Schuld und versucht dich dazuzubringen, deine Meinung zu ändern, was ihn betrifft, damit du Molly ein Date mit ihm haben lässt.«

»So ungefähr, ja«, gab ich zu. »Aber da wird er nicht viel Glück haben. Ich kann mir nicht vorstellen, dass er irgendwas tun könnte, damit ich meine Meinung ändere.«

»Was hast du denn gegen Elliott?«

Dass das, was in jenem Sommer nach der siebten passiert war, in der Schule nicht die Runde gemacht hatte, dafür war ich wirklich dankbar. Elliott und Hannah hätten ja alles erzählen können, aber aus irgendeinem Grund hatten sie das nicht getan. Das Einzige, was die Leute wussten, war, dass wir drei uns krass gestritten hatten und nicht länger befreundet waren, als im Herbst die Schule wieder anfing. Ich würde Zac garantiert nicht die ganzen widerlichen Details unter die Nase reiben, daher sagte ich nur: »Er ist ein Arsch, und ich will nicht, dass Molly verletzt wird.«

»Und was macht dich so sicher, dass er ihr wehtun wird?«

Ich hob den Blick, um ihm in die Augen zu sehen. Er wirkte vollkommen verwirrt, als könnte er nicht verstehen, wohin dieses Gespräch führte. Armer, naiver Zac, er glaubte vermutlich immer noch an Märchen mit Happy End.

»Weil jedem am Ende einer Beziehung wehgetan wird«,

erklärte ich. »Es geht nicht darum ob, sondern *wann* es geschieht.«

»Aber es gibt auch Trennungen, die nicht schlimm sind und außerdem kann man ja selbst am Ende einer schlechten Beziehung immer noch auf die guten Zeiten zurückblicken.«

»Nicht immer«, beharrte ich.

Zacs Blick bohrte sich praktisch in mich, als würde er versuchen, tief in meiner Seele zu lesen. »Hmm«, meinte er.

»Was?«, schnauzte ich ihn an. Sein Blick gab mir das Gefühl, ein Versuchstier unter dem Mikroskop zu sein. *Er* sollte hier doch eigentlich der Gegenstand eines wissenschaftlichen Experiments sein, nicht ich.

»Weißt du, was dir fehlt? Ein Date.«

Fast wäre ich an dem Schluck Sprite erstickt, den ich soeben aus der Dose genommen hatte, und es fehlte nicht viel, dann hätte ich sie keuchend über meinem Schoß verteilt. »Ich brauche kein Date«, versicherte ich ihm, während ich mir über das Kinn wischte.

»Auf der Liste derjenigen, die auf der Welt wohl am dringendsten ein Date nötig hätten, stehst du definitiv ganz oben. Wann war denn das letzte Mal, dass du mit jemandem ausgegangen bist?«

Meine Wangen fingen an zu glühen, und ich sprang auf die Füße, während ich meine Sachen in die Tasche stopfte. »Dieses Projektdate – ich meine natürlich *Treffen* – wäre dann hiermit beendet, ich muss jetzt zur Arbeit.«

»Hey, warte.« Zac sprang auf und packte mich am Arm. Bei seiner Berührung stellten sich mir die Haare an den Armen auf. »Du hattest noch nie ein Date, stimmt's?«

»Klar hatte ich schon Dates!«, log ich.

Zac neigte den Kopf zur Seite. »Und mit wem? Wo warst du mit ihm? Und *wann* war das?«

Ich entriss ihm meinen Arm. »Dieses Gespräch ist hiermit beendet.«

»Dates mit deinem Dad zählen nicht.«

Ich stürmte den Flur entlang auf die Haustür zu und tat so, als würde ich ihn gar nicht hören. »Mach bloß nicht ohne mich weiter mit den Notizen für das Projekt.«

»Ein Date ist mindestens ein Abendessen und ein Kinobesuch«, fuhr Zac fort, mir dicht auf den Fersen. »Mit einer echten Person, nicht übers Internet.«

»Und du solltest auch nicht die ganze Nacht aufbleiben«, erklärte ich, wobei ich ignorierte, dass mein Gesicht sich anfühlte, als würde es brennen. Warum war es hier in diesem Haus bloß so verdammt heiß? »Dein Körper braucht Schlaf, damit er sich erholen kann.«

»Hat dich überhaupt schon jemals jemand geküsst?«

Ich wirbelte herum und traf ihn dabei aus Versehen mit meinem Rucksack. »Ich wüsste nicht, was dich angeht!«

Zac grinste. »Aber klar geht mich das was an«, meinte er ganz ruhig. »Es geht uns *beide* was an, schon vergessen? Immerhin betreiben wir eine Partnervermittlungsagentur, dann können wir doch genauso gut auch für dich jemanden finden, wo wir schon dabei sind, oder?«

»Wir werden keinen Partner für mich suchen.« Ich verschränkte die Arme vor der Brust und starrte ihn finster an, während mein Herz sich allmählich wieder beruhigte und nicht mehr kurz vor dem Kollaps stand.

»Du könntest doch unsere erste Kundin sein«, beharrte Zac. »Willst du dich denn nicht verlieben und glücklich sein?«

Er grinste zu mir herunter, und ich fand es echt schrecklich, dass ich zu ihm aufsehen musste. Dabei fühlte ich mich so klein und unbedeutend, als wäre er der Klügere von uns beiden, der alles über die Liebe und das Leben wusste.

»Ich würde das Verliebtsein nicht mit Glück gleichsetzen. Mein Glück hängt nämlich nicht von den Gefühlen eines anderen Menschen ab.«

Zac winkte mit einer Hand ab, als er das hörte. »Natürlich nicht, das hab ich auch nie behauptet. Ich hab nur gemeint, mit einem Freund könntest du noch glücklicher sein.«

»Oh, klar«, meinte ich und legte den Kopf schief, »weil ja alle Leute, die eine Beziehung führen, so glücklich sind, nicht wahr? Dann bist du wohl einer der glücklichsten Menschen der Welt, oder?«

Eigentlich hatte ich ihn mit meinen Worten provozieren wollen. Ich wollte, dass er mir versicherte, wie glücklich er mit Hannah war und wie verliebt und dass sie die perfekte Beziehung führten. Weil ich es nämlich besser wusste, klar. Ich wusste, dass Hannah hinter seinem Rücken einen Pakt mit mir eingegangen war, um ihn loszuwerden.

Doch Zac erwiderte nichts darauf. Er verlagerte einen

Augenblick lang sein Gewicht von einem Fuß auf den anderen und wich meinem Blick aus.

»Wir können uns ja jemand anderen suchen, der unser erster Kunde ist«, meinte er schließlich nach einer Weile unangenehmen Schweigens. Er deutete mit einem Kopfnicken in Richtung des Wohnzimmers. »Komm schon, du musst doch nicht wirklich jetzt schon zur Arbeit, oder? Wir können doch noch ein Weilchen an unserem Projekt arbeiten, und ich verspreche auch, dass ich dich mit niemandem verkuppeln werde. Okay?«

Er verschränkte die Hände unterm Kinn und sah mich mit einem herzerweichenden Hundeblick an. Ich musste erst in einer knappen Stunde bei der Arbeit sein, aber ich sah erst mal theatralisch auf die Uhr meines Handys, ehe ich ihm antwortete.

»Okay«, sagte ich schließlich. »Ich kann schon noch ein paar Minuten bleiben, damit du dich nicht weiter wie ein Baby aufführst.«

Zac stieß triumphierend die Faust in die Luft. Ich lachte, als ich ihm zurück ins Wohnzimmer folgte, während er mir voran den Flur entlang hopste.

Dennoch war mir nicht entgangen, dass er nicht auf meine Frage geantwortet hatte, was das Glück seiner Beziehung betraf.

Acht

»Gibt es sonst noch was Neues?«, fragte ich, während ich den Blick über die paar verbliebenen Mitglieder der Mathe-AG schweifen ließ. Die Mathe-AG war natürlich nicht unbedingt eine der angesagtesten Arbeitsgemeinschaften an unserer Schule und im Laufe der Jahre war die Zahl der Mitglieder immer weiter geschrumpft. Auch in diesem Schuljahr hatte es wieder mal einen starken Rückgang gegeben, weil zwei von den Leuten weggezogen waren, und einen Typen hatten wir rausgeworfen, nachdem er dabei erwischt worden war, wie er beim Algebratest schummelte. Unsere Mathe-AG hätte ja durchaus darüber hinweggesehen, wenn einer in Englisch oder Geschichte beschissen hätte, aber wenn einer ausgerechnet in Mathe schummelte, konnten wir das unmöglich gutheißen. Dann hatte es ja wohl echt keinen Sinn mehr, Mitglied in der Mathe-AG zu sein.

Da das Schuljahr schon in fünf Wochen zu Ende gehen würde, passte bei unseren Treffen im Grunde eh keiner mehr auf. Die Lüftungsanlage im Klassenzimmer, in der sich die Mathe-AG traf, funktionierte auch nie richtig, und selbst wenn wir sämtliche Fenster weit aufrissen, stand die Hitze in dem Raum. Jeder war weit mehr daran interessiert, Fächer aus Papier zu basteln, statt auf irgendwas von dem zu achten, was ich zu sagen hatte, mit Ausnahme zweier Mädchen, die sich ganz offensichtlich gegenseitig SMS schickten.

Der Vorsitzenden der Mathe-AG wurde aber auch nie der geringste Respekt entgegengebracht. Ich seufzte und fing an, mein Notizbuch und den Stift wegzupacken.

»Ich hab da noch was«, meinte Hannah, die rechts neben mir saß. Meine Vizevorsitzende schob mit einem lauten Scharren ihren Stuhl zurück, sodass selbst der Typ, der in der hintersten Reihe selig schlief, davon aufwachte. Dann stand sie auf und räusperte sich. »Wie ihr alle wisst«, begann sie, »liege ich ganz gut im Rennen, was die Wahl zur Klassenkönigin betrifft.«

»Nicht das schon wieder«, ächzte Molly. Sie stopfte ihren Block in die Tasche und warf einen genervten Blick in meine Richtung. »Das nehme ich jetzt übrigens nicht mehr ins Protokoll auf.«

Ich sah sie schulterzuckend an und signalisierte ihr, dass mir das herzlich egal war. Denn die Wahl zur Klassenkönigin gehörte nun wirklich nicht zu den offiziellen Angelegenheiten der Mathe-AG.

Hannah warf ihr glänzendes braunes Haar über ihre Schulter zurück. »Jedenfalls«, sagte sie, nicht auf Mollys Stöhnen achtend, »beginnen die Wahlen am Mittwoch. Die

Wahlurnen werden an diesem Morgen in der Eingangshalle aufgestellt. Und dann solltet ihr natürlich nach der Ausschau halten, auf der mein Foto zu sehen ist.« Sie blickte sich mit einem blendenden Lächeln unter den Anwesenden um, als könnte gerade in diesem Moment jemand ein Foto von ihr schießen. Eine Sache, die Hannah schon immer perfekt beherrscht hatte, war, mit ihrem schleimigen Gehabe eine Menschenmenge für sich einzunehmen.

»Vergesst nicht, wie das mit der Wahl funktioniert. Jedes Fünfcentstück, jedes Zehncentstück und jeder Vierteldollar zählen als eine Stimme *für* den Kandidaten, und bei jedem Penny wird eine Stimme abgezogen. Das ganze Geld wird dann von den Schülersprechern eingesammelt und im nächsten Jahr für Projekte zur Verbesserung der Schule eingesetzt. Also, sammelt doch bitte das ganze Kleingeld ein, das ihr zu Hause in irgendwelchen Sofaritzen oder unter dem Kissen findet, und stimmt für die Kandidaten, die an unserer Schule für Integrität, Intelligenz und Ehrgeiz stehen. Ich danke euch.«

Hannah nahm in einer Art und Weise wieder Platz, als hätte sie vor ihren Wählern soeben eine überwältigende Rede abgeliefert. Es war schwer zu sagen, ob überhaupt einer zugehört hatte, wenn man bedachte, wie die Leute immer noch mit dem Schreiben von SMS, mit Schlafen oder mit dem Packen ihrer Sachen beschäftigt waren, weil sie es kaum erwarten konnten, dass das Treffen endlich zu Ende war.

»Danke, Hannah«, sagte ich in normalem Tonfall. Es fiel

mir schwer, nett zu ihr zu sein, doch Gerüchte über Differenzen zwischen Vorsitzender und Vizevorsitzender hätten für die Mathe-AG einen echten Skandal bedeutet.

Andererseits, vielleicht weckte das ja erst so richtig das Interesse an einer Mitgliedschaft in unserem Arbeitskreis …

Ein dumpfer Schlag an der Tür sorgte dafür, dass die Köpfe aller Anwesenden im Raum zur Tür schnellten. Zac Greeley hatte sein Gesicht flach gegen die schmale Scheibe oberhalb des Türknaufs, durch die man raus und rein gucken konnte, gepresst und glitt langsam daran hinab, mit einer Geste, als würde er in Ohnmacht fallen.

Ich konnte nicht anders, ich musste kichern, aber mir entging nicht, wie Hannah die Augen verdrehte und sich von ihm abwandte.

»Gibt es sonst noch was?«, fragte ich in die Runde, während ich das Lachen, das in mir hochsprudelte, runterzuschlucken versuchte, weil Zac nämlich jetzt ein selbstgemachtes Schild vor die Scheibe hielt, auf das er in großen Buchstaben geschrieben hatte: »Die MATHE-AG STELLT EINE DISKRIMINIERUNG DER MATHEMATISCH ANDERSBEGABTEN DAR!«

»Vergiss nicht die Sache mit dem Nelkenverkauf«, erinnerte Hannah mich.

»Ich hab ihn schon nicht vergessen, den Nelkenverkauf«, erklärte ich. »Ich denke, jeder weiß, wann der stattfindet. Schließlich ist das jedes Jahr gleich, immer in der letzten Schulwoche.«

Hannah schleuderte ihre Mähne zurück und achtete nicht

auf Zacs neusten Streich. Jetzt marschierte er vor der Tür auf und ab und hielt dabei das Schild hoch. »Na ja, du hast es bloß mit keinem Wort erwähnt«, meinte sie. »Ich tue nur meine Pflicht als Vizevorsitzende.«

Hannah kam einfach nicht damit klar, dass ich sie letztes Jahr bei der Wahl zur Vorsitzenden der Mathe-AG ausgestochen hatte. Vermutlich brannte sie nur darauf, zu beweisen, dass sie die Mathe-AG viel besser hätte leiten können als ich.

»Hört mal alle her, der Nelkenverkauf. In der letzten Schulwoche. Läuft alles wie immer. Man verkauft die Blumen an die Schüler, die sie wiederum an jemanden schicken oder verschenken können. Fünf Dollar pro Nelke. Der Erlös wird dann für die Aktivitäten der AG im kommenden Jahr verwendet. Verstanden? Prima. Das Meeting wäre dann beendet.« Ich würde Hannah jetzt garantiert keine Gelegenheit mehr geben, sich einzumischen und die Leitung des Treffens an sich zu reißen.

Kaum waren die Worte aus meinem Mund, sprangen alle auf und eilten aus dem Zimmer. Zac kam herein, sobald der Strom der Mathe-AG-Mitglieder durch die Tür war. Er grinste und winkte mir kurz zu, ehe er zu Hannah rüberging.

»Du musst dagegenhalten, ganz gleich, was Hannah auch tut«, sagte Molly zu mir. »Es gefällt mir, diesen angepissten Ausdruck auf ihrem Gesicht zu sehen, wenn sie merkt, dass sie ausnahmsweise mal nicht das Sagen hat. Hey!« Ihre blauen Augen wurden ganz groß, als sie mich jetzt ansah. »Du solltest dich als Klassenkönigin bewerben! Ich würde echt jede einzelne Schublade bei uns zu Hause durchwühlen auf der Suche nach Kleingeld, nur um für dich zu stimmen. Ich wette, wir würden es sogar schaffen, einen Haufen Leute auf deine Seite zu bringen.«

Ich schüttelte den Kopf. Auch wenn ich mich echt bemühte, für meine Collegebewerbungen möglichst viele freiwillige Kurse zu belegen, hatte ich so gar kein Interesse daran, Klassenkönigin zu werden. Die Arbeit und alles, was ich sonst noch so tat, beschäftigte mich schon genug, da konnte ich mich nicht auch noch auf eine Wahlkampagne konzentrieren.

»Nein danke, da muss ich leider passen«, erwiderte ich.

Das Gespräch zwischen Hannah und Zac drang an mein Ohr. Es war ja nicht so, als hätte ich absichtlich gelauscht, aber die beiden waren so laut, dass ich es einfach hören musste.

»Ich verstehe nicht, warum du dich immer so benehmen musst, so …« Hannah unterbrach sich und ließ den Satz unvollendet.

»Wie denn?«, hakte Zac nach. »*Wie* benehme ich mich denn?«

Hannah seufzte. »Würde es dich denn umbringen, wenigstens ein Mal in deinem Leben ernst zu sein?«

Aber Zac ließ nicht locker. »Was wolltest du sagen, Hannah? Warum muss ich mich so benehmen, so …« Aus dem Augenwinkel konnte ich sehen, wie er sie ganz fest ins Visier nahm und dabei total angespannt wirkte. »Sag schon. Du hast es dir ja offensichtlich schon öfter gedacht.«

Hannah warf sich den Rucksack über die Schulter und sah ihn an. »Na schön. Warum musst du dich immer so *idiotisch* benehmen?«

Ich versuchte jetzt erst gar nicht, so zu tun, als hätte ich von dem Gespräch nichts mitbekommen. Zac sah aus, als hätte er eine Ohrfeige verpasst bekommen. »Nur weil jemand in der Schule nicht ganz so gut ist wie du, heißt das noch lange nicht, dass derjenige ein Idiot ist«, sagte er leise.

Meine Wangen flammten knallrot auf, als ich daran dachte, wie ich Zac vor unserem gemeinsamen Wirtschaftsprojekt eingeschätzt hatte. Unmotiviert. Faul. Ein Klassenkasper. Und ja, vielleicht hatte ich ihn auch für einen Idioten gehalten.

Aber ich konnte echt nicht fassen, dass Hannah ihm das gerade ins Gesicht gesagt hatte.

»Das ist mir klar«, blaffte Hannah. »Aber wenn jemand keinen Fleiß aufbringt, dann kommt er zwangsläufig wie ein Idiot rüber und stellt sich damit selbst ins schlechte Licht.«

Zac griff sich ins Haar und zerzauste es. »Ist es vielleicht möglich, dass du ausnahmsweise mal redest wie ein normaler Teenager?«

»Wenn dir die Art und Weise, wie ich spreche, nicht gefällt, dann solltest du mir vielleicht besser aus dem Weg gehen«, fuhr Hannah ihn an. Sie hatte eine Hand in die Hüfte gestemmt und starrte ihm ins Gesicht.

Insgeheim feuerte ich Zac an und hoffte, er würde Hannah sagen, wohin sie sich verziehen solle, und dass er sich ein für alle Mal von ihr befreite. Die Beziehung zwischen den beiden ging gerade direkt vor meinen Augen in einem feurigen Flammenball auf. In wenigen Minuten schon würden sie kein Paar mehr sein.

Molly bohrte mir ihren Ellbogen in die Rippen. »Du verpasst gerade deine Chance, doch noch nach Costa Rica zu kommen«, flüsterte sie mir zu.

Panik stieg in mir auf. Molly hatte recht! Wenn Zac jetzt gleich mit Hannah Schluss machte, dann hätte sie das nicht mir zu verdanken. Dann würde Hannah mir niemals das restliche Geld geben, das sie mir noch schuldete, es sei denn, ich erfüllte die Bedingungen unseres Pakts.

»Hey, Zac«, sagte ich und konnte kaum glauben, dass ich tatsächlich den Mund aufgemacht hatte. »Sollen wir uns heute Abend im Rose Castle treffen und weiter an unserem Projekt arbeiten?«

Zac und Hannah wandten sich mir zu. Selbst Molly starrte mich an, während ihr Blick zwischen uns dreien hin und her huschte. Zac wirkte irgendwie benommen, als hätte er komplett vergessen, wo er sich eigentlich befand.

»Was?«, fragte Zac, wobei er leicht den Kopf schüttelte, um wieder klar denken zu können.

»Unser Projekt?« Ich lächelte ihn an, als wäre nichts geschehen. »Ich dachte, wir könnten uns vielleicht heute Abend im Rose Castle treffen und weiter daran arbeiten.«

Hannah klaubte ihre restlichen Sachen zusammen und marschierte auf die Tür zu. »Ich muss jetzt los.«

Er beobachtete, wie sie verschwand, und starrte einige

Sekunden in den menschenleeren Flur, ehe er sich wieder mir zuwandte. »Ähm, ich kann heute Abend nicht. Ich muss im Laden von meinem Dad aushelfen. Wie wäre es denn mit morgen Abend?«

Ich schüttelte den Kopf. »Morgen arbeite ich. Heute ist mein einziger freier Abend bis zum Wochenende.«

Zac schnippte mit den Fingern. »Hey, ich hab's. Du könntest doch heute Abend im Laden vorbeischauen, dann könnten wir da an dem Projekt arbeiten. Unter der Woche ist es normalerweise eh recht ruhig, das meiste Geschäft machen wir am Wochenende. Du könntest mit mir am Verkaufstresen sitzen. Wenn du Glück hast, bring ich dir auch noch bei, wie man Schlüssel nachmacht.« Er grinste.

Molly stieß mir einen Finger in die Seite, doch ich achtete nicht auf sie. »Hat dein Dad nichts dagegen, wenn ich bei dir rumhänge?«, wollte ich wissen.

Zac schüttelte den Kopf. »Er ist nicht oft im Büro. Die meiste Zeit ist er irgendwo auswärts unterwegs oder in der Werkstatt hinten. Das ist schon in Ordnung, solange ich da bin und die Kasse mache.«

»Na gut«, stimmte ich schließlich zu. Er gab mir die Adresse vom Laden, dann sah er auf seinem Handy nach der Uhrzeit.

»Ich muss mich jetzt beeilen«, meinte er. »Ich müsste nämlich eigentlich schon in fünf Minuten dort sein.«

Ich nickte ihm zu. »Dann sehen wir uns später.«

Er verabschiedete sich, ehe er zur Tür rausschoss, und er schien schon viel besser gelaunt zu sein als vorhin, als er sich mit Hannah gestritten hatte. Mollys Nägel gruben sich in meinen Oberarm, wobei sie auf und ab hüpfte.

»Das war aber knapp«, meinte sie. Ich hatte ihr natürlich alles über den Schluss-mach-Pakt erzählt – abgesehen natürlich davon, dass Hannah gedroht hatte, Molly das von Elliott und mir zu erzählen. »Ich war mir echt sicher, dass Zac auf der Stelle mit Hannah Schluss machen würde, und das ohne deine Hilfe. Jetzt aber kannst du ihn im Laden verführen. Ich wüsste nur zu gerne, ob er wohl nach Schlüsseln schmeckt, wenn man ihn küsst, was meinst du?«

Ich schälte ihre Finger von meinem Arm und warf ihr einen finsteren Blick zu. »Ich werde ihn nicht küssen. Den krieg ich schon irgendwie anders rum.«

»Wie denn? Mit deiner umwerfenden Persönlichkeit vielleicht?«, fragte Molly und verdrehte die Augen. »Sieh den Tatsachen doch ins Auge, Avery, das Einzige, was für dich spricht, ist dein süßes Lächeln. Wenn Zac zu viel Zeit mit dir verbringt, dann wird ihm klar werden, dass auch du manchmal nicht ganz so freundlich bist.«

Ich runzelte die Stirn und mein Gesicht verdüsterte sich noch mehr. »Und ich dachte, du wärst meine beste Freundin.«

»Bin ich auch«, versicherte Molly mir. »Ich wirke ja auch manchmal ganz schön abweisend. Darum verstehen wir uns doch auch so gut. Aber in diesem Fall ist es etwas anderes. Du willst doch, dass Zac dich mag, nicht dass er schreiend in die andere Richtung vor dir wegläuft.«

Mir war klar, dass ich nicht unbedingt mit offenen Armen

auf die Leute zuging und Küsschen verteilte, doch die Tatsache, dass Molly mich für einen abweisenden Menschen hielt, verursachte mir doch ein unbehagliches Gefühl in der Magengegend. Im Gehen fummelte ich am Träger meines Rucksacks herum, wobei ich mir auf die Lippen biss und zu Boden starrte. War das jetzt die Rache dafür, dass ich sie nicht mit Elliott ausgehen lassen wollte? Vielleicht war ich bei ihr nicht vorsichtig genug gewesen. Vielleicht hatte ich viel zu sehr darauf vertraut, dass sie mir niemals wehtun würde. Ich schämte mich dafür, dass mir jetzt Tränen in den Augen brannten.

Nach dem großen Streit mit Hannah und Elliott hatte ich mich die ganze achte Klasse hindurch von meinen restlichen Mitschülern ferngehalten. Ich hatte nur mit ihnen geredet, wenn es sich gar nicht hatte vermeiden lassen, aber an den Wochenenden verabredete ich mich nie mit ihnen. Bis zur neunten war ich dann schon so gut darin geworden, mich abzuschotten, dass erst gar keiner mehr versuchte, mit mir zu reden.

Doch dann tauchte Molly auf, und irgendwie schaffte sie es, den Schutzwall zu durchdringen, den ich um mich herum errichtet hatte. Wie mir jetzt klar wurde, war ich nachlässig geworden. Ich hatte ihr zu sehr vertraut und mich wieder einmal jemandem so weit geöffnet, dass ich verwundbar geworden war.

Ich schlang mir die Arme fest um den Oberkörper, straffte die Schultern und hob trotzig das Kinn an.

»Nun«, sagte ich mit eisiger Stimme, »ich werde schon

zusehen, dass ich in Zacs Gegenwart ganz aufgedreht und fröhlich bin, da ich ihn mit meiner wahren Persönlichkeit ja wohl kaum rumkriegen werde.«

Molly stieß genervt die Luft aus. »Jetzt sei doch nicht gleich eingeschnappt, Avery. Du weißt genau, dass du nicht gerade lieb und freundlich rüberkommst.«

Ich zuckte die Achseln und tat so, als würden ihre Worte mich rein gar nicht berühren. »Ich muss jetzt los.«

»Denk daran, was ich gesagt habe«, ermahnte Molly mich noch einmal. »Du musst ihn rumkriegen. Ihn mit deinem Charme verzaubern. Ihn verführen!«

Zum Glück war es schon so spät am Nachmittag, dass die Gänge leer waren und so niemand mitbekam, wie Molly mir erklärte, ich müsse Zac Greeley verführen.

Neun

Als ich vor Greeleys Schlüsseldienst anhielt – ein Laden in einem kleinen Backsteingebäude mit einem Schild in Form eines Haustürschlüssels über der Eingangstür –, sah ich Zac schon durch das große Fenster. Er stand hinter der Kasse, nickte mit dem Kopf und hüpfte umher, während er Schlüssel an ein großes Brett an der Wand hängte. Er tanzte zwischen Tresen und Wand hin und her, drehte sich im Kreis und vollführte irgendwelche irren Disco-Moves vermischt mit etwas, das nach dem Macarena-Tanz aussah, als wäre es ihm total egal, dass jeder, der vorbeifuhr oder -ging, ihn sehen konnte.

Ich saß eine ganze Weile in meinem Wagen vor dem Laden und sah Zac dabei zu, wie er auf seiner kleinen privaten Party im Geschäft seines Dads herumtanzte. Mir fiel es wirklich nicht leicht, mich ein paarmal die Woche dazu zu zwingen, den Hot-Diggity-Shuffle hinzulegen. Doch Zac machte den Eindruck, als würde er nie wieder mit seiner Tanzeinlage aufhören wollen. Wie konnte er nur so tanzen – völlig ohne Hemmungen, ohne sich Gedanken darüber zu machen, dass ihn jemand, der zufällig zur Tür reinkam, überraschen könnte? Wie es sich wohl anfühlte, so unbeschwert zu sein?

Nach dem zu schließen, wie Zac durch den Raum wirbelte, trat ich mit der Erwartung in den Laden, dass mir gleich total laute, schnelle Musik entgegendröhnen würde. Doch stattdessen drang nur ganz harmloses Gedudel an mein Ohr.

Das Glöckchen über der Tür klingelte leise und Zac drehte sich zu mir um, immer noch tanzend. Er setzte ein breites Grinsen auf und deutete auf das Brett, das hinter ihm hing.

»Hey«, sagte er. »Ich hab hier einen kleinen Job zu erledigen. Muss ein paar neue Schlüsselrohlinge aufhängen.«

Ich sah ihn mit hochgezogenen Brauen an, während er sich an so was wie dem Moonwalk versuchte. »Tanzt du immer bei der Arbeit?«

»Klar«, antwortete er außer Atem. »Tut das nicht jeder?«

»Ich tu es nur, wenn jemand den Hot-Diggity-Shuffle von mir verlangt.«

Zac sah mich an, als wäre ich hier die Verrückte von uns beiden. »Du solltest öfter mal tanzen«, erklärte er und deutete dabei mit einem Rohling auf mich. »Komm schon, zeig mal, was du für Moves draufhast.«

Ich schüttelte den Kopf. »Auf gar keinen Fall.«

»Komm schon.« Zac kam hinter dem Tresen hervor und tanzte auf mich zu. »Ein bisschen Disco vielleicht?« Er schwang die Hüften vor und zurück, während er eine Hand nach oben in die Luft hielt. »Oder den Robotertanz?« Er verdrehte einen Augenblick lang Arme und Oberkörper in steifen Bewegungen, ehe er mich wieder angrinste.

»Wie sieht es mit den Hausaufgaben aus?«, fragte ich und tippte auf meine Tasche. »Das Wirtschaftsprojekt, schon vergessen?«

»Ach so, ja.« Zac nickte, doch seine Lippen umspielte ein süffisantes Lächeln.

»Was ist?«

Er zuckte mit den Schultern und warf die Schlüsselrohlinge wieder zurück in eine Schachtel auf dem Tresen. »Ach, nichts. Nur weil du nicht tanzen kannst.«

»Nur weil ich nicht will, heißt das noch lange nicht, dass ich es nicht kann«, pflaumte ich ihn an.

Zac hüpfte rauf auf den Tresen und ließ seine Beine baumeln. »Klar. Das kann ja jeder behaupten.«

Ich verschränkte die Arme vor der Brust und stierte ihn finster an. »Ich werde garantiert nicht hier im Laden deines Dads tanzen, nur um zu beweisen, dass ich es kann.«

»Dann bleibe ich dabei, du kannst es nicht.«

Die Art, wie er mich angrinste, machte mich fuchsteufelswild. Als ich noch klein war, hatte ich sechs Jahre lang Jazzdance gemacht. Ich konnte also sehr wohl tanzen. Doch ich wollte einfach nicht, selbst wenn ihm dann sein dämliches Grinsen vergangen wäre.

Ich zog den Reißverschluss meines Rucksacks auf und holte den Block mit den Wirtschaftsnotizen heraus. »Wir haben hier einen Partnervermittlungsservice zu leiten, falls du dich erinnerst.«

»Ich sag dir was«, meinte Zac ganz unvermittelt. »Wenn wir bei dem Wirtschaftsprojekt gut abschneiden, dann tanzt du für mich, okay?«

Ich schnaubte missmutig. »Klar, okay. Und was tust du im Gegenzug für mich, wenn wir das schaffen?«

»Was hättest du denn gerne, dass ich tue? Soll ich dir vielleicht meine besten Tanzbewegungen beibringen?« Er verfiel in eine Art Kaffeemühlentanz, bei dem er mit den Armen vor dem Körper kreiste, als würde er beidhändig eine Mühle betätigen.

»Nein danke, lieber nicht.« Ich lehnte mich gegen den alten, abgenutzten Tresen, direkt neben die staubigen Kisten voller Schlüsselketten und magnetischer Schlüsselbehälter, die man unter dem Auto befestigt, um den Zweitschlüssel zu verstecken.

»Komm schon«, meinte Zac. »Ist doch nicht fair, wenn du nicht auch was kriegst zur Belohnung. Was soll ich tun? Sag einfach, was du willst.«

Ich hätte jetzt geradeheraus sagen sollen, er solle Hannah sitzen lassen. Das wäre ein schneller und simpler Weg gewesen, um aus dem Schlamassel rauszukommen, in das ich mich hineinmanövriert hatte. Doch ich brachte es nicht über mich. Die Worte blieben irgendwo zwischen Hirn und Mund stecken.

Was stattdessen rauskam war Folgendes: »Bring mir bei, wie ich weniger miesepetrig bin.«

Woher war das denn jetzt gekommen? Ich schlug mir die Hand vor den Mund und wünschte mir, ich könnte die

Worte zurücknehmen. Ich hoffte inständig, Zac hatte mich nicht verstanden.

Doch das hatte er. »Kein Mensch ist miesepetrig, wenn er tanzt.« Und dann legte er ein paar flotte Tanzschritte hin, glitt über den schmuddeligen Boden und forderte mich auf, mich zu ihm zu gesellen.

Ich schüttelte den Kopf. »Bevor du mich zum Tanzen bringst, müssen wir schon erst gut abschneiden bei unserem Projekt.«

Zac seufzte und ließ die Schultern sacken. »Die Untalentierten haben immer haufenweise Ausreden parat, nur damit sie nicht vor anderen tanzen müssen.«

»Untalentiert?«, fragte ich ungläubig. »Du hast mich doch noch nie tanzen sehen, also kannst du überhaupt nichts über meine Fähigkeiten sagen.«

»Dann zeig mir, was du draufhast.«

Ich stemmte die Hände fest in die Hüften, warf ihm einen finsteren Blick zu und meinte: »Ich tanze nicht für dich. Erst recht nicht hier in diesem Laden, wo jederzeit jemand reinmarschieren und mich sehen könnte.«

»Okay, okay«, gab Zac schließlich nach. »Zuerst das Projekt. Und danach wird getanzt.«

Lange Zeit feilten wir also weiter an unserer Partnervermittlung, wobei meine Hände verzweifelt versuchten, all die Ideen aufzuzeichnen, die aus Zacs Mund hervorgesprudelt kamen. Mr Freeman hatte uns eine erste Aufgabe gestellt, eine Hürde, mit der wir als Unternehmen klarkommen sollten: Es handelte sich um eine unerwartet hohe

Steuerforderung, die wir eigentlich schon vor drei Wochen hätten zahlen sollen. Zacs Vorschläge, wie wir das Geld auftreiben könnten, reichten von einem spontanen Speeddating-Event, für das wir Eintritt verlangen würden, bis hin zu einem Autowaschwettbewerb im Bikini.

»Das ist ja so was von sexistisch«, erklärte ich ihm. »Ein Haufen Mädchen im Bikini, die rumlaufen und mit Wasser und Seife hantieren. War ja klar, dass ausgerechnet dir so was einfällt. Schließlich bist du ja auch ein Mann.« Ich warf ihm einen angewiderten Blick zu.

»Was, wenn wir die Jungs in Speedos antanzen lassen?«, schlug Zac vor. »Gleiches Recht für alle, jeder zeigt Haut.«

Ich musste lachen bei der Vorstellung, einen Haufen Jungs von unserer Schule freiwillig in knappen Badehosen rumlaufen zu sehen. »Klar, wenn du ein paar Jungs auftreiben kannst, die gern Speedos tragen, dann nur zu.«

Zac stupste mir mit dem Finger an die Nase. »Dann vergiss mal nicht deinen Bikini.«

»Oh, du bist ja sehr von dir überzeugt, was?«, meinte ich. Ich achtete nicht darauf, dass meine Nase ganz warm geworden war, dort, wo er mich berührt hatte.

»Tja, an einem hat es mir tatsächlich nie gefehlt«, gab Zac zu. Dabei straffte er die Schultern und hielt das Kinn hoch. »Und zwar an dem nötigen Vertrauen in meine Fähigkeit, andere Leute davon zu überzeugen, etwas Bestimmtes zu tun, egal was.« Er machte eine kurze Pause, dann fügte er hinzu: »Natürlich mit dem dafür nötigen Druckmittel. Und

Mädchen im Bikini sind durchaus wirksam, wenn es um Jungs im Teeniealter geht.«

Fast hätte ich die Glocke über der Tür nicht gehört, die in dem Moment klingelte, als ich gerade loslachte. Wir drehten uns um und sahen Mr Greeley durch den Raum auf uns zukommen, wobei er einen Haufen Zettel aus der Brusttasche seines Hemdes holte.

»Zac«, sagte er, wobei er mir einen Blick zuwarf. »Ich wusste ja gar nicht, dass du Besuch hast.«

»Erinnerst du dich an Avery?«, fragte Zac. Er tippte auf die Bücher, die wir auf dem Tresen ausgebreitet hatten. »Wir arbeiten an unserem Wirtschaftsprojekt.«

Mr Greeleys Kiefer wirkte angespannt, doch er nickte und schenkte mir ein höfliches Lächeln. »Viele Kunden heute Abend?«

Zac schüttelte den Kopf. »Nein, war ziemlich ruhig.«

»Hast du die neuen Rohlinge weggeräumt?«

»Die meisten, ja.«

Mr Greeley zog die Augenbrauen hoch. »Entweder du hast es erledigt oder nicht. Ich bezahl dich doch nicht dafür, dass du hier rumstehst und Dummheiten machst. Wenn ich wollte, dass all die Jahre harte Arbeit umsonst waren, dann würde ich endlich all den Angeboten nachkommen und den Laden hier verkaufen.«

Die Muskeln in Zacs Kiefer zuckten ganz leicht. »Ich räum sie alle noch weg, bevor ich gehe. Wir haben was für die Schule gemacht.«

Mr Greeley runzelte die Stirn, doch er sagte lediglich:

»Gut. Ich bin dann im Büro und rechne die Quittungen hier ab. Wenn ich bis um zehn nicht fertig bin, kannst du schon mal ohne mich nach Hause gehen. War nett, dich wiederzusehen, Avery.«

Ich hatte es kaum geschafft, mir ein Lächeln aufs Gesicht zu zaubern, als Mr Greeley auch schon auf dem Absatz kehrtmachte und in sein Büro ging, wo er die Tür hinter sich zumachte. Offensichtlich war er nicht der Typ für Smalltalk. Zac stand am Tresen, starrte auf die Bücher vor ihm und tippelte abwesend mit den Fingern auf das Holz.

»Also«, sagte ich schließlich und überlegte krampfhaft, wie ich das Schweigen brechen konnte. Mein Blick fiel auf die Schlüsselmaschine an der Wand. »Äh, wie funktioniert die eigentlich?«

Zac folgte meinem Blick und lächelte zaghaft. »Soll ich es dir beibringen?«, fragte er.

Ich schüttelte den Kopf. »Ach so, nein. Ich war nur neugierig. Machen wir uns lieber wieder an die Arbeit.«

»Komm schon, ist kinderleicht.« Zac griff nach meiner Hand und führte mich um den Tresen herum zu der rostigen Maschine. »Es gibt durchaus neuere Modelle, die einem die ganze Arbeit abnehmen, aber mein Dad besteht darauf, dass wir diesen Dinosaurier hier behalten. Er meint, man kann keine exakte Kopie von einem Schlüssel anfertigen, solange man die Rillen darauf nicht selbst spürt. Lass mich mal deinen sehen.«

Verständnislos blinzelte ich ihn an. »Meinen was?«

»Deinen Schlüssel.«

»Oh. Ach so.« Ich griff in die Tasche und holte einen kleinen Schlüsselbund hervor, an dem nur zwei Schlüssel hingen: der Haustürschlüssel und der Autoschlüssel. An Mollys Schlüsselbund hingen mindestens zehn Schlüssel, wobei sie von der Hälfte nicht wusste, wozu sie eigentlich gehörten.

»Nehmen wir also deinen Schlüssel«, meinte Zac und hielt den Haustürschlüssel hoch. »Den stecken wir jetzt seitlich hier in die Maschine.« Er drehte an einem Knopf an der linken Seite der Maschine und spannte den Schlüssel zwischen zwei Metallteilen ein. »Und dann nehmen wir einen Rohling« – damit schnappte er sich einen von dem Brett an der Wand –, »der kommt hier rechts rein.« Er klemmte den Rohling an die richtige Stelle.

»Und jetzt stell dich mal hier vorne hin, eine Hand an dem Knopf, die andere an diesem Hebel«, wies er mich an. Behutsam bugsierte er mich vor die Maschine und legte seine Hände auf meine, um mir zu zeigen, was ich zu tun hatte. Er war mir so nahe, dass ich die Wärme, die von seinem Körper ausging, hinten am Rücken spüren konnte. Ein leichter Schauder lief mir über den Rücken, als mich sein Atem im Nacken kitzelte.

»Und jetzt?«, fragte ich und meine Stimme klang fast ein bisschen belegt.

»Drück hier drauf.« Er presste meinen Finger auf den Hebel hinab und sofort erwachte die Maschine brüllend zum Leben. »Und mit der anderen Hand lenkst du die Führungsschiene jetzt hin und her.« Ich ließ zu, dass er meine Hand mit der seinen umfasste, während wir das Ganze über die

Schleifscheibe gleiten ließen, die den Schlüssel ausschneiden würde. Ein paar wenige Bewegungen und schon war er fertig. Zac stellte die Maschine ab und trat vor, um die beiden Schlüssel wieder rauszunehmen.

Sofort spürte ich die Abwesenheit von Zacs Körper an meinem. Ich machte einen Schritt zurück, und in meinem Kopf drehte es sich ein wenig, während meine Hand noch immer an der Stelle prickelte, wo er mich berührt hatte.

Er hielt die beiden Schlüssel hoch und grinste mich verschmitzt an. »Jetzt hab ich einen Schüssel zu deinem Haus. Ich könnte mich heute Nacht reinschleichen und dich bei deinem Schönheitsschlaf stören.«

Ich versuchte die Wirkung von Zacs Nähe auf meinen Körper und meine Sinne abzuschütteln. »Acht Stunden Schlaf sind unumgänglich, wenn ein Körper Höchstleistungen vollbringen soll«, erklärte ich ihm lachend.

»Ein Körper, der Höchstleistungen vollbringen soll?«, wiederholte Zac. Er sah mich an und verzog das Gesicht. »Bist du dir sicher, dass du wirklich erst sechzehn bist? Du klingst ja wie ein kleiner Einstein.«

»Was soll ich deiner Meinung nach denn sagen, was besser wäre?« Ich tat so, als sei ich empört, während ich mir eine Haarsträhne um den Finger zwirbelte. »Ich brauche krass viel Schlaf, sonst bin ich voll der Zombie, oder so was?«

Zac starrte mich einen Augenblick lang an, ehe er laut losprustete. »Ich finde nicht, dass das so viel besser klingt. Wie wäre es, wenn du einfach ganz normal wärst?«

»Was wäre denn normal?«, hakte ich nach, während ich mich an ihm vorbeidrängte und an den Tresen trat, auf dem unsere Bücher immer noch ausgebreitet herumlagen.

»Ich glaube, ich bin relativ normal«, meinte Zac. »Und das, obwohl ich gerade mal vier Stunden schlafe und von fünf Schüsseln Fruit Loops am Tag lebe.«

Ich gab ein würgendes Geräusch von mir. »Weißt du überhaupt, wie viel Zucker in dem Zeug drin ist?«

»Ja. Ein ganzer Haufen. Aber mir schmeckt's.«

»Du bringst dich um damit.« Ich legte den Kopf schief und betrachtete ihn eindringlich. »Du schläfst doch nicht wirklich bloß vier Stunden am Tag, oder?«

Zac zuckte mit den Schultern. »Manchmal schon. Manchmal sogar weniger. Ich hab dir doch erklärt, dass ich nicht viel Schlaf brauche. Mein Gehirn arbeitet meistens viel zu sehr auf Hochtouren.« Er hielt sich die Hände seitlich an den Kopf und machte eine Drehbewegung mit den Fingern, wobei er ein surrendes Geräusch von sich gab, als wäre sein Schädel elektrisch geladen.

»Kein Mensch kann mit so wenig Schlaf auskommen«, beharrte ich.

»Dafür esse ich ja auch die fünf Schüsseln Fruit Loops.« Zac lehnte sich gegen den Tresen, während ich meine Sachen wegpackte. »Wenn dir irgendwann in der Nacht mal langweilig ist und du mit jemandem reden willst, dann bin ich wahrscheinlich noch wach. Meine Mom macht das ganz verrückt. Ein Arzt hat mir mal Schlaftabletten verschrieben, aber dann hab ich angefangen schlafzuwandeln. Eines

Nachts hab ich mir sogar Pfannkuchen gemacht, während ich im Tiefschlaf war. Meine Mom hat mich dabei überrascht, wie ich halb fertigen Pfannkuchenteig aß. Da hat sie beschlossen, dass es doch sicherer ist, ich bleibe länger wach, als dass ich im Schlaf Pfannkuchen brate.«

Ich warf mir den Rucksack über die Schulter. »Es gibt Dinge, die man tun kann, damit der Körper sich auf den nächtlichen Schlaf einstellt. Ein heißes Bad zum Beispiel oder Meditation. Das könnte helfen, deine Gedanken zu beruhigen und dich müde zu machen.«

Zac schüttelte den Kopf. »Hab ich alles schon versucht. Meine Gedanken kommen nie zur Ruhe. Ich will immer fünf Millionen Sachen gleichzeitig machen und das vierundzwanzig Stunden am Tag.«

»Du solltest echt versuchen, mehr Schlaf zu bekommen. Das ist wichtig für deine Gesundheit.«

»Danke, dass du dich um meine Gesundheit sorgst«, sagte er mit einem Grinsen.

Ich wurde rot und senkte den Blick zu Boden. »Ich sollte jetzt besser gehen. Ich hab gar nicht gemerkt, wie spät es schon ist. Ich brauche nämlich meinen Schlaf, damit ich morgen wieder einwandfrei funktioniere.«

Zac nickte. »Okay. Danke, dass du heute Abend hier warst.«

»Kein Thema«, erwiderte ich. »Danke, dass du mir beigebracht hast, wie man einen Schlüssel nachmacht.«

Zac lachte und warf mir den kopierten Schlüssel zu. »Jetzt hast du wenigstens ein zweites Standbein, falls das mit der Karriere als Ärztin nichts wird. Dann könnten wir unseren eigenen Schlüsseldienst aufmachen.«

»Lass uns erst mal sehen, ob wir das mit der Partnervermittlung hinkriegen.«

»Okay, abgemacht«, meinte Zac. Er deutete mit dem Finger auf mich. »Und du vergiss nicht, du schuldest mir einen Tanz.«

»Erst müssen wir das Projekt hinter uns bringen«, rief ich ihm in Erinnerung.

»Ach, das kriegen wir schon hin«, versicherte mir Zac. »Ich hab absolutes Vertrauen in unser Geschäftstalent.«

Zehn

»Was ist denn hier los?«, fragte ich.

Ich stand in der Tür und sah in die Küche. *Unsere* Küche. In der im Moment das absolute Chaos herrschte. Stapelweise schmutziges Geschirr türmte sich auf der Ablage und im Spülbecken. Auf dem Herd kochten gleich drei Töpfe vor sich hin, einer von ihnen drohte jeden Moment überzukochen und meine funkelnd weiße Herdabdeckung zu bespritzen. Kochbücher und klein geschnittenes Gemüse bedeckten den Küchentisch. An einem Ende des Tresens stand das kleine Radio aus meinem Zimmer und aus den Lautsprechern dröhnte Elvis Presley.

Dad blickte vom Waschbecken auf, wo er soeben Champignons säuberte. »Oh, hi, Liebes. Trisha und ich haben beschlossen, ein bisschen was zum Abendessen zu kochen.«

Ich runzelte die Stirn und deutete auf das Chaos. »Ein *bisschen* was?«

Trisha kicherte, während sie weiter Möhren schnippelte. »Tja, eigentlich hatten wir ja vor, Lasagne zu machen und dazu Salat, aber dann haben wir es uns mittendrin anders überlegt und dachten uns, Hähnchen alla Cacciatore klingt auch nicht schlecht.«

»Und was macht ihr jetzt genau?«, fragte ich, wobei ich immer noch ungläubig auf die Türme von Schüsseln starrte, die jeden Moment umzukippen drohten. Der eine Topf auf dem Herd blubberte jetzt bereits so stark, dass sich rote Spritzer überall auf dem Herd und auf dem Boden verteilten. Ich verzog gequält das Gesicht, als ich die Sauerei sah, weil ich bestimmt mindestens eine Stunde würde schrubben müssen, um die Spritzer wieder wegzukriegen.

»Lasagne, Hähnchen alla Cacciatore, Gazpacho, schwedische Fleischbällchen, Kartoffelsalat und Caesar-Salad«, gab Dad zur Antwort.

»Und wie viele Leute habt ihr vor, damit satt zu machen?«, fragte ich.

»Nur uns vier.«

Scharf sog ich die Luft durch die zusammengepressten Zähne ein. *Phalanx distalis, Phalanx intermedia,* rezitierte ich im Stillen, während ich versuchte, meinen Ärger im Zaum zu halten. *Phalanx proximalis.* Er wusste genau, dass mich ein derartiges Chaos wahnsinnig machte. Alles hatte seinen Platz bei uns, und jeder vernünftige Mensch wusste doch, dass man zwischendurch sauber machte, wenn man kochte, um nicht hinterher eine verwüstete Küche zu haben. *Ossa metacarpi.*

Natürlich hätte ein vernünftiger Mensch für vier Leute auch nicht gleich ein Festessen gekocht, das für zwanzig Leute reichen würde. *Ossa carpi.*

Doch leider half das Aufsagen der Handknochen kein bisschen, um mich zu beruhigen. Wütend stampfte ich durchs Zimmer und riss den Kühlschrank auf. Ich brauchte dringend Koffein. Normalerweise vermied ich es, irgendwelche gesüßten Getränke zu mir zu nehmen, aber das war jetzt wirklich ein Notfall.

Als ich die Hand in den Kühlschrank streckte, um aus dem entsprechenden Regal eine Dose Cola zu nehmen, berührten meine Finger nur Obst. Ich starrte auf die Mango in meiner Hand, blinzelte ein paarmal, als würde sie sich gleich wie durch Zauberei in eine Cola verwandeln.

»Was ist das denn?«, fragte ich und wedelte mit der rotgrünen Frucht.

»Eine Mango«, erklärte mein Dad. »Ich weiß ja, dass du dich gern abschottest von der Welt, Avery, aber ich glaube, eine Mango hast du schon mal gegessen.«

Nur mit großer Mühe konnte ich der Versuchung widerstehen, meinem Dad die Mango einfach an den Kopf zu werfen, um ihm so Vernunft einzuhämmern. »Ich weiß, *was* das ist. Was ich meinte, war, warum liegt die auf dem zweiten Fach oben und nicht in der Gemüseschublade? Das zweite Fach von oben ist für Getränke da.«

»Tut mir leid«, meinte Trisha und lächelte mich entschuldigend an. »Dein Dad hat mich gebeten, die Einkäufe wegzuräumen, und ich schmeiß die Sachen normalerweise dahin, wo Platz ist. Ich weiß noch nicht mal, wozu so ein Gemüsefach gut ist.« Ihr Gekicher fing langsam an, mir auf die Nerven zu gehen.

Ich öffnete die Kühlschranktür ganz, damit ich einen guten Blick ins Innere hatte. »Das Gemüsefach«, erklärte ich und deutete darauf, »ist für Obst und Gemüse da. Daher auch der Name. Das Obst kommt links in das Fach, das Gemüse rechts. Ich hab doch sogar Aufkleber auf die Schublade gemacht, damit das jeder sehen kann, und ich habe eine Abtrennung eingebaut, um beides voneinander zu trennen. Siehst du?« Ich deutete auf die zwei kleinen Aufkleber, die ich extra mit einem neu gekauften Etikettiergerät gemacht hatte, um Ian davon abzuhalten, weiterhin alles ins falsche Fach zu legen.

»Auf dem zweiten Fach von oben steht doch eindeutig *Getränke*. Und das bedeutet, dass da nur Getränke hingehören. In das Getränkefach kommt kein Obst.« Ich öffnete die Gemüseschublade und warf die Mango rein, wobei sie aller Wahrscheinlichkeit nach ein paar Dellen abbekam. Aber das war mir egal. Trisha hatte eine Grenze überschritten, als sie unser Haus betreten hatte, ein Chaos in unserer Küche angerichtet und die Ordnung in unserem Kühlschrank ruiniert hatte.

»Das ist doch kein Drama, Avery«, meinte mein Dad, während er in den Töpfen rührte. »Ist doch nur eine harmlose Mango. Keine große Sache.«

War ja klar, dass er das nicht verstand. Der sah natürlich nur die scharfe Mittdreißigerin, die bereit war, was mit ihm anzufangen. Es bestand keinerlei Hoffnung, dass mein Dad klar sah, solange seine Hormone derart in Aufruhr waren.

»Wie auch immer«, sagte ich. Damit schnappte ich mir eine Cola und schlug die Kühlschranktür zu. »Guckt das nächste Mal auf die Aufkleber, bevor ihr die Sachen einräumt.«

Ich stürmte aus der Küche und mit jedem einzelnen Schritt kochte mein Zorn nur noch mehr hoch. So fing das immer an mit Katastrophen. Dad hatte Trisha eingelassen in unser Zuhause, hatte sie machen lassen, wie sie wollte, und wenn es dann vorbei war mit ihrer Beziehung, würde ich wie schon so oft Überstunden machen müssen, um alles wieder so hinzukriegen, wie es sein sollte.

Als Mom noch hier war, war es ganz normal gewesen, dass man Sachen an den unmöglichsten Orten fand. Zum Beispiel ihr Schlüsselbund, der an einem Haken am Küchenschrank hing, der eigentlich für Tassen vorgesehen war. Oder ein Schuh im Bücherregal. Als sie verschwunden war, hatte ich jeden Tag Stunden damit verbracht, sauber zu machen und aufzuräumen und alles neu zu organisieren. Mein System hatte funktioniert. Dad und Ian verlegten nie etwas. Sie wussten immer genau, wo die Sachen hingehörten, dank der unzähligen kleinen Aufkleber, die ich ungefähr überall hingepappt hatte.

Und jetzt kam diese Frau daher und ruinierte alles. Wie schwer konnte es denn sein, einen simplen Aufkleber zu lesen?

Ein leises Klopfen ließ mich hochfahren und ich starrte wütend zur Tür. Warum konnte Dad mich nicht einfach in Ruhe lassen? Ich war jetzt echt nicht in der Stimmung für ein dämliches Vater-Tochter-Gespräch mit einer Umarmung am Ende, damit alles wieder gut war.

Ich riss die Tür auf. »Dad, ich hab echt keine Lust …«

Auf einmal hielt ich inne und klappte den Mund zu. Es war nicht Dad, sondern Trisha. Sie lächelte mich an, aber mir entgingen die Nervosität und das Zögern in ihrem Blick nicht.

»Kann ich mal kurz reinkommen?«, fragte sie.

Ich machte die Tür etwas weiter auf, ging zu meinem Schreibtisch und blieb daneben stehen. Mit verschränkten Armen sah ich sie herausfordernd an.

Trisha nahm dies offenbar als stille Aufforderung, hereinzukommen. Sie machte einen zögerlichen Schritt ins Zimmer, sah sich kurz um und betrachtete die Regale voller schulischer Auszeichnungen, die sich entlang der lila-grau gestreiften Wände erstreckten. In der Nähe meines Kleiderschranks stand ein Bücherregal voller medizinischer Werke und ein paar Plüschtieren und Puppen, die noch aus meiner Kindheit übrig waren. Die lilafarbenen Kissen auf dem ordentlich gemachten Bett waren nach Größe sortiert, vom größten bis zum kleinsten. Alles war sauber und ordentlich, alles war an seinem Platz. Genau wie ich es mochte.

»Hübsches Zimmer«, sagte Trisha. »Die Röntgenbilder machen es richtig wohnlich.« Sie deutete auf die gerahmten Aufnahmen, die bei mir mit zehn gemacht worden waren, als Hannah und ich mit Elliott um etwas gewettet hatte: Er hatte behauptet, wir würden uns nicht trauen, mit den Fahrrädern über die kleine Rampe zu fahren, die er aus einem alten Stück Gartenzaun und einem Autoreifen gebastelt hatte. Hannah hatte es problemlos geschafft, aber ich war in Panik ausgebrochen, als ich auf der Rampe war, hatte mein Fahrrad nach rechts verrissen und war auf den Bürgersteig gefallen, sodass ich mir den Arm brach. Das war immer noch der einzige Bruch, den ich je erlitten hatte.

Die Erinnerung an Elliott und Hannah, wie sie meinen Gips mit Bildchen und ihren Unterschriften verziert hatten, ließ mich lächeln. Doch dann fiel mir wieder ein, dass es Dad gewesen war, der mich an jenem Tag ins Krankenhaus gebracht hatte, weil Mom nicht aus dem Bett hatte kommen wollen. Die letzten Jahre, die sie bei uns gewesen war, hatte sie sehr viel Zeit im Bett verbracht.

Mein Lächeln verblasste und stattdessen blickte ich finster drein.

»Tja«, fuhr Trisha fort und räusperte sich, als ich nichts darauf erwiderte. »Ich wollte mich entschuldigen dafür, dass ich die Sachen nicht da hingeräumt habe, wo sie hingehören. Dein Dad hat mir erklärt, wie wichtig es dir ist, dass alles seine Ordnung hat.«

Oh ja, ich konnte mir gut vorstellen, wie Dad Trisha erklärte, wie *verrückt* ich war, was Ordnung anging. Dad konnte manchmal ziemlich schlampig sein, zwar nicht ganz so schlimm, wie Mom es war, aber er war auch nicht gerade der ordentlichste Mensch auf der Welt. Er kapierte einfach nicht, dass das Aufräumen und Saubermachen mich beruhigten.

»Schon gut«, presste ich zwischen zusammengebissenen

Zähnen hervor. »Aber denk das nächste Mal daran, dass du alles wieder da hinlegst, wo es hingehört.«

Trisha setzte sich auf den Rand meines Bettes. Wobei sie die Decke ein wenig in Unordnung brachte. »Avery, ich weiß, es ist schwer, zuzusehen, wie dein Dad sich mit anderen Frauen trifft.«

Ich zuckte den Achseln. »Schon in Ordnung.«

»Ich weiß, wie du dich fühlst«, fuhr sie fort. »Meine Eltern ließen sich scheiden, als ich noch ein Kind war, und es war total komisch, als sie anfingen, sich mit anderen Leuten zu treffen. Das fand ich oft nicht gut. Ich dachte insgeheim immer, meine Mom und mein Dad würden wieder zusammenkommen.«

Ein stechender Schmerz durchfuhr mich. »Klar, tja, ich weiß aber, dass meine Eltern nicht mehr zusammenkommen. Meine Mom ist *abgehauen*. Sie kommt nie wieder.«

Einen kurzen Augenblick zuckte Trisha zusammen, doch sofort setzte sie wieder ihr ach so einfühlsames Lächeln auf. »Ich bin mir sicher, dass deine Mom dich immer noch lieb hat und an dich denkt. Dein Dad liebt dich auch. Du und Ian, ihr seid alles, was er hat. Ich fühle mich geehrt, dass er mich in sein Leben gelassen hat und dass ich dich und deinen Bruder kennenlernen durfte.«

Ich kämpfte gegen den Drang an, die Augen zu verdrehen. Sie redete ja so, als wären wir bereits eine glückliche Familie. Aber das waren wir nicht und wir würden es auch niemals sein.

»Ich muss jetzt Hausaufgaben machen«, log ich, in der

Hoffnung, sie würde den Wink verstehen und verschwinden.

Trisha nickte und stand auf. Ehe sie ging, sah sie sich noch einmal zu mir um. »Ich hoffe, wir werden Freunde, Avery. Ich bin gar nicht so übel, wenn man mich kennt.«

»Klar, sicher«, murmelte ich. Als sie ging, warf ich ihr einen finsteren Blick hinterher. Wie kam sie nur auf die Idee, ich könnte mit ihr befreundet sein wollen? Sie war nicht anders als all die anderen, die vor ihr da gewesen waren. Bald schon würde sie wieder aus unserem Leben verschwunden sein.

Elf

»Du weißt, dass ich Shoppen hasse«, sagte ich, während ich mit Molly und ihrer Mom auf die Backsteinfassade des Willowbrook-Einkaufszentrums zusteuerte. Sobald wir durch die automatischen Schiebetüren waren, schlug uns ein wildes Gemisch aus den unterschiedlichsten Gerüchen entgegen: Tacos, Pizza, Popcorn, neue Klamotten und die Duschgels aus dem Kosmetikladen am anderen Ende des Einkaufszentrums, die so intensiv rochen, dass der Duft überall war.

»Ich weiß«, meinte Molly, hakte sich bei mir unter und zerrte mich hinein in das Gewirr von Menschen, die in einem völligen Durcheinander den Hauptgang entlangliefen. »Aber du magst mich, deswegen reiß dich zusammen.«

Molly hatte sich auf die Mission begeben, Corrie davon zu überzeugen, ihr einen neuen Widescreen-Monitor zu kaufen – weil Molly ihren alten nämlich so gut wie geschrottet hatte, als sie ihn auseinandergenommen und wieder zusammengebaut hatte. Nur um zu beweisen, dass sie das konnte. Und wie sich herausgestellt hatte, konnte sie es eben nicht.

»Oh«, meinte Corrie, abgelenkt vom Duft der Brezeln aus der Bäckerei. »Auf dem Rückweg sollten wir uns unbedingt eine von denen mitnehmen.«

»Tonnenweise Salz«, erklärte ich. »Haben Sie nicht eh schon einen hohen Blutdruck?«

Corrie warf mir einen genervten Blick zu. »Du bist noch keine Ärztin, Avery. Wenn du lange genug leben willst, bis es so weit ist, dann solltest du dich nicht mit mir anlegen, wenn es um Brezeln geht.« Sie drohte mir warnend mit dem Finger.

Molly und Corrie deuteten auf diverse Dinge, während wir durchs Einkaufszentrum schlenderten. Sie waren sich ziemlich ähnlich, beide ließen sich gern von Essen und glitzernden Dingen ablenken. Ich konnte nicht anders, ich musste an meine eigene Mom denken, während ich Molly so mit ihrer beobachtete. Meine Mom hatte Shoppen geliebt, bevor sie angefangen hatte, Tage und Wochen im Bett zu verbringen. Früher waren wir fast jedes Wochenende im Einkaufszentrum, manchmal nur, um uns die neusten Angebote anzusehen, ohne irgendwas zu kaufen. An anderen Tagen kamen wir beladen mit Tüten voller neuer Klamotten nach Hause.

Der letzte Ausflug, den ich mit meiner Mom gemacht hatte, ehe sie abgehauen war, war ebenfalls ins Einkaufszentrum gewesen, drei Wochen vor ihrem Verschwinden. Erst Jahre später, nachdem ich in einem Medizinbuch darüber gelesen hatte, wurde mir klar, dass ihre Verhaltensänderung schon auf eine Art Depression hingedeutet hatte. Mit zwölf war mir nur aufgefallen, dass sie sich mit einem Mal nicht mehr wie meine Mom verhielt und dass ich meine alte Mom zurückwollte. Das Einkaufszentrum war der einzige Ort, von dem ich geglaubt hatte, er würde sie wieder zu der Mom machen, die ich kannte.

Doch es hatte nicht funktionierte. Sie war wie ein Zombie gewesen an jenem Tag, hatte sich durch die Läden geschleppt, ohne sich wirklich etwas anzusehen. Und jetzt hasste ich es, hierherzukommen. Die Farben, Geräusche und Gerüche attackierten meine Sinne, bis mir schlecht wurde. Mir war flau im Magen und mein Kopf drehte sich.

Molly hielt vor dem Elektroladen an und drehte sich nach mir um, als ich mich von ihr löste. »Kommst du nicht?«, fragte sie.

Corrie und Molly waren so was wie die Mutter und die Schwester, die ich nicht hatte. Mollys Mom hatte mich sofort voller Herzlichkeit in ihrem Leben und ihrem Zuhause aufgenommen, als Molly mich das erste Mal zu sich eingeladen hatte. Doch heute tat es mir zu sehr weh, mit den beiden zusammen zu sein.

»Ich warte lieber draußen.« Damit deutete ich auf eine freie Bank hinter mir.

Molly sah mich einen Augenblick lang eindringlich an. »Alles in Ordnung mit dir?«

Ich nickte und tat mit einer Geste ihre Beunruhigung ab. »Ist nur eine Allergie oder so was. Bisschen viel los hier drinnen.«

Corrie wühlte in ihrer riesengroßen Tasche, ehe sie eine

Packung Antihistamine zum Vorschein brachte. »Hier, bitte schön«, meinte sie und warf mir die Packung zu. »Bei mir helfen die immer. Ohne die würde ich keinen Tag überstehen. Das sind meine kleinen Lebensretter.«

Ich schlang die Finger um die Tabletten und zwang mir ein Lächeln ins Gesicht. »Danke. Geht ruhig rein, ich warte hier.«

»Ich werde versuchen, sie dazu zu bringen, nicht länger als eine Stunde da drin rumzustöbern«, versprach Corrie und zwinkerte mir zu, ehe sie Molly in den Laden folgte.

Ich saß eine ganze Weile mit hängendem Kopf da und lauschte dem lebhaften Treiben um mich herum. Keiner achtete wirklich auf das Mädchen, das da allein rumsaß. Jeder eilte einfach nur an mir vorbei auf dem Weg in eine der Boutiquen oder Spielzeugläden oder zu den Essensständen. Gegenüber dem Elektrogeschäft, in dem Molly und Corrie verschwunden waren, befand sich ein Kartenladen, in dessen Schaufenster ein Schild hing. Es erinnerte die Passanten an den bevorstehenden Muttertag in ein paar Wochen.

Die leuchtenden Farben zogen mich an, und so ging ich in den Laden, in dem es nach Blumen duftete. Ich schlenderte durch die Gänge, spazierte an Regalen voll bescheuerter Rosen aus Kristall und Teddybären mit Herzen vorbei, auf denen »I LUV U!« stand. Als ich um eine Ecke bog, waren da endlich die Kartenregale mit einer riesigen Auswahl an Muttertagskarten. Mein Blick glitt über die vielen schmalzigen Texte, doch nichts gefiel mir. Wo waren denn die Karten für die Mütter, die abgehauen waren und ihre Familien im Stich gelassen hatten?

Eine vertraute Stimme im Gang nebenan erweckte meine Aufmerksamkeit, daher lugte ich über das Kartenregal und entdeckte Hannahs dunkelbraunen Haarschopf. Sie stand mit dem Rücken zu mir und betrachtete soeben ein Regal voller Muttertagsgeschenke, während eine Verkäuferin ihr das eine oder andere Teil zeigte.

»Wie wäre es hiermit?«, fragte die Verkäuferin und griff nach einer wunderschönen Blume, die in eine Glaskugel eingelassen war.

Hannah würdigte das Ding kaum eines Blickes. »Nein, meine Mutter meint immer, Lilien sind die Rosen der armen Leute.« Sie stieß einen lang gezogenen Seufzer aus und betrachtete den Rest der Auslage. »Da ist nichts Passendes dabei.«

Die Verkäuferin wirkte frustriert. Hannah hatte vermutlich auch schon alles andere im Laden abgelehnt. »Vielleicht möchten Sie sich mal unseren Katalog ansehen? Möglicherweise werden Sie dort fündig und wir könnten das dann für Sie bestellen.«

»Meine Mutter bestellt nie irgendwas aus Katalogen«, meinte Hannah schnippisch. Sie glättete die Vorderseite ihrer Bluse. »Tut mir leid. Ich will ja nicht unhöflich erscheinen, aber Sie kennen meine Mutter nicht.«

Ich kannte Mrs Cohen, oder zumindest hatte ich sie gekannt, als Hannah und ich noch klein gewesen waren. Schon bevor die Cohens auf der sozialen Leiter aufgestiegen und reich geworden waren, hatte sie immer nur das Beste vom Besten gewollt. »Das Bild, das man nach außen hin abgibt, ist alles, was die Leute über einen wissen müssen«, hatte sie Hannah und mir immer erklärt, wobei sie die obersten Küchenschränke geschrubbt hatte, den Teil, den man eh nie zu sehen bekam. »Da kann das Leben noch so aus dem Ruder laufen – solange man den Eindruck macht, man habe alles unter Kontrolle, *hat* man auch alles unter Kontrolle.«

Wieder strich Hannah eine Falte in ihrer Bluse glatt, als könnte sie das Echo der Worte ihrer Mutter ebenso hören wie ich. Das war so eine Angewohnheit von ihr, die sie schon immer hatte – automatisch zu überprüfen, ob an ihrem Erscheinungsbild auch alles in Ordnung war. Ich nahm an, dass ihr noch nicht mal klar war, wie oft sie das tat.

»Wenn ich meiner Mutter ein Muttertagsgeschenk machen will, dann muss es perfekt sein«, erklärte Hannah der Verkäuferin.

»Ich bin mir sicher, Ihre Mutter wird alles toll finden, was Sie ihr schenken«, erwiderte die Verkäuferin freundlich, wobei sie Hannah ein breites Lächeln schenkte.

Doch Hannahs Schultern spannten sich an und dann seufzte sie erneut. »Im Ernst, nichts in diesem Laden ist gut genug. Das meine ich nicht böse.«

»Vielleicht sollten Sie es dann mal im Annabelles versuchen?«, schlug die Frau vor. Dabei handelte es sich um eine echt stinkteure Boutique ein paar Blocks von hier.

In dem Moment drehte Hannah sich um, und ich trat

schnell einen Schritt zurück, damit sie mich nicht sah. Ich schlüpfte um die Ecke und stieß dabei rücklings mit jemandem hinter mir zusammen, der ein gedämpftes »Uff!« ausstieß.

Ich wirbelte herum und stand meinem eigenen Bruder gegenüber.

»Was tust du denn hier?«, fragten wir beide gleichzeitig.

»Nichts«, sagten wir ebenfalls im Chor.

Ian stand vor dem Regal mit den Kristallrosen, die Hände tief in den Taschen vergraben und das Gesicht rot wie eine Tomate. Er sah aus, als hätte ich ihn auf frischer Tat ertappt bei etwas, weswegen er sich schämen müsste.

Ich kniff die Augen zusammen. »Im Ernst, was hast du hier zu suchen?«

Ian zuckte mit den Schultern. »Nichts. Ich kaufe ein.«

»Seit wann kaufst du denn in Leilas Kartenladen ein?«, fragte ich.

»Seit wann tust *du* das denn?«

»Ich kaufe gar nicht ein. Ich warte nur auf Molly und ihre Mom. Die sind drüben im Elektromarkt.«

»Tja, vielleicht warte ich ja auch auf jemanden.« Doch seine Ohren waren mittlerweile so rot wie seine Haare, sodass ich ihm das nicht abkaufte.

Ich verschränkte die Arme. »Jetzt rück schon raus damit, sonst erzähl ich Dad, dass ich dich beim Klauen erwischt habe.«

Ian klappte die Kinnlade runter und seine Augen wurden ganz groß. »Ich klaue nicht!«

»Mir sieht das aber ganz danach aus. Du schleichst durch einen Laden, in den du normalerweise nie gehst, und treibst dich bei einem Regal voller Kristallrosen rum. Was solltest du denn sonst vorhaben?«

Er ließ den Kopf hängen und murmelte etwas, was ich nicht verstand.

»Was hast du gesagt?«, hakte ich nach und beugte mich zu ihm runter.

»Ich hab gesagt, ich kaufe ein Muttertagsgeschenk.«

Rasch richtete ich mich auf. Ich machte den Mund auf, doch es wollte erst mal kein einziger Pieps rauskommen. Es dauerte ein Weilchen, bis ich meine Stimme wiedergefunden hatte.

»Wir haben keine Mutter«, erklärte ich schließlich.

Ian starrte mich durch den Vorhang von Haaren an, der ihm vors Gesicht gefallen war. »Das weiß ich«, grummelte er.

»Und aus welchem Grund kaufst du dann ein Geschenk für eine Mutter, die nicht mehr da ist?«

»Es ist ja nicht für sie. Sondern für … für Trisha.«

»Wie bitte?«, entfuhr es mir schrill.

Ein paar Kunden in der Nähe drehten sich zu uns um. Ich packte Ian am Arm und zerrte ihn aus dem Laden heraus, wo unser Gespräch im allgemeinen Lärm untergehen würde. Wir setzten uns auf die Bank, auf der ich noch vor wenigen Minuten allein gesessen hatte.

»Warum um alles in der Welt willst du ein Muttertagsgeschenk für Trisha kaufen?«, zischte ich.

Ian zuckte mit den Schultern und sah ausnahmsweise mal so richtig aus wie ein kleiner Junge, auch wenn er immer so tat, als wäre er kein Kind mehr. Als er antwortete, wich er meinem Blick aus. »Ich dachte halt, das wäre nett.«

»Trisha ist aber *nicht* unsere Mutter.«

»Das weiß ich.«

Eine Frau mit einem Kinderwagen, in dem ein pausbäckiges Baby lag, ging an uns vorbei. Das Baby gluckste zufrieden vor sich hin, während seine Mutter es anstrahlte.

Ich stieß einen Seufzer aus. »Sie … sie kommt nicht zurück, das ist dir doch klar. Wenn sie hätte zurückkommen wollen, hätte sie es längst getan.«

Ian zupfte an einem Hautfetzen an seinem Daumen herum. »Ich weiß.«

»Aber wir sind doch bisher ganz gut ohne sie klargekommen. Wir sind ein Team, du und ich und Dad. Wir haben es doch gut hingekriegt und aufeinander aufgepasst.«

Er griff in seine Tasche und zog einen Schokoriegel heraus. Er fing an, ihn auszuwickeln, doch ich riss ihm das Ding aus der Hand.

»Hey«, protestierte er und streckte die Hand danach aus.

Ich wehrte ihn ab. »Glaub bloß nicht, dass Trisha einfach so in unser Leben spaziert, und alles in Ordnung bringt. Das kann sie nämlich nicht. Sie ist nicht Mom, sie kann uns keine Antworten geben auf die ganzen Fragen.«

»Ich erwarte doch gar nicht, dass sie alles in Ordnung bringt!« In Ians Augen glitzerten jetzt Tränen und wieder wollte er sich den Schokoriegel schnappen.

»Wir brauchen niemanden außer uns, verstanden? Sag mir, dass du das verstanden hast. Wir brauchen keine neue Mom, wir kommen ganz gut ohne zurecht.«

Mir war sehr wichtig, dass Ian das kapierte. Wir beide waren nämlich auch ein Team. Wenn Dad wieder mal in seinen Ratgebern abtauchte und auf Singletreffen ging, waren Ian und ich es, die dafür sorgten, dass keiner von uns durchdrehte. Wir hatten bisher alles gemeinsam durchgestanden.

Doch die vielen Jahre der Enttäuschung hatten einen harten Ausdruck im Gesicht meines Bruders hinterlassen. Irgendwie war unser Team offenbar auseinandergebrochen, als ich mal nicht gut genug aufgepasst hatte.

»Was ist denn falsch daran, wenn man sich wünscht, dass sich was ändert?« Ians Frage überraschte mich so sehr, dass er es tatsächlich schaffte, mir den Schokoriegel aus der Hand zu reißen. Er stand auf und stierte mich an, den Schokoriegel fest umklammert. »Du hast auch nicht auf alles eine Antwort, Avery. Vielleicht brauchen wir eben doch jemand anderen, der alles richtet für uns.«

Ehe ich etwas darauf erwidern konnte, drehte mein Bruder sich um und eilte davon. Verblüfft blieb ich auf der Bank zurück, während das Leben um mich herum weiter seinen Gang nahm.

Zwölf

Die Scheinwerfer meines Wagens erfassten eine einsame, dunkle Gestalt, die auf dem Bürgersteig entlanglief, als ich vom Diggity Dog House nach Hause fuhr. Ich konnte nur den Rücken der Person erkennen, dennoch kamen sie und der orangene Rucksack über der Schulter mir sehr bekannt vor, daher stieg ich auf die Bremse.

Ich hielt ein paar Schritte vor der Person an und drückte auf einen Knopf, sodass das Fenster auf der Beifahrerseite runterfuhr.

»Wo läufst du denn um diese Zeit mitten in der Nacht hin?«, fragte ich Zac, als er mich eingeholt und sich durch das Fenster zu mir reingebeugt hatte. Die leuchtend blaue Digitalanzeige am Armaturenbrett zeigte zehn Uhr siebzehn an.

»Ich musste heute Abend arbeiten«, meinte Zac. »Mein Dad war noch nicht so weit, zu gehen, und ich wollte nicht auf ihn warten, deswegen hab ich beschlossen, zu laufen.«

»Aber du hast doch ein Auto.«

»Nicht heute. Der Wagen von meiner Mom ist in der Werkstatt, deswegen hat sie meinen genommen. Hannah hat mich heute Nachmittag hingefahren und eigentlich hätte sie mich auch wieder abholen sollen. Aber dann ist ihr was dazwischengekommen.« Er zuckte mit den Schultern. »Muss wohl recht viel lernen oder so.«

Ich deutete auf den Beifahrersitz. »Willst du mitfahren? Oder läufst du lieber im Dunkeln nach Hause?«

Zac grinste. »Wenn ich laufe, verbrenne ich wenigstens was von meiner überschüssigen Energie. Aber ich schätze, ich hab heut bei der Arbeit schon genug verbrannt, also ja, ich würde gern mitfahren.« Er machte die Tür auf und ließ sich auf den Sitz plumpsen, während er den Rucksack zu seinen Füßen auf den Boden warf. Ich zuckte innerlich zusammen, als mir einfiel, wie dreckig seine Schuhe immer waren. Ob mich die Nachbarn wohl umbringen würden, wenn ich um Mitternacht noch mein Auto aussaugte?

Ich fuhr los, während Zac sich in meinem Honda umsah und das blitzblanke Innere und die Sitzbezüge aus Plastik inspizierte.

»Wie lange hast du den Wagen schon?«, fragte er.

»Seit ich letztes Jahr meinen Führerschein gemacht habe. Der war gebraucht, ist aber noch ziemlich gut in Schuss.«

»Der ist noch in perfektem Zustand. Riecht sogar immer noch wie ein neues Auto.«

»Oh, ich mach es oft sauber«, meinte ich mit einem Schulterzucken. »Als ich es gekauft habe, sah es nicht so gut aus.«

Zac tippte auf die Sitzbezüge. »Lass mich raten, die stammen von dir?« Ich warf ihm einen Blick zu und sah, dass er mich spitzbübisch angrinste.

»Ich will ja nicht, dass mir irgendwer die Bezüge ruiniert«, entgegnete ich. »Man kann nie vorsichtig genug sein. Und deshalb sind Essen und Trinken hier drinnen auch strengstens verboten. Das ist Regel Nummer eins, sie gilt für sämtliche Beifahrer.«

»Du solltest auch mal ein bisschen leben.«

Ich hob eine Augenbraue. »Lebe ich denn, wenn ich die Plastikbezüge abnehme und damit Flecken riskiere?«

»Jeder Fleck erzählt eine Geschichte«, meinte Zac und wedelte mit den Armen, während er sprach. »Mein Auto ist voll mit den unterschiedlichsten Flecken.«

Daran hatte ich gar keinen Zweifel. Ich konnte mir gut vorstellen, was für ein Chaos in Zacs Wagen herrschen musste.

»Auf dem Fahrersitz habe ich einen Fleck vom besten Kirsch-Limetten-Trauben-Slushie, den ich je getrunken habe.«

»Kirsch-Limette-Traube?«, fragte ich und schüttelte mich. »Klingt ja widerlich.«

»Nicht, wenn *ich* den mache. Das ist nämlich eine Kunst und man muss dazu Kirsche, Limette und Traube im richtigen Verhältnis zusammenmischen. Aber egal, ich hab jedenfalls was davon verschüttet, als ich gerade auf dem Heimweg war, und der Fleck erinnert mich jetzt jeden Tag daran, wie geil dieser eine Slushie geschmeckt hat.«

Ich zog die Nase kraus. »Dir mag es ja gefallen, wenn deine Sachen dreckig sind und voller Flecken, aber ich schätze es doch eher, wenn alles sauber und ordentlich ist. Mein

Wagen ist und bleibt eine slushiefreie Zone, vielen Dank auch.«

Es waren nur noch wenige Fahrzeuge unterwegs auf der Straße, als ich um eine Ecke bog und in das Viertel fuhr, in dem Zac wohnte. Die alle paar Hundert Meter stehenden Straßenlaternen warfen während der Fahrt Schatten über das Armaturenbrett und immer wieder leuchtete in meinem Augenwinkel Zacs Gesicht kurz auf.

»Lass mich raten, du warst schon immer diejenige, an der sich alle anderen Kinder laut ihrer Eltern ein Beispiel nehmen sollten, oder?«, erkundigte sich Zac. »Dein Zimmer war immer blitzblank aufgeräumt, und du hast deine ganzen Spielsachen sofort wieder zusammengesammelt und verstaut, sobald du fertig warst mit Spielen, und du hast immer ohne Murren alles gemacht, worum man dich gebeten hat.«

Meine Hände verkrampften sich um das Lenkrad, und ich starrte stur geradeaus, während ich weiterfuhr. Das Brennen im Augenwinkel sagte mir, dass ich jetzt besser nicht zu Zac rübersah und riskierte, dass er meine Schwäche erkannte. »Eigentlich nicht. Ich war im Grunde immer total unordentlich und unorganisiert. Mein Dad hat mir ständig gedroht, dass er meine Spielsachen alle rauswerfen würde, wenn ich nicht hin und wieder mein Zimmer aufräume.«

Ich spürte Zacs Blick auf mir ruhen, als könne er das nicht so recht glauben und suchte jetzt nach einem Zeichen, das mich als Lügnerin outete.

»Was ist passiert?«, fragte er nach einem kurzen Augenblick. Er tätschelte meine Schulter. »Ah, du hattest eine Gehirntransplantation, stimmt's?«

Mein Lachen klang eher nach einem müden Schnauben. »Das gibt es doch bloß in Science-Fiction-Romanen.«

»Man weiß nie, was die Regierung für Geheimnisse vor uns hat. Also im Ernst, was ist aus der chaotischen Avery von früher geworden?«

»Tja … meine Mom hat uns verlassen.«

Zac holte tief Luft. »Oh«, meinte er. »Das tut mir leid.«

Ich war dankbar dafür, dass es so dunkel war. Wenigstens musste ich so nicht den mitleidigen Blick sehen, den er mir jetzt garantiert zuwarf. Jeder sah einen so an, deswegen redete ich ja auch nie über meine Mom, wenn es nicht unbedingt notwendig war.

»Schon gut«, sagte ich. »Aber als sie abgehauen ist, da fing ich an, ständig zu putzen und aufzuräumen. Und dann wurde mir klar, dass ich mich dadurch irgendwie besser fühlte.«

Zac trommelte einen leisen Beat auf seinem Knie. »Du hattest das Gefühl, die Kontrolle zu haben«, meinte er. »Du konntest nichts dagegen tun, dass deine Mom verschwunden war, aber alle anderen Dinge in deinem Leben in Ordnung zu halten, das war etwas, was du tun und kontrollieren konntest.«

Ich saugte die Unterlippe zwischen meine Zähne und schwieg eine Weile, während wir weiterfuhren. Wer hätte gedacht, dass in Zac Greeley heimlich ein kleiner Amateurpsychologe steckte?

»Ja, wahrscheinlich«, meinte ich schließlich.

Für meinen Geschmack nahm das Gespräch jetzt ein wenig zu ernste Züge an. Ich musste das Thema von mir ablenken. »Also, wie ist das mit deinem Job? Dein Vater hätte gerne, dass du den Laden übernimmst, aber du hast kein Interesse?«

Zac hörte auf, mit den Fingern auf seinem Knie rumzutrommeln. »Ja, so ungefähr. Mein Großvater hat den Greeley Schlüsseldienst vor ungefähr fünfzig Jahren gegründet. Jetzt leitet mein Dad das Geschäft, und er träumt davon, dass er es eines Tages an mich weitervererben kann, weil ich das Glück hatte, sein einziger Sohn zu sein. Deshalb muss ich ein paarmal die Woche nach der Schule und an den Wochenenden dort arbeiten. Mein Dad hofft, dass ich mich irgendwann damit anfreunde, wenn er mich zwingt, viel Zeit dort zu verbringen.«

»Aber du willst kein Schlüsselmacher werden«, stellte ich fest. »Was würdest du denn gern mal machen?«

»Das möchte ich dir nicht sagen«, erwiderte Zac und lehnte seinen Kopf im Sitz zurück.

»Warum nicht?«

»Weil du das bescheuert finden wirst. Hannah jedenfalls findet es bescheuert.«

Dass er mich hier mit Hannah verglich, fühlte sich an wie ein Schlag in die Magengrube. »Ich verspreche dir, dass ich es nicht doof finde.«

Er streckte mir die rechte Hand hin. »Indianerehrenwort?«

»Du willst wirklich, dass ich dir mein Indianerehrenwort gebe?«

»Ja, sonst erzähl ich dir gar nichts.«

Ich hob also eine Hand vom Lenkrad und schwor. »Das hab ich ja seit der vierten Klasse nicht mehr getan, echt.«

»Das Indianerehrenwort ist einer der wenigen Schwüre, den die Leute nicht zu brechen wagen«, meinte Zac. »Denk mal drüber nach. Hast du schon mal ein Indianerehrenwort gebrochen?«

Ich konnte mich nur an einmal erinnern, dass ich mein Indianerehrenwort gegeben hatte, und zwar zusammen mit Hannah und Elliott. Als wir sechs waren, da schworen wir uns hoch und heilig, für immer Freunde zu bleiben und uns gegenseitig alles zu erzählen.

»Nicht dass ich wüsste«, sagte ich und verdrängte die Erinnerung. »Und jetzt hör mal auf, ständig vom Thema abzulenken. Was ist das für ein supergeheimer Traum, den du da hast?«

Er sog scharf die Luft ein, ehe er ganz schnell sagte: »Ich würde gerne mal ein Comedian werden.«

Ich schaute zu ihm rüber und sah, dass er mich anguckte. »Ernsthaft?«, hakte ich nach.

»An einem Comedian ist rein gar nichts Ernstes«, erwiderte Zac. »Das widerspricht ja dem ganzen Konzept der Comedy. Aber ja, das würde ich gerne werden. Ich trete sogar hin und wieder im Rose Castle auf. Meinem Dad würde das überhaupt nicht gefallen, deswegen weiß er auch nichts davon.«

»Ich wusste ja gar nicht, dass im Rose Castle auch Comedyvorführungen stattfinden.«

Zac nickte. »Ist aber so. Jeden Samstagabend.«

Wie war es möglich, dass ich davon nichts wusste, wo ich doch so oft in dem Laden war?

»Willst du das für immer vor ihm verheimlichen?«, fragte ich. »Du wirkst ja nicht gerade glücklich bei der Vorstellung, irgendwann als Schlüsselmacher zu arbeiten.«

»Vielleicht nicht für immer«, gab Zac zu, »aber zumindest für die kommenden vierzig Jahre oder so. Mein Dad hat einen ganzen Haufen Stress. Der Laden läuft nicht besonders gut, und er kriegt immer wieder Angebote von irgendwelchen Bauunternehmern, die ihm das Grundstück gern abkaufen und den Laden niederreißen würden.«

Wir waren bei Zac zu Hause angekommen, daher hielt ich am Randstein an. Im Haus brannten ein paar Lichter und warfen goldene Vierecke auf den dunklen Rasen.

»Tut mir leid«, sagte ich.

Zac starrte auf das dunkle Haus, den Mund leicht verzogen. »Mein Dad denkt, der Laden ist so was wie ein Familienerbstück oder so. Er will ihn einfach nicht aufgeben, und er hofft, dass ich ihn übernehme und weiterführe. Aber ich bin nun mal nicht unbedingt der Sohn, den er sich erträumt hat. Mein Dad ist der Ansicht, mir fehle es an Zielstrebigkeit und Ehrgeiz.«

»Dir«, sagte ich, und dabei drehte ich mich zu ihm um, »fehlt es garantiert nicht an Ehrgeiz. Wir sind jetzt seit zwei Wochen Geschäftspartner, ich hab doch gesehen, wie ehrgeizig du bist. Du bist sogar so ehrgeizig, dass ich überhaupt nicht mithalten kann.«

Zacs Augen funkelten im Licht der Straßenlaterne auf der anderen Straßenseite. »Das solltest du mal meinem Dad erzählen. Oder Hannah.«

Als er jetzt schon wieder von Hannah anfing, verblasste mein Lächeln sofort wieder. »Sie findet auch, dass du nicht ehrgeizig genug bist?«

»Hannah ist der Ansicht, ich betrachte das Leben als einen Witz und könne nichts ernst nehmen.« Er zuckte mit den Schultern. »Ich finde ja, dass sie die Dinge immer viel zu ernst sieht. Sie macht sich dauernd Gedanken darüber, die Beste zu sein in allem. Nichts für ungut, ich weiß ja, dass das für dich auch wichtig ist, aber es gibt doch noch mehr im Leben, weißt du? Es interessiert Hannah nicht, was es bedeutet, Erste zu sein, ihr geht es allein um den Ruhm.«

»Kann ich dich mal was fragen?«, erkundigte ich mich. »Geht mich ja vielleicht nichts an, und du musst mir auch nicht antworten, aber ich muss einfach fragen.«

»Okay«, meinte Zac langsam, wobei er mich neugierig beäugte.

»Warum bist du eigentlich mit Hannah zusammen?« Ich hätte diese Frage wohl zu keinem anderen Zeitpunkt zu stellen gewagt, doch hier im dunklen Wagen, wo weit und breit niemand war außer uns beiden, da musste es jetzt einfach raus. »Ihr zwei seid euch so gar nicht ähnlich, und sie ist … echt ganz anders als du.« Ich verkniff mir all die Worte, die mir einfielen, die Hannah wunderbar charakterisiert hätten. Sie war ja schließlich immer noch Zacs Freundin.

Zac tippte sich mit den Fingern aufs Knie. »Ich denke, wir tun uns gegenseitig ganz gut. Hannah drängt mich immer, mich mehr anzustrengen. Ich schweife leicht ab, bei all den Ideen, die mir so kommen, und sie hilft mir dabei, mich selbst zu organisieren und mich auf eine Sache zu konzentrieren. Und ich schätze, ich helfe Hannah, nicht die ganze Zeit so ernst und ehrgeizzerfressen zu sein. Das haut recht gut hin. Oder zumindest tut es das manchmal.«

»Nur manchmal?«

»Keine Ahnung. In letzter Zeit ist irgendwas komisch.« Er machte eine derart lange Pause, dass ich schon dachte, er würde gar nichts mehr sagen. Doch dann fuhr er fort: »Sie ist auf einmal so unglaublich ernst und verbissen, noch viel schlimmer als früher. Ständig sagt sie in letzter Minute Verabredungen mit mir ab, um zu lernen.«

»Das klingt mir aber nicht so, als wäre sie eine gute Freundin«, sagte ich.

Zac zuckte erneut mit den Schultern. »Sie ist nicht immer so schlimm.«

»Du solltest nicht zulassen, dass sie dich so behandelt«, erklärte ich ihm. »Warum machst du nicht einfach mit ihr Schluss, wenn sie so zu dir ist?«

»Weil man nicht einfach so jemanden sitzen lässt, wenn es mal nicht ganz so gut läuft«, erklärte Zac. »Es findet sich immer eine Möglichkeit, wie man so etwas übersteht und herausfindet, was schiefgelaufen ist.«

Seine Worte hallten in meinem Kopf wider. *Weil man nicht einfach so jemanden sitzen lässt, wenn es mal nicht ganz so gut läuft.* Einfach abhauen – das war das, was ich selbst am besten konnte. Es war zu schwer, sich durch die schwierigen Zeiten zu kämpfen.

»Jedenfalls war es auch nicht immer so, und ich hoffe einfach nur, dass es auch wieder aufwärts geht. Sie lässt sich von ihrer Mom viel zu sehr unter Druck setzen, und das stresst sie total. Ein Mensch braucht auch mal Zeit, um ein wenig Spaß zu haben, statt immer nur zu lernen und erfolgreich zu sein.«

Fast kam es mir so vor, als wären diese Worte an mich gerichtet, auch wenn ich genau wusste, dass er von Hannah sprach. »Ich hab auch mal Spaß«, meinte ich.

Zac tippte auf die Sitzbezüge aus Plastik. »Ja, klar, du hast bestimmt haufenweise Spaß, Avery James. Was treibst du denn morgen so, schweißt du dein Sofa in Folie ein?«

Ich boxte ihn in die Seite. »Wenn du nicht aufpasst, dann schweiße ich dich in Folie ein. Regel Nummer zwei: Mach dich niemals über meine Sitzbezüge lustig. Und jetzt raus aus meinem Wagen, geh endlich lernen.«

»Ja, Madam.« Damit öffnete Zac die Tür und stolperte praktisch aus dem Wagen, wobei er seinen Rucksack hinter sich her zerrte. Er beugte sich noch einmal runter und guckte grinsend zu mir rein. »Danke fürs Mitnehmen.«

Ich lächelte zurück. »Gern geschehen. Aber wenn du noch einmal Witze über die Bezüge machst, dann kannst du das nächste Mal laufen.«

»Ich mache es mir zu meiner persönlichen Mission, dass ich dich dazu bringe, diese Sitzbezüge rauszuwerfen«, meinte Zac.

Ich schüttelte den Kopf. »Unmöglich.«

»Wir werden schon sehen.«

Plötzlich fiel mir wieder ein, dass ich ja auch eine Mission hatte, für die ich bezahlt wurde. Die ganze Zeit, während Zac bei mir im Auto gesessen hatte, hatte ich kein einziges Mal daran gedacht, mit Zac zu flirten. Ich war echt mies im Ausspannen von Freunden anderer, und wenn sich daran nicht bald was änderte, konnte ich Costa Rica vergessen.

»Hey«, rief ich ihm hinterher. Als er sich noch einmal zum Fenster runterbeugte, sagte ich: »Wenn du wieder mal einen Auftritt hast, dann sag mir doch Bescheid. Ich würde dich gern mal als Comedian auftreten sehen.«

Sein Grinsen breitete sich übers ganze Gesicht aus. »Abgemacht.« Und damit hüpfte er über den Rasen davon und schwang dabei seinen Rucksack vor und zurück. Als er bei der Haustür angekommen war, drehte er sich noch einmal um und winkte mir zu, ehe er ins Haus verschwand.

Dreizehn

»Reichst du mir bitte die Kartoffeln«, grunzte Ian in meine Richtung. Er weigerte sich, mich dabei anzusehen, und murmelte nur ein leises »danke«, als ich ihm die Schüssel hinhielt.

Mein Bruder und ich hatten seit der Szene im Einkaufszentrum nicht viel miteinander gesprochen. Ich hatte Dad nichts davon erzählt, dass Ian ein Muttertagsgeschenk für Trisha hatte kaufen wollen. Denn ich wusste einfach nicht, wie ich es ansprechen sollte. Ich konnte ja schlecht sagen: »Hey, Dad, ich glaub, du hörst besser auf, dich mit deiner Freundin zu treffen, denn Ian tut so, als wäre sie seine Mom. Das ist nicht gut für ihn.«

Ich wünschte, ich hätte eine Idee, wie ich meinen Bruder schützen konnte. Ich war derart damit beschäftigt gewesen, mich selbst von allen anderen abzuschotten, dass ich ganz vergessen hatte, Ian das auch beizubringen.

»Wie läuft es mit deinem Kunstprojekt?«, fragte ich, ein weiterer Versuch, die Sache zwischen uns wieder zu kitten.

Ian zuckte mit den Schultern. »Viele Fotos. Das ist alles.«

Ich lächelte. »Ich würde sie wahnsinnig gerne sehen.«

Misstrauisch beäugte er mich, als würde er mir das nicht so recht abnehmen. Ich lächelte weiter, während ich meine Gabel mit der Faust krampfhaft umklammert hielt. Nach einem kurzen Augenblick wandte Ian sich wieder seinem Essen zu, ohne noch ein Wort zu sagen.

Meine Schultern sackten nach vorn. Ich streckte die Hand aus und korrigierte die Position meines Tellers auf dem grün karierten Tischset, bis er genau in der Mitte stand.

»Wie läuft's bei der Arbeit?«, fragte ich an Dad gewandt.

»Alles wie immer«, meinte er. »Wegen der Hitzewelle stagnieren wieder die Verkäufe. Keiner hat Lust, rauszugehen und groß aktiv zu sein bei den Temperaturen.«

»Das wird vielleicht bald wieder besser«, erwiderte ich. Mein Dad war stellvertretender Leiter in einem Sportgeschäft, das vor allem auf Fahrräder, Kayaks und alles, was dazugehörte, spezialisiert war. Bei uns in der Gegend gab es nie Schnee, deshalb lief es im Winter immer eher schlecht, abgesehen von Weihnachten, da wollte dann plötzlich jeder ein Fahrrad für seine Kinder kaufen. Jedes Jahr aufs Neue mussten wir sehen, wie wir über die Runden kamen, wenn Dad weniger arbeitete.

»Und wie läuft das Hot-Dog-Geschäft?«, fragte er mich grinsend. Dad drohte mir immer wieder, mal im Diggity Dog House vorbeizukommen und Fotos von mir als Bob zu machen, woraufhin ich ihm stets damit drohte, dass ich nichts mehr mit ihm zu tun haben wollte, sollte er es wagen.

»Es stinkt und ist voll, wie immer. Wir haben einen fettreduzierten Corndog eingeführt, mit Truthahn statt Schwein, und er ist gebacken und nicht frittiert. Vor allem bei der älteren Generation der große Renner. Verkauft sich viel besser als das Hotdog-Eis, das Mr Throckmorton sich letzten Monat ausgedacht hat.«

Dad verzog das Gesicht. »Die Worte Eis und Hotdog im selben Satz – das allein bringt mich dazu, mich von dem Laden möglichst fernzuhalten.«

»Ich hab noch versucht, es Mr Throckmorton auszureden, bevor er es auf die Speisenkarte genommen hat, aber er wollte nicht auf mich hören.«

Mein Blick wanderte zu Ian, der schweigend dasaß und mit der Gabel auf seinen Berg Kartoffelbrei klopfte. Er versuchte noch nicht mal, sich am Gespräch zu beteiligen, was schon sehr ungewöhnlich für ihn war. Mein Bruder redete normalerweise so viel, dass es für meinen Dad und mich schwer war, auch mal zu Wort zu kommen.

Dad räusperte sich, wischte sich den Mund mit der Serviette ab und zerknüllte sie dann in der Faust. »Trisha und ich haben uns unterhalten«, setzte er zögernd an. Seine Stimme klang nervös.

Mit einem Mal hatte ich das Gefühl, einen Eisklumpen in der Brust zu haben. Ich starrte Dad an, unfähig, den Blick von seinem Profil abzuwenden. Mein Herzschlag pochte mir so laut in den Ohren, dass ich ihn fast nicht verstand. Die Worte, die ich zu meinem Bruder gesagt hatte, kamen mir wieder in den Kopf: *Trisha ist nicht unsere Mutter. Trisha ist nicht unsere Mutter.*

»Wir denken, es wäre nett, wenn wir alle zusammen am Wochenende was machen würden«, fuhr Dad fort. »Ein Picknick zum Beispiel oder etwas Ähnliches.«

Die Luft, die ich angehalten hatte, kam mit einem Stoß aus mir herausgeschossen. Ich beugte die Finger und lockerte sie, nachdem ich sie zur Faust geballt hatte, als er zu sprechen anfing. Denn eine Sekunde lang waren mir alle möglichen albtraumhaften Szenarien durch den Kopf geschossen – dass Trisha bei uns einziehen würde, dass Trisha und Dad heiraten wollten, dass Ian ihr einen lebenslangen Vorrat an dämlichen Muttertagsbärchen kaufen wollte.

»Ich muss am Wochenende arbeiten«, erwiderte ich.

Dad sah mich mit hochgezogenen Brauen an. »Das ganze Wochenende?«

»Fast. Aber wenn ich nicht arbeite, arbeite ich mit Zac an unserem Wirtschaftsprojekt.«

»Ich denke, der kann gut mal eine Stunde oder so auf dich verzichten.«

»Ich kann es mir aber nicht leisten, für das Projekt eine schlechte Note zu bekommen«, meinte ich. »Wenn ich irgendwas nicht schaffe bis zum Ende des letzten Schuljahres, dann werde ich garantiert nicht zum Hauptredner bei der Abschlussfeier ernannt. Das willst du doch auch nicht, oder?«

»Zweiter Redner ist doch auch immer noch toll«, versicherte Dad mir.

Das brachte mich zum Lachen. »Das sagen die Leute, die nicht gut genug sind. Wenn ich Jahrgangszweite werde, dann bedeutet das, dass ich versagt und alles vermasselt habe. Das werde ich *bestimmt nicht* zulassen. Tut mir leid, aber ich habe keine Zeit für dein kleines Picknick mit deiner Freundin.«

Dad öffnete den Mund, doch es war Ian, der sich jetzt einmischte.

»Alles muss immer genau so laufen, wie du das gern hättest, nicht wahr?« Mein Bruder stierte mich über den Tisch und über seinen Kartoffelbrei hinweg finster an. »Du erträgst es nicht, wenn man anderer Meinung ist als du.«

»Das stimmt doch gar nicht«, protestierte ich.

»Und ob das stimmt! Vielleicht würden wir anderen ja gerne zusammen picknicken. Hast du jemals darüber nachgedacht, was andere vielleicht wollen, oder denkst du wirklich immer nur an dich, Avery?«

Dad schaute total perplex drein angesichts von Ians plötzlichem Wutausbruch. Er sah meinen Bruder verwundert an. »Ian, was soll das?«

Ians Gesicht war dunkelrot angelaufen, bis hin zu den Ohrenspitzen. Er stand auf und atmete geräuschvoll aus. »Ach, nichts. Spielt eh keine Rolle, hat es noch nie.«

Damit stürmte er aus dem Zimmer, und kurz darauf hörten wir, wie seine Zimmertür zugeschlagen wurde. Dads Blick wanderte zu mir.

»Würdest du mir das bitte erklären?«

Ich gab mir Mühe, ebenso verwirrt zu gucken wie er. »Ich hab keinen Schimmer. Vielleicht hat er zu viel Schokolade gegessen. Ich nehme an, er hat wieder mal was in seinem Zimmer versteckt.«

Dad seufzte und rieb sich mit der Hand übers Gesicht. »Lass ihm doch seinen Süßkram, Avery. Das tut ihm doch nicht weh.«

»Soll ich dir vielleicht wieder mal ein paar Studien zum Lesen geben, die belegen, was für Schaden Zucker anrichten kann? Das tut ihm nämlich durchaus weh, ganz beträchtlich sogar.«

Er warf mir einen festen Blick zu. »Hör auf damit. Die Süßigkeiten bleiben.«

Ich warf resignierend die Hände hoch. »Klar. So wie auch die ganzen Ratgeber bleiben.«

»Was soll das denn heißen?«

»Du und Ian, ihr beide seid doch total abhängig von eurem Fantasieleben. Alles wird wieder gut, mit ein bisschen Schokolade oder einem Buch, das irgendein Quacksalber-Psychologe geschrieben hat, der von nichts eine Ahnung hat. Trisha ist nicht die Antwort auf all deine Probleme, Dad.«

Auf seiner Stirn pochte nun eine dicke Ader, ein sicheres Zeichen, dass ich mich auf recht dünnes Eis gewagt hatte. »Das habe ich auch nie behauptet. Aber was ist bitte falsch daran, wenn ich mir jemanden suche, mit dem ich mein Leben verbringen will?«

»Das Problem dabei ist, dass du damit Ian und mir wehtust.« Meine Stimme zitterte ein wenig, doch ich holte tief Luft, um mich wieder zu fangen. »Ist dir nicht klar, dass wir jedes Mal, wenn eine deiner Freundinnen auf Nimmerwiedersehen verschwindet, erneut daran erinnert werden, dass Mom uns verlassen hat?«

Das leise Ticken der Uhr an der Wand hinter Dad hallte durch die Küche, während meine Worte einige Augenblicke in der Luft hingen.

»Nicht jeder Mensch ist wie deine Mom. Nicht jeder Mensch verschwindet einfach so.« Dads Stimme klang leise und er starrte dabei auf seinen Teller. Seine Hände schwebten wie erstarrt darüber.

»Was ist mit Vanessa? Oder Pam? Oder Jennifer? Kate? Julie?« Ich spuckte die Namen von verflossenen Freundinnen aus, die es sich für ein paar Monate in unserem Leben bequem gemacht und uns Versprechen für die Zukunft gegeben hatten.

Doch am Ende waren sie alle wieder verschwunden. Es war immer das Gleiche. Nur dass die Gesichter sich änderten.

»Hör auf, mit deinen Büchern und deinen Freundinnen alles wiedergutmachen zu wollen«, erklärte ich ihm.

Dad ließ die Faust auf den Tisch herabdonnern, sodass das Geschirr klappernd aneinanderschlug. »Hör du auf, mein Leben kontrollieren zu wollen, Avery. Du bist hier das Kind, ich bin der Erwachsene.«

»Das musst du gerade sagen, von wegen andere kontrollieren!« Ich hatte keine Ahnung, wie es dazu gekommen war, dass wir uns jetzt über den Tisch anbrüllten, während Ian sich in seinem Zimmer versteckte, wo er sich vermutlich mit Snickers vollstopfte. So hatte ich mir das mit der Familie nicht vorgestellt. »Jedes Mal wenn ich von Costa Rica spreche, wechselst du das Thema. Du erträgst den Gedanken nicht, dass ich vielleicht andere Pläne habe für mein Leben als du.«

»Wir können uns Costa Rica nicht leisten«, erklärte Dad. »Wir können uns ja dieses Haus schon kaum leisten. Ich bin alleinerziehend, und ich gebe alles, um dich und deinen Bruder mit meinem Gehalt durchzubringen.«

»Nun, darüber brauchst du dir keine Gedanken mehr zu machen«, gab ich zurück. »Bis nächsten Monat hab ich das Geld beisammen und das hab ich mir ganz allein verdient.«

Panisch sah er mich an. »Avery …«

Ich legte meine Gabel parallel zum Teller ab, stand auf und schob den Stuhl zurück, sodass er im perfekten Winkel zum Tisch stand. »Ich kann vielleicht nicht kontrollieren, was du tust, aber mein eigenes Leben hab ich wenigstens total im Griff. Ich lass mich garantiert nicht auf ein Pseudo-Familienpicknick mit Trisha oder sonst irgendjemandem ein. Und im Sommer, wenn sie dann wieder verschwunden ist wie all die anderen, bin ich auch weg, und dann kannst du zusehen, wie du dich allein um das alles hier kümmerst.«

Vierzehn

»Und?«, fragte Delia Greeley. Ihr Lächeln sah genau aus wie das ihres Bruders. Sie sah ihm auch sonst recht ähnlich, hatte das gleiche dunkelbraune Haar und die gleiche gebräunte Haut. Selbst ihre Augen funkelten genau wie die von Zac.

Sie war allerdings nicht ganz so energiegeladen wie ihr Bruder. Während Zac immer mit einem Bein wippte, während er dasaß, gelang es Delia mühelos, einfach nur ruhig dazusitzen.

Ich saß im Wohnzimmer der Greeleys, eingekuschelt in das plüschige Sofa und hatte Delias Ausführungen zu ihren Plänen für unsere Website gelauscht.

Die Website für unsere Partnervermittlungsagentur, die noch nicht mal wirklich existierte.

Als ich zu den Greeleys gekommen war, hatte Zac mich ganz unerwartet mit einer kompletten Präsentation überrumpelt, die erklärte, wie unsere Website für unser Wirtschaftsprojekt funktionieren sollte. Wie sich herausstellte, studierte Delia Grafikdesign am College, und sie hatte schon einige Entwürfe fertiggestellt und auf große Pappkartons aufgezogen, die sie auf Stühlen überall im Raum präsentierte. Delia hatte außerdem eine zehnseitige Beschreibung der grundlegenden Struktur der Seite ausgedruckt, und dazu ein paar Screenshots der Datenseiten, auf denen die Kunden Infos zu sich selbst eintragen konnten.

Einen Ausdruck dessen hielt ich jetzt in der Hand, während ich sie anstarrte. Ich war ein wenig verwirrt und Panik stieg in mir auf. Ich hatte Zac ja kaum begrüßt, da hatte er mich schon ins Wohnzimmer geschleift, wo seine Schwester bereits wartete. Jetzt sahen er und Delia mich an und warteten auf eine Reaktion von mir.

»Äh«, sagte ich, während ich versuchte, die Gedanken zu sortieren, die durch meinen Kopf wirbelten. »Ist das alles nicht ein kleines bisschen übertrieben für ein Schulprojekt?«

Zacs Augen funkelten. »Daraus könnte doch so viel mehr werden als ein Schulprojekt. Das würde bestimmt auch in echt funktionieren, um Leuten zu helfen.«

»Was meinst du damit, echt?«, hakte ich nach.

»Na, eine echte Partnervermittlungsagentur. Die wir beide leiten.«

Das Lachen platzte aus mir heraus, ehe ich es verhindern konnte. »Bist du verrückt?«

Sein Lächeln verblasste ein klein wenig. »Was ist denn falsch daran? Wir haben doch eh schon die ganze Planung hinter uns. Im Grunde haben wir alles, was wir brauchen, um gleich loszulegen.«

»Es ist nur, ich …«, setzte ich an und holte tief Luft, »ich weiß nicht, ob ich möchte, dass daraus mehr wird als nur ein Schulprojekt.«

Delias Blick huschte zwischen ihrem Bruder und mir hin und her. »Okay«, sagte sie in fröhlichem Tonfall. »Vielleicht lasse ich euch beide besser einen Moment allein, damit ihr das ausdiskutieren könnt.«

Als sie zur Tür raushuschte und diese hinter sich zuzog, sagte Zac: »Lass dich doch auch mal von was *begeistern*, Avery.«

»Aber das funktioniert doch nicht«, sagte ich. »Wie soll denn ein Computer den perfekten Partner für einen finden?«

»Ich gebe zu, dass das vielleicht nicht hundertprozentig zuverlässig ist. Klar wird es auch Paare geben, die nicht zueinander passen. Doch der Großteil ist dann vielleicht doch ein Volltreffer. Und selbst wenn die entstandenen Beziehungen nicht ewig halten, dann hätten die Leute zumindest eine Zeit lang ein bisschen Romantik in ihrem Leben. Was ist daran denn so verkehrt?«

Zac tat echt so, als wäre das alles ein Klacks. Als würde diese Geschäftsidee nicht mit den Gefühlen und mit dem Leben der Leute spielen. »Es gibt unzählige Faktoren, die so ein Computer niemals berücksichtigen könnte«, erklärte ich. »Was, wenn jemand einen schrecklichen Unfall hat, sich den Kopf anhaut, ins Koma fällt, und dann mit einer komplett anderen Persönlichkeit wieder aufwacht, die gar nicht mehr zu der ihm zugewiesenen Person passt?«

Zac sah mich mit hochgezogenen Augenbrauen an. »Avery. Ich bezweifle, dass unsere Kunden allesamt ins Koma fallen und als völlig veränderte Menschen wieder aufwachen. Aber wenn es dich beruhigt, können wir den Kunden ja eine Geld-zurück-Garantie gewähren, falls jemand eine Persönlichkeitsveränderung durchmacht, nachdem er unsere Dienste in Anspruch genommen hat.«

Ich hob die Arme und zuckte mit den Schultern. »Das war doch nur ein Beispiel für die vielen Dinge, die passieren könnten. Der Punkt ist doch der, dass ein Computer einfach nicht alles wissen kann.«

»Natürlich nicht«, gab Zac zu. »Das macht das Leben ja auch so spannend. Man weiß nie, was aus einer Sache wird, ehe man es nicht ausprobiert. Vielleicht funktioniert das mit dem Verkuppeln ja nicht, aber was hat man davon, wenn man nicht mal etwas riskiert?«

Fast hatte ich das Gefühl, zu schwanken, als ich jetzt in Zacs dunkle Augen blickte. Warum fühlte ich mich nur immer so komisch, wenn ich in seiner Nähe war?

Damit musste endgültig Schluss sein. Ich musste wieder die Kontrolle bekommen über die ganze Sache und das Geld für Costa Rica endlich zusammenkriegen. Das Geld war wirklich das Einzige, was zählte.

Ich rutschte auf dem Sofa näher an Zac heran. »Ich glaube einfach nicht, dass ein Computer einem sagen kann, mit wem man zusammen sein sollte. Wie kann denn ein Computer die Chemie zwischen zwei Menschen bestimmen?«

Ich sorgte dafür, dass Zac einen guten Blick auf meine

Beine unter dem knappen Jeansmini hatte. Der war echt schon fast unverschämt kurz, da ich ein paar Zentimeter gewachsen war, seit ich ihn vor einigen Jahren gekauft hatte. Sein Blick huschte tatsächlich zu meinen Beinen, dann guckte er wieder hoch. Er starrte an die Wand hinter mir, doch alle paar Sekunden flackerte sein Blick zu mir, als käme er nicht dagegen an, mich anzusehen.

»Chemie?«, wiederholte Zac. Die Muskeln in seinem Hals zuckten, als er schluckte.

»Klar«, sagte ich. »Diese unbekannte Macht, die dafür sorgt, dass zwei Menschen sich zueinander hingezogen fühlen, auch wenn kein Computerprogramm der Welt der Ansicht ist, dass sie ein gutes Paar abgeben würden. Wie sieht es damit aus?«

»Es wird immer Ausnahmen geben«, erklärte Zac. »Es gibt eben Dinge, die man nicht planen kann.«

»Ich find Pläne gut«, erwiderte ich.

Er lachte ein bisschen. »Das überrascht mich nicht im Geringsten.«

Er sagte das ganz unbeschwert dahin, aber die Worte trafen mich doch recht tief. Es klang fast so, als würde er mich nur zu gut kennen, als hätte er mich absolut durchschaut. Und die Tatsache, dass ich aus ihm so rein gar nicht schlau wurde, wurmte mich.

»Es ist einfach besser, wenn alles seine Ordnung hat.« Ich verschränkte die Arme vor der Brust und wandte mich von ihm ab. Ich errichtete quasi eine Mauer zwischen uns. »So ergibt das Leben nun mal eher einen Sinn.«

Er zog die Augenbrauen hoch. »Vielleicht muss das Leben ja gar nicht unbedingt einen Sinn ergeben.«

»Dann ist das Leben scheiße.« Stockend holte ich tief Luft, da ich plötzlich gegen die Tränen ankämpfen musste, die mich mit einem Mal überkamen. Wenn Zac richtig lag, wenn das Leben keinen Sinn ergab, dann bedeutete das ja auch, dass nichts, was passierte, einen tieferen Sinn hatte, und dass alles aus keinem bestimmten Grund geschah. Es bedeutete, dass meine Mom jederzeit aus meinem Leben verschwinden konnte, ohne dass ich je eine Antwort erwarten durfte, warum sie es getan hatte. Es bedeutete, dass Hannah Klassenbeste, Klassenkönigin und was auch immer werden konnte, während sie mich unter ihrem Schuh zertrat. Mein Dad konnte Trisha oder irgendeine hirnlose Freundin, die er als Nächstes mit nach Hause bringen würde, heiraten, und es gäbe nichts, was ich tun könnte, um das zu verhindern.

»Hey.« Zacs Stimme klang mit einem Mal ganz nah. »Alles okay mit dir?«

Ich ließ die Arme hängen, und als ich aufsah, kniete er vor mir. Er hatte mir eine Hand aufs Knie gelegt, die andere lag auf meiner Schulter. Ich zitterte ganz leicht, als ich seine Haut auf meiner spürte.

»Ja«, sagte ich und schob Zac von mir weg. Nein, Zac lag absolut daneben. Das Leben ergab schon einen Sinn. Immer wieder kam alles in Ordnung. Dafür hatte ich doch die vergangenen vier Jahre gesorgt.

»Alles okay.« Diesmal war meine Stimme fester. Wenn ich

alles wieder in Ordnung bringen wollte, dann fing ich jetzt besser damit an, dass ich Zac für mich eroberte und es dann nach Costa Rica schaffte. Und wenn dazu nötig war, dass ich bei seinen durchgeknallten Plänen mitmachte, dann war es eben so. »Holen wir Delia, dann erklären wir ihr, dass wir das mit der Website durchziehen.«

Ein Grinsen machte sich auf Zacs Gesicht breit, als ich das sagte. »Wirklich? Wie cool! Du wirst es nicht bereuen. Wir werden das beste Projekt der ganzen Klasse haben.«

Zac griff nach meiner Hand und zog mich hoch. Er hüpfte aus dem Zimmer in den Flur, mit mir im Schlepptau, und rief: »Delia! Sie hat Ja gesagt!«

»Wer sagt Ja wozu?«, fragte da eine Stimme hinter uns. Eine große, ziemlich hübsche Frau kam mit einer Einkaufstasche am Arm durch die Haustür herein. Sie hatte glänzendes schwarzes Haar, wie ich es noch nie gesehen hatte, und in ihren Worten konnte ich einen leichten Akzent heraushören.

»Hi, Mom«, begrüßte Zac sie. »Das ist Avery, meine Geschäftspartnerin. Sie hat sich einverstanden erklärt, mit mir eine Website für eine Partnervermittlungsagentur aufzuziehen.«

Mrs Greeleys Blick flog nach unten, und sie sah, dass Zac meine Hand hielt, unsere Finger waren ineinander verschränkt. Rasch zog ich meine Hand weg und versteckte sie hinter meinem Rücken.

»Ist das denn nicht ein Schulprojekt?«, fragte Mrs Greeley.

Zac und ich folgten ihr in die Küche, wo sie die Tasche mit den Einkäufen auf dem Küchentresen abstellte. »Erstellen denn alle Teams auch eine Website?«

»Nein«, gab Zac zu. »Aber unser Projekt ist ein bisschen anders. Wir wollen ein echtes Geschäft draus machen, das wir nach Ende des Projekts weiterführen.«

»Ich werde die Seite entwerfen«, erklärte Delia, als sie in die Küche kam. »Und du redest mal mit der Programmiererin, okay?«, sagte sie zu ihrem Bruder.

»Programmiererin?«, fragte ich. »Ich dachte, du übernimmst die ganze Arbeit.«

Delia lehnte sich gegen den Tresen und lachte. »Oh, du würdest nicht wollen, dass ich euch die Datenbank einrichte. Zac hat da jemanden gefunden, der das übernimmt. Wie war noch gleich ihr Name, Zac? Holly?«

»Molly«, korrigierte er sie. Er räusperte sich verlegen und warf mir einen raschen Blick zu. »Äh, Molly Pinski.«

»Du hast Molly engagiert, um die Website für unser Projekt aufzubauen?«, entfuhr es mir. Wann hatten Molly und Zac eigentlich hinter meinem Rücken miteinander geredet? Und warum hatte sie mir nichts davon erzählt?

Zac nickte. »Sie ist die beste Computerexpertin, die ich kenne. Also hab ich ihr von unserer Idee erzählt, und sie meinte, das könne sie in null Komma nichts erledigen. Außerdem macht sie es zu einem echt günstigen Preis.«

»Wie günstig?«

»Mach dir darüber keine Gedanken«, meinte Zac. »Ich übernehme das schon.«

»Zac«, sagte ich jetzt im strengsten Ton, den ich hinbekam. »Wie viel?«

»Sie macht es umsonst«, erklärte er. »Dafür will sie nur zehn Prozent von unserem Profit.«

Das war echt typisch Molly, dass sie einen Deal für sich herausschlug, von dem sie auf lange Sicht profitierte. Wenn die Partnervermittlung wirklich lief, würde sie mehr verdienen, als sie für einen einzelnen Job je hätte verlangen können.

Nicht dass ich erwartete, dass aus der Partnervermittlung überhaupt was wurde. Es konnte schließlich nicht so viele Leute an der Willowbrook High geben, die auf diesen Quatsch hereinfielen.

»Ich kann echt nicht glauben, dass du Molly da mit reingezogen hast«, sagte ich kopfschüttelnd. »Du weißt doch, dass sie im selben Kurs ist und ein eigenes Projekt hat, um das sie sich kümmern muss.«

»Zac«, sagte Mrs Greeley und sah ihn finster an. »Du musst doch nicht all deine Klassenkameraden davon überzeugen, bei deinen Flausen mitzumachen.«

»Tu ich ja auch nicht!«, verteidigte sich Zac und wedelte frustriert mit den Armen. »Ich hab mit Molly darüber geredet, und sie meinte, das wäre kein Problem. Sie *wollte* ja helfen.« Er streckte die Hand aus und tätschelte meine Schulter. »Du machst dir viel zu viele Gedanken, Avery.«

Mrs Greeley zog die Brauen hoch, dann sah sie mich an. »Ich hoffe nur, Zacarías hat dich nicht überredet, bei einem seiner wilden Einfälle mitzumachen. Er hat echt eine lebhafte Fantasie, so war das schon immer. Früher hat er die

Nachbarskinder so lange beschwatzt, bis sie ihm seine Schlammkuchen abgekauft haben – für einen Dollar das Stück. Er hat ihnen erklärt, es handle sich um eine neue Art von Schokolade.«

Ich konnte nichts dagegen tun, bei diesen Worten musste ich leise kichern. Zacs Wangen wurden knallrot.

»Mom, ich war sieben«, rief Zac ihr in Erinnerung. »Seit der Sache mit den Schlammkuchen bin ich doch ein wenig klüger geworden.«

»Aber nicht viel«, meinte Delia, wobei sie Zacs eh schon recht unordentliches Haar noch mehr zerzauste. »Du bist immer noch derselbe verrückte Kindskopf, nur dass deine Ideen heute noch irrer und größenwahnsinniger sind.«

Zac wirkte ein wenig genervt, weil seine Mutter und seine Schwester ihn so verarschten. »Ihr nehmt mich doch eh nie ernst.«

»Na, wie auch?«, erwiderte Delia. »Du nimmst dich ja selbst nicht ernst.«

»Du klingst ja fast schon wie Dad«, schnauzte Zac sie an.

»Dein Vater möchte nur, dass du im Leben erfolgreich bist«, sagte Mrs Greeley. Sie packte die Einkäufe aus und legte die Tomaten und die Gurken, die sie gekauft hatte, ordentlich in einer Reihe hin.

»Nein, Dad hätte nur gern, dass ich bin wie er«, korrigierte Zac sie. »Und ich bin nun mal kein Schlüsselmacher, der den ganzen Tag Schlüssel ausschneidet und den Leuten ständig die verschlossenen Autotüren aufsperrt!«

Inzwischen war das Ganze echt richtig unangenehm geworden. Ich war mir nicht mal sicher, ob sich die Greeleys darüber im Klaren waren, dass ich auch noch da war.

Ich trat einen Schritt zurück auf die Tür zu. »Ich muss jetzt los. Zur Arbeit.«

Als ich bei der Haustür war, fiel mein Blick auf ein Familienfoto der Greeleys an der Wand. Mr und Mrs Greeley sahen darauf sehr gut gekleidet aus, perfekt gepflegt und in tadelloser Haltung. Selbst Delia wirkte so, als hätte sie alles gegeben, um wie die mustergültige Tochter im Teeniealter rüberzukommen. Und dann war da noch Zac, dem die Haare ins Gesicht hingen, dessen Krawatte total schief saß und der irgendeinen Fleck am Kinn hatte.

Sein Lächeln allerdings war ansteckend, genau wie im richtigen Leben. Ich konnte nicht anders, ich musste grinsen, als ich mir das Foto ansah.

Der Zac auf dem Bild war das genaue Gegenteil von dem jämmerlichen Typen neben mir, der die Schultern hängen ließ. Er wirkte so niedergeschlagen, als hätten die Hänseleien und Beschimpfungen seiner Familie ihn seiner sonstigen Unbeschwertheit beraubt. Ich verspürte den Drang, ihn wieder aufzumuntern, als wollte ich ihn unbedingt wieder lächeln sehen.

»Das mit der Website ist echt eine spitzenmäßige Idee«, sagte ich.

Zac grinste mich zaghaft an. »Findest du?«

Ich nickte. »Ich glaube, wenn irgendeiner es schafft, dass er alle an der Schule dazu bringt, sich bei der Partnervermittlung anzumelden, dann bist du das.«

Zac tippte sich mit dem Finger ans Kinn. »Ich bin wohl sehr überzeugend.«

»Ganz zu schweigen davon, wie bescheiden du bist«, fügte ich hinzu und verdrehte die Augen.

Ein prickelndes Gefühl breitete sich in mir aus, vom Haaransatz bis runter zu den Zehen, als er jetzt wieder ein breites Grinsen aufsetzte. »Danke, dass du nichts gegen meine wilden Einfälle hast«, meinte er und streckte die Hand aus, um die meine zu drücken.

Die Berührung fühlte sich an, als hätte ich einen Schlag abbekommen. Stromstöße fuhren an meinen Armen hoch, vermischten sich mit der Wärme, die sein Lächeln ausgelöst hatte und die sich jetzt in meinem ganzen Körper ausbreitete. Ich schnappte kurz nach Luft und zog rasch die Hand zurück.

Ich trat einen Schritt von ihm weg auf die Tür zu und tastete nach dem Türgriff. »Tja, ich hab mich schon so weit auf deine wilden Einfälle eingelassen«, sagte ich, wobei ich viel nervöser klang, als ich es beabsichtigt hatte, »da können wir das Projekt jetzt auch gleich ganz durchziehen, ob es nun ein Erfolg wird oder nicht.«

»Ziemlich entschlossen«, meinte Zac nickend. Ich hoffte nur, er merkte mir meine merkwürdige Reaktion auf seine Berührung nicht an. »Das mag ich so an dir, Avery. Du verstellst dich nicht und sagst einfach, was Sache ist.«

Ich fragte mich, ob das wohl gut war. Doch sein Lächeln stellte immer noch ganz komische Sachen mit meinem Körper an, und auf einmal überkam mich der überwältigende

Drang, einfach wegzulaufen. Ich wollte nur noch zur Tür raus und laufen und laufen, so weit ich konnte.

Das Weglaufen lag mir wohl in den Genen. Es war das Einzige, was mir einfiel, wenn es mal ein wenig komplizierter wurde oder etwas Seltsames geschah. Und dass ich dauernd Schmetterlinge im Bauch hatte, sobald Zac mich nur anlächelte, war wirklich mehr als nur ein wenig seltsam.

Fünfzehn

Ich richtete mich im Bett auf und keuchte und blinzelte in der Dunkelheit, während ich krampfhaft überlegte, was das wohl für ein Geräusch war, das mich aufgeweckt hatte. Dann hörte ich es wieder. Es war mein Handy, das mir signalisierte, dass ich eine neue SMS bekommen hatte.

Nachdem ich mich erst mal in der Bettdecke verfangen hatte, stolperte ich aus dem Bett, stürzte mich auf das Telefon, das auf dem Schreibtisch lag, und versuchte, das Klingeln zu beenden, ehe es noch jemanden weckte. Ich kniff die Augen zusammen, um mit verschlafenem Blick die leuchtenden roten Ziffern auf meinem Wecker auszumachen. Es war null Uhr einundvierzig.

Wer um Himmels willen schickte mir denn nach Mitternacht noch eine SMS?

Da das Handy so grell leuchtete, musste ich ein paarmal blinzeln, ehe ich es schaffte, die Nachricht zu entziffern. *Bist du noch wach?*

Die SMS war von Zac, dessen Nummer ich wegen unseres gemeinsamen Projekts gespeichert hatte.

Jetzt wieder, schrieb ich zurück.

Mach dein Fenster auf.

Ich zog also die Jalousien hoch und hätte fast aufgeschrien, als ich sah, dass mich durch das Fenster ein Gesicht anstarrte. Ich öffnete es und ließ die Nachtluft ein, die immer noch warm war nach dem superheißen Tag.

»Was willst du denn hier?«, fragte ich flüsternd. »Weißt du überhaupt, wie spät es ist?«

»Ich bin hier wegen unserer Abmachung.« Er stützte sich mit den Armen auf das Fensterbrett und grinste mich an. Das Mondlicht erhellte den oberen Teil seines Kopfes wie ein Heiligenschein.

Ich schüttelte verwirrt den Kopf, da ich wohl immer noch nicht ganz wach war. »Was für eine Abmachung denn?«

»Du meintest, du willst das nächste Mal dabei sein, wenn ich wieder mit meiner Comedy-Show auftrete«, erklärte er. »Heute Abend ist es wieder so weit.«

»Jetzt?«, fragte ich.

Er zuckte mit den Achseln. »Ich geh eben lieber etwas später auf die Bühne. Ich meine, ich schlafe ja sowieso nicht. Und so kann ich auch sicher sein, dass mein Dad nicht in den Laden spaziert kommt, auf der Suche nach guter Unterhaltung, und mich mitten während meines Auftritts erwischt.«

Mein Gehirn war noch ziemlich benommen vom Schlaf, daher brauchte ich etwas länger, um das zu verarbeiten, was Zac mir da erzählte. Dass ich nicht langsam in die Gänge kam, schien ihn zu nerven, denn jetzt zerrte er mich am

Arm und meinte: »Los. Zieh dich an und komm dann raus zu mir.«

Ehe ich auch nur den Hauch einer Chance hatte, dieser vollkommen irren Idee zu widersprechen, war er auch schon verschwunden. Nachdem ich das Fenster geschlossen hatte, ließ ich die Rollläden runter und warf dann einen sehnsüchtigen Blick in Richtung Bett. Es wäre so schön gewesen, wieder unter die Decke zu schlüpfen und einfach weiterzuschlafen. Schlaf war gut. Schlaf war lebensnotwendig für die körperliche Gesundheit.

Doch ich musste zugeben, dass ich neugierig war. Nur damit ich Zac für mich gewinnen konnte, versteht sich. Das musste mir doch so einige Punkte einbringen in seiner Gunst. Denn ich bezweifelte, dass Hannah je bei einem seiner mitternächtlichen Auftritte gewesen war.

Also zog ich mich an und schlüpfte in eine Jeans, T-Shirt und die lila Chucks. Ich gab mir Mühe, mein schlafzerzaustes Haar zu einem Pferdeschwanz zu bändigen, und legte dann schnell noch ein wenig Lipgloss auf. Dann huschte ich auf Zehenspitzen aus dem Zimmer, hielt draußen im Flur vor dem Schlafzimmer meines Dads noch einmal kurz an, um zu lauschen, ob sich da was rührte. Alles im Haus war absolut dunkel und still. Durch die geschlossenen Türen konnte ich meinen Dad und meinen Bruder ganz schwach schnarchen hören.

Zac wartete draußen auf mich. Er saß auf der Motorhaube seines ziemlich ramponierten Wagens. Als er mich entdeckte, rutschte er runter.

»Da bist du ja«, meinte er, als hätte er nicht daran geglaubt, dass ich wirklich kommen würde.

Ich musterte Zacs Auto, das schmutzig und voller Dellen war, ehe ich sagte: »Warum nehmen wir nicht meinen Wagen?«

In der Stadt war alles ruhig, während wir durch die dunklen Straßen fuhren, die nur durch die Laternen am Straßenrand erhellt wurden. Ich war nicht daran gewöhnt, zu so später Stunde noch wach zu sein. Ich hielt mich immer an meine acht Stunden Schlaf und war meist spätestens um elf im Bett. Die Welt, wie ich sie kannte, wirkte im Schein der Neonlichter und mit schlafverschleiertem Blick ganz anders als sonst. Immer wieder mal fuhren wir an irgendeinem Imbiss vorbei, der rund um die Uhr geöffnet hatte, oder an einem Nachtklub, aus dem die Leute hinaus auf den Gehweg drängten. Ihr Gelächter durchbrach die nächtliche Stille, doch ansonsten kam es einem fast so vor, als wären Zac und ich die einzigen zwei Menschen auf der ganzen Welt, die noch wach waren.

Zacs Knie wippten auf dem Beifahrersitz auf und ab. »Ich hoffe, meine Show gefällt dir. Ich hab sie noch nie vor irgendwelchen Außenstehenden vorgeführt.«

»Außenstehende?«, hakte ich nach.

»Leute, die keine Mitglieder der üblichen Mitternachts-Comedy-Crowd sind.« Er streckte die Hand aus und fummelte an meinem Radio herum, doch ich schlug seine Finger weg.

»Das Radio bleibt bei einhunderteinskommasieben«, erklärte ich ihm. »So lautet Regel Nummer drei bei mir im Wagen.«

Im Schein der Straßenlaterne sah ich, dass er mir eine Grimasse schnitt. »Ist das der Sender, der diese komischen Indiebands spielt?«

»Die sind nicht komisch«, meinte ich. Ich hielt den Wagen vor einer roten Ampel an. »Die sind nur total *unterschätzt.*«

»Das sind doch alles Heulsusen.« Er drehte die Lautstärke hoch und eine langsame Ballade erfüllte die Luft. »Hör dir das an. Da könnte ja selbst *ich* fast einschlafen.«

Ich grinste. »Vielleicht sollten wir dann mal noch lauter aufdrehen.«

»Wir brauchen Musik, zu der man tanzen kann. Etwas, das uns wach hält und uns auf die große Show vorbereitet. Etwas, das einen dazu bringt, ›woohoo‹ zu sagen.«

Ich zuckte zusammen, weil er mir derart laut ins rechte Ohr kreischte. »Bitte ein bisschen weniger ›woohoo‹ und leiser.« Ich drückte auf den CD-Knopf am Armaturenbrett. »Hier, wie wäre es damit zum Tanzen?«

Mein Lieblingssong von Hallow Flux drang durch den Wagen, die schnelle Musik tanzte um uns herum. Zac wippte mit dem Kopf und grinste breit.

»Hallow Flux«, sagte er. »*Das* meinte ich.«

Ich sah ihn erstaunt an. »Du kennst Hallow Flux?«

»Du brauchst gar nicht so überrascht zu tun. Ich bin zufällig ein echter Kenner in Sachen Musik. Die kenne ich durch Delia. Wir waren letztes Jahr beim Konzert, als sie in Greenville waren.«

Ich schlug mit der Hand aufs Lenkrad. »Ist nicht wahr. Ich war da auch, mit Molly. Warum haben wir uns dann nicht gesehen?«

»Weil du nie ein einziges Wort mit mir geredet hast vor unserem gemeinsamen Wirtschaftsprojekt?«, meinte Zac, wobei er mich mit dem Finger in die Seite pikste. »Tja, und vielleicht auch wegen der Tatsache, dass da ungefähr fünfhundert andere Leute waren.«

Einen Moment lang schwangen seine Worte in der Luft und hallten in meinem Kopf nach. *Weil du nie ein einziges Wort mit mir geredet hast vor unserem gemeinsamen Wirtschaftsprojekt.* Er hatte natürlich recht. Seit jenem Sommer nach der siebten hatte ich wie gesagt meist nur mit Leuten geredet, wenn es sich gar nicht vermeiden ließ. Zac und ich waren an der Schule in keinem einzigen Arbeitskreis zusammen, wir hingen nicht mit denselben Leuten rum, im Grunde hatten wir rein gar nichts gemeinsam. Und trotzdem saßen wir hier mitten in der Nacht zusammen in meinem Wagen und waren auf dem Weg zu seiner Comedyvorstellung.

Das Rose Castle war hell erleuchtet in der dunklen Nacht. Ein paar Leute standen draußen rum, unterhielten sich und lachten, und durch die Fenster konnte ich sehen, dass drinnen noch mehr Leute waren.

»Hey, Zac!«, begrüßte ein Typ ihn, als wir über den Parkplatz gingen.

»Moody, Alter!«, erwiderte Zac und streckte die Hand aus, um ihn zu begrüßen. Er grinste in die Gesichter der umstehenden Leute und nickte ihnen zu. »Hey, Mark, Ally, Nate.« Sie waren alle älter als wir. Der Mann, den Zac Moody genannt hatte, und die Frau sahen mindestens aus wie fünfzig.

»Das ganze Zac-Pack ist heute Abend hier«, meinte Ally, die ihn jetzt fest umarmte.

Zac zog mich an seine Seite, um mich vorzustellen. »Das ist Avery, eine Freundin von mir. Avery, das hier sind Mark, Ally, Nate und Walter – aber jeder nennt ihn nur Moody.« Er beugte sich zu mir und flüsterte mir zu: »Manchmal ist er ein bisschen launisch.«

Die Leute begrüßten mich herzlich und Ally umarmte mich ebenso fest wie Zac. Sie roch nach Pfefferminze. Ich war es nicht gewöhnt, dass Wildfremde mich umarmten, und erst wich ich ein wenig zurück, als sie sich auf mich stürzte. Doch dann umschlang sie mich mit ihren Armen und zog mich an ihren warmen Körper, woraufhin ein leichtes Prickeln durch mich hindurchrauschte. Einen Moment schloss ich die Augen und genoss die Umarmung.

Nachdem wir ein paar Minuten ein wenig geplaudert hatten, in denen ein Alien von mir Besitz ergriff und Ally es mit nur ein paar gut gemeinten Fragen schaffte, mir meine ganze Lebensgeschichte zu entlocken, führte Zac mich nach drinnen in das winzige Diner. Nach der tiefen Dunkelheit draußen ließen mich die grellen Lichter ein paarmal blinzeln, ehe mein Blick sich auf irgendetwas fokussieren konnte. Überall im Raum verteilt saßen Leute an Tischen und hatten ihre Stühle einer Holzbühne zugewandt, die am anderen Ende des Raums aufgebaut war. Der Laden war zwar nicht unbedingt brechend voll, aber es waren doch einige Zuschauer da, die die Sitze füllten.

Zac schien wirklich jeden zu kennen, oder zumindest kannten ihn alle. Jeder rief ihm etwas zu, als wir uns einen Weg zwischen den Tischen hindurch bahnten.

Eine Kellnerin mit einem Tablett voller Chips ging an uns vorbei. »Sucht euch einen Tisch aus«, meinte sie über die Schulter hinweg und ging weiter. »Ist gleich jemand bei euch.«

Ich deutete auf einen freien Platz. »Ist der okay?«, fragte ich Zac.

Er sah mich an, als hätte ich den Verstand verloren. »Nicht hier. Nur die älteren Leute oder die Neulinge setzen sich an einen der Tische.«

»Ich bin ja auch ein Neuling.«

»Du bist aber mit mir da. Das ist ein großer Unterschied.« Er nahm meine Hand und zerrte mich an die Seite des Raumes, wo an der Wand ein paar Kissen und Sitzsäcke aufgereiht waren. Ein paar Leute hatten es sich bereits auf den Kissen gemütlich gemacht und saßen mit ausgestreckten Beinen da, während sie auf den Beginn der Show warteten.

Zac ging auf die Sitzsäcke zu, drehte sich dann um und ließ sich in einer einzigen fließenden Bewegung draufplumpsen. Er grinste zu mir hoch, während er immer tiefer in das weiche Polster sank, bis seine Knie fast auf selber Höhe waren mit seinem Kopf.

»Das ist ja gar nicht gut für den Rücken«, meinte ich

und warf dem Sitzsack neben ihm einen misstrauischen Blick zu.

Zac klopfte mit der Hand einladend darauf. »Setz dich und entspann dich. Und dann genieß die Show.«

Ich gab mir alle Mühe, mich so lässig hinzusetzen wie er, doch der Sitzsack war weiter unten, als ich gedacht hatte, sodass ich rücklings plumpste und in eine bescheuerte Sitzposition geriet, weil meine Knie meinen Körper nicht länger halten konnten. Fast hätte mich der Sitzsack als Ganzes verschluckt, während ich auf den Boden zusank.

»Also«, sagte ich und sah Zac mit hochgezogenen Augenbrauen an. »Was genau macht man jetzt eigentlich bei einer Comedyvorführung?«

»Du willst mich verarschen, oder?«, fragte er, und er klang so, als wäre das ein schlechter Scherz.

»Ich war ja noch nie bei einer solchen Show. Irgendwie haben mich diese Comedyvorstellungen nie sonderlich interessiert.«

»Bis jetzt.«

»Das wird sich noch zeigen. Du stehst ja noch nicht auf der Bühne.«

»Wart's nur ab«, meinte Zac. Er lehnte sich in seinem Sitzsack zurück, als ein Mann in einem braunen Cordanzug hoch auf die kleine Bühne sprang.

»Leute, seid ihr bereit für die nächsten Acts in unserer Mitternachts-Comedy?«, rief der Mann ins Mikrofon. Um mich herum brachen die Zuschauer in donnernden Applaus und lautes Gejubel aus. Offensichtlich war die mitternächtliche Comedyshow hier in Willowbrook ein ganz großes Ding.

Als Erstes trat ein Mädchen, das etwa in meinem Alter war, mit einer Bauchrednerpuppe auf. Ihre Vorstellung war echt ganz niedlich, und das Mädchen schaffte es, sogar mir ab und an ein paar Lacher zu entlocken. Doch ich konnte mich gar nicht so richtig auf ihren Auftritt konzentrieren, weil Zac sich immer wieder zu mir rüberbeugte, um mir was ins Ohr zu flüstern. Er erzählte mir von Katie, dem Mädchen auf der Bühne, und wie sie Regina, die Puppe, von ihren inzwischen verstorbenen Großeltern zu ihrem zehnten Geburtstag geschenkt bekommen hatte. Er erzählte mir auch Sachen über die anderen Leute im Raum und wie sie das erste Mal auf der Bühne gestanden hatten. Er schien alles über jeden hier zu wissen, hatte sämtliche Geschichten im Kopf, die nur so aus ihm heraussprudelten. Sein heißer Atem jagte mir einen Schauder über den Rücken.

Mit einem Mal applaudierten die Leute um uns herum, als das Mädchen mit der Puppe ihre Vorstellung beendete. Der Mann, der offensichtlich der Moderator der Show war, sprang wieder auf die Bühne, als Katie vom Mikrofon wegtrat und von der Bühne ging.

»Ich bitte um Applaus für Regina und Katie!«, rief er ins Mikro.

»Wer ist als Nächstes dran?«, fragte ich zu Zac gebeugt.

Doch der Kerl auf der Bühne fuhr bereits fort, und sein Gesicht glänzte, während er zu uns herabgrinste. »Und jetzt zu einem der örtlichen Favoriten – Zac Greeley!«

Der Applaus, der jetzt durch den Laden donnerte, war schier ohrenbetäubend. Die Leute pfiffen und jubelten, als Zac buchstäblich auf die Bühne hochhüpfte und einen wilden Tanz hinlegte, wobei er sich im Kreis drehte.

»Also gut!«, meinte Zac, als er das Mikro vom Ständer nahm und auf die vielen Gesichter um ihn herum blickte. »Wie geht es meinen Fans heute Abend?«

Mehrere Leute jubelten und klatschten. Zacs Grinsen wurde noch breiter. »Ich hab echt die besten Fans der Welt. Ist immer wieder schön, hier im Rose Castle zu sein. Obwohl ich die Neulinge unter euch warnen möchte, probiert bloß nicht die ›Suppe des Tages‹. Weil das nämlich in Wirklichkeit die ›Suppe aus den Resten vom Vortag‹ ist, und man weiß nie, was man da aufgetischt bekommt. Ich mein ja nur«, fuhr er fort, als ein paar Leute lachten, »ich weiß ja nicht, wie es euch geht, aber ich hab es schon ganz gern, wenn ich weiß, was ich da zu mir nehme. Einmal hab ich die Suppe probiert, und ich schwör euch, das war mit Sicherheit eine Socke und drei Büroklammern, die ich da gegessen habe. Als ich mich beschwert habe, da haben sie mir zwei Büroklammern extra berechnet. Weil eigentlich nur *eine* Büroklammer drin sein sollte in der Suppe, es sei denn, man verlangte ausdrücklich nach mehr. Aber heute Abend ist ein ganz besonderer Abend für mich«, sprach Zac weiter, als das Gelächter sich wieder ein wenig beruhigt hatte. »Ich hab nämlich heute einen besonderen Gast im Publikum.«

Zu meinem Entsetzen deutete er auf mich, sodass jeder Einzelne im Raum sich jetzt zu mir umdrehte. Ich sank noch tiefer in meinen Sitzsack und wünschte, er würde mich tatsächlich als Ganzes verschlucken.

»Süße Freundin hast du da!«, rief ein älterer Mann.

Mein Gesicht war inzwischen vermutlich fast so rot wie mein Haar. Und Zac stellte das Missverständnis keineswegs richtig.

»Ja, ich zeig sie hin und wieder ganz gern herum. Um mit ihr anzugeben. Wirft ein gutes Licht auf mich, versteht ihr? Ihr solltet mal sehen, wie hässlich ich bin, wenn sie nicht bei mir ist.«

Ich lachte nervös, als die Leute sich von mir abwandten und wieder Zac ansahen.

»Gestern Abend war ich beispielsweise beim Bowlen«, erzählte Zac. »Ich hab einen echten Rekord hingelegt – so oft hat noch nie jemand einen Fehlwurf geschafft, und das auch noch auf der Bahn nebenan.« Triumphierend stieß er die Faust in die Luft. »Ja, genau, im Lucky Strike Bowling Center hängt jetzt mein Bild mit meinem Namen an der Wand. Ein riesiges Poster ist das, auf dem steht: ›Bitte lasst um Himmels willen diesen Kerl nie wieder hier in diesem Laden bowlen.‹ Sechs von diesen Fehlwürfen hab ich sogar drei Reihen weiter geschafft. Ich persönlich finde ja, dass mir das erst mal einer nachmachen muss. Immerhin lag mein bisheriger Rekord bei nur vier Fehlwürfen zwei Reihen weiter. Doch das Management war der Ansicht, ich wäre so was wie eine Gefahr für die anderen Bowler, daher hat man meine Bowlingschuhe konfisziert.«

»Wie unfair!«, schrie jemand.

Zac wedelte mit seiner freien Hand. »Ja, oder? Ich hab dann den Manager gefragt, ob ich denn nicht das Recht hätte, vor ein Geschworenengericht gestellt zu werden, ehe man mich wegen all dieser Anschuldigungen überführt! Also rief er eine derjenigen, deren Kopf ich mit meinen Würfen fast abgesäbelt hätte – diese kleine ältere Dame, die es verstand, ihrer Kugel einen echt fiesen Drall mitzugeben. Sie warf nur einen kurzen Blick auf mich und meinte dann: ›Schuldig! Verbannt ihn lebenslänglich!‹ Und ich so: ›Aber Grandma! Ich bin doch dein eigen Fleisch und Blut!‹«

Die ganzen fünfzehn Minuten, die Zacs Auftritt dauerte, lachte ich ununterbrochen. Ich hatte Comedyvorführungen nie so toll gefunden, aber Zacs Energie auf der Bühne und wie sein Gesicht dabei im Licht der Scheinwerfer strahlte, all das faszinierte mich. Er schien sich da oben absolut wohlzufühlen in seiner Haut und das Gelächter des Publikums feuerte sein Selbstvertrauen nur noch mehr an. Es war einfach toll, ihm zuzuhören. Er war nicht mehr der hyperaktive, immer hibbelige Zac Greeley, nein, er war ein Star. Der geborene Entertainer. Klar war seine Energie nicht zu übersehen, so wie er rumhüpfte auf der Bühne, während er seine Witze riss, aber er schien längst nicht so unkonzentriert und unruhig wie sonst.

Nachdem er seinen Auftritt beendet hatte, sprang er mit einem einzigen Satz von der Bühne und klatschte auf dem Weg zurück zu mir ein paar Leute ab. Sein Gesicht strahlte vor Aufregung, aber er wirkte so, als wäre er ganz in seinem Element. Seine Augen blitzten, und als er mich jetzt anlächelte, fühlte es sich an, als würde mein Magen tausend Purzelbäume schlagen vor Freude.

»Und, wie fandest du's?«, fragte er.

»Du warst umwerfend. Die beste Comedyvorstellung, die ich je gesehen habe.«

Er lachte. »War ja auch die einzige, die du bisher gesehen hast.«

»Weil mich das bis jetzt nicht interessiert hat.«

Er deutete mit dem Kopf in Richtung Tür. »Wollen wir gehen? Ich könnte jetzt einen großen Slushie gebrauchen.«

»Klar, gehen wir.« Ich versuchte, mich aus dem Sitzsack hochzustemmen, doch ich schaffte es nicht. Nach zwei erfolglosen Versuchen streckte ich Zac die Hände entgegen und meinte: »Hilfe.«

»Wie, Avery James bittet mich um Hilfe?« Zac tat so, als wirke er schockiert. »Ich dachte ja, Avery James kommt ganz gut allein klar und braucht nie bei irgendetwas Hilfe.«

Ich schlug nach seinen Beinen, dann packte ich seine Hände und zog mich hoch. »Ich hab nur eine kleine Stütze gebraucht, sonst wär ich nicht hochgekommen aus diesem dämlichen Sitzsack. Ich weiß echt nicht, wer sich dieses Folterinstrument von einem Sitzmöbel ausgedacht hat.«

Als ich endlich wieder stand, waren wir uns so nahe, dass meine Nase nur noch wenige Zentimeter von Zacs Kinn entfernt war. Auf seinen Wangen erkannte ich dunkle Stoppeln und er hatte eine winzige Narbe unterhalb des Kinns. Der Moschusduft seines Deos hing mir in der Nase. Er hielt mich immer noch fest, und wir hatten die Finger verschränkt, während wir so dastanden, unsere Blicke klebten aneinander, als würde keiner von uns es schaffen, wegzusehen.

Der Applaus, mit dem der nächste Auftritt begrüßt wurde, riss mich schließlich aus der Trance, in die Zacs Augen mich versetzt hatten. Ich trat einen Schritt zurück und entwand ihm meine Hände. Meine Mission war, ihn seiner Freundin auszuspannen, rief ich mir ins Gedächtnis. Da durfte ich mir keinerlei Gefühle für das Opfer meines Auftrags leisten. Ich hatte eine geschäftliche Vereinbarung getroffen, sonst nichts. Außerdem war ich nicht die Sorte Mädchen, das auf Typen hereinfiel, die absolut nicht gut für sie waren und die noch dazu zum absolut falschen Zeitpunkt auftauchten. Ich konnte mir in meinem momentanen Leben nämlich wirklich keine Ablenkungen leisten.

Und dass Zac Greeley eine Ablenkung war, war nicht zu übersehen.

Sechzehn

»Wichtig ist, dass man das Verhältnis richtig hinkriegt«, meinte Zac, während er an dem Hebel für den Slushie mit Kirschgeschmack zog. Er füllte den Pappbecher zu einem Drittel, dann bewegte er sich weiter zum Spender mit dem Zitronenzeug. »Wenn man von einer Geschmacksrichtung zu viel erwischt, dann ist alles ruiniert.«

Nachdem wir von der Comedyshow verschwunden waren, hatte Zac darauf bestanden, dass wir uns bei der Tankstelle einen seiner berühmten Kirsch-Limetten-Trauben-Slushies besorgten. »Das hat Tradition nach jeder Vorstellung«, erklärte er mir. Und zwar musste es die Tankstelle auf der Miller Street sein, sechs Blocks von hier, und keine von denen in der Nähe des Diners.

»In den anderen Tankstellen haben sie die falschen Automaten«, sagte Zac, während er zu dem wilden Gemisch in seinem Becher noch Traubengeschmack hinzufügte. Er betrachtete das Gebräu, schwenkte es, dann fügte er noch ein bisschen mehr hinzu. »Da kommt viel zu viel Slushie auf einmal raus, das ruiniert die Mischung.«

Ich ballte die Hände zu Fäusten und kämpfte gegen den Drang an, die Zapfsäulen abzuwischen, an denen noch Slushie klebte. Zac schien die Sauerei gar nicht zu bemerken, die er auf der Ablage hinterließ.

Wir waren die einzigen Kunden im ganzen Laden. Der Typ an der Kasse hatte sein Kinn schläfrig auf seinen Ellbogen gestützt und die Augen nur einen Spalt weit geöffnet und Zac kurz zugewunken, als wir hereingekommen waren. Zac hatte mich dann sofort in den hinteren Bereich des Ladens geführt.

Nachdem Zac das Getränk so lange umgerührt hatte, bis er mit der Konsistenz zufrieden war, reichte er mir den Becher mit einem Lächeln, als würde er mir gleich das Geheimnis der Unsterblichkeit verraten.

Ich nahm den Becher entgegen und betrachtete die lilaschwarze Katastrophe darin. »Äh, nein danke.«

Zac schüttelte den Kopf, als ich ihm das Zeug zurückgeben wollte, und schnappte sich stattdessen noch einen Becher vom Stapel, um die ganze Prozedur zu wiederholen. »Der ist für dich. Extra gemacht. Ein Geschenk von mir.« Er streckte die Zunge zum Mundwinkel raus, während er konzentriert daran arbeitete, für seinen eigenen Slushie die richtige Mischung hinzubekommen.

Ich hielt den Becher fest, hatte aber Angst, davon zu trinken. »Ich glaube, ich hab noch nie an einer Tanke was gekauft. Abgesehen von Getränken in Flaschen und Chipstüten natürlich. Ich wusste ja noch nicht mal, dass es hier richtiges Essen und so gibt.«

Zacs Augen wurden ganz groß. »Im Ernst? Es gibt Tage, da ernähre ich mich ausschließlich von dem Tankstellen-Zeug, Corndogs und Nachos und so 'n Zeug. Ich meine, klar sind die Corndogs hier nicht so lecker wie im Diggity Dog House, aber wenn es zwei Uhr früh ist und man gerade total Lust hat auf einen Corndog, schmecken sie ganz passabel.«

Ich wirbelte die halb gefrorene Flüssigkeit in meinem Becher herum. »Ich könnte jetzt auch nicht behaupten, dass ich jemals totale Lust auf einen Corndog gehabt hätte.«

»Manchmal frage ich mich echt, ob du überhaupt ein Mensch bist, Avery James.« Er war mit seinem eigenen Slushie fertig und ich folgte ihm in den vorderen Teil des Ladens. Der Typ an der Kasse blinzelte uns verschlafen an, als wir auf ihn zukamen, und gähnte mit offenem Mund.

»Hey, Mann«, begrüßte er Zac. Damit begab er sich in eine aufrechte Position, um unsere Getränke einzutippen.

»Hey, Jake.« Zac deutete mit einem Nicken in meine Richtung. »Kennst du Avery?«

Der Kassierer namens Jake musterte mich einen Augenblick lang mit halb geschlossenen Augen, ehe er den Kopf schüttelte. »Nee, nicht dass ich wüsste. Ich erinnere mich an jeden, der hier während der Nachtschicht reinkommt.«

»Normalerweise schlafe ich um diese Zeit auch«, erklärte ich ihm.

»Ich hab sie in ihrem Schönheitsschlaf gestört«, meinte Zac mit einem spitzbübischen Grinsen. »Wollte ihr mal die verrückte Welt der mitternächtlichen Slushies zeigen.«

Jake lachte und reichte Zac sein Wechselgeld. »Verdirb sie aber nicht zu sehr, Greeley. Bis dann, Leute.«

Wir gingen nach draußen zu meinem Wagen, doch als Zac gerade nach dem Türgriff greifen wollte, drückte ich auf den Absperrknopf an meinem Schlüssel. Er hielt inne und drehte sich zu mir um, weil ich immer noch auf dem Bürgersteig vor dem Laden stand.

»In meinem Auto wird nicht gegessen oder getrunken. Regel Nummer eins, schon vergessen?«

»Du hast doch deine Plastikbezüge. Ich glaube nicht, dass irgendwas passiert, wenn ich was von dem Zeug verschütte.«

Ich schüttelte den Kopf. »Keine Slushies im Wagen.«

Er sah mich mit hochgezogenen Brauen an. »Du willst ihn also hier draußen im Dunkeln trinken?«

Der Parkplatz der Tankstelle war hell erleuchtet, aber dahinter war die Welt tatsächlich ganz schattig und düster. Hinter den Büschen da draußen konnte alles Mögliche lauern und uns beobachten und darauf warten, zwei idiotische Teenager zu überfallen, die auf dem Parkplatz herumstanden und ihre Slushies tranken, und das um fast zwei Uhr in der Früh.

»Na gut«, lenkte ich schließlich ein. »Wir setzen uns ins Auto. Aber wir fahren erst los, wenn die Drinks leer sind. Und wenn du auch nur einen einzigen Tropfen verschüttest, dann wird dir das sehr leidtun.«

Man musste Zac zugutehalten, dass er beim Einsteigen wirklich aufpasste und sich nicht einfach auf den Sitz warf, wie er das sonst immer tat. Ich drehte die Zündung so weit herum, dass das CD-Laufwerk und damit die Musik von Hallow Flux ansprang.

»Na gut«, meinte Zac grinsend. »Bist du bereit, eine Geschmacksexplosion zu erleben, wie du sie dir nie hättest erträumen können? Bist du bereit, einzutreten in eine Welt von Kirsche, Limette und Traube, deren Geschmack so intensiv ist, dass dir fast der Kopf zerspringt?«

»Bereit für eine widerliche Ladung Zucker?«, fragte ich im Gegenzug. Mit gerümpfter Nase betrachtete ich das Getränk in meiner Hand.

»Los, bei drei.« Zac hielt seine Hand hoch. »Eins … zwei … drei! Und jetzt trink!«

Wir hoben gleichzeitig unsere Becher, aber während Zac den seinen fast in einem Zug runterstürzte, wobei sein Adamsapfel munter hüpfte, nahm ich nur einen winzigen Schluck in den Mund. Das geeiste Getränk jagte mir den Kälteschmerz in die Zähne und die Speiseröhre hinab, während der Zucker auf meiner Zunge prickelte.

War aber gar nicht mal so schlecht, das Zeug. Irgendwas war wohl dran an Zacs Theorie, dass es nur auf das richtige Verhältnis von Kirsche, Limette und Traube ankam. Zumindest war die kalte Flüssigkeit eine willkommene Erleichterung in der schwülen Nacht.

Zac senkte seinen Becher und presste sich die freie Hand gegen die Stirn. »Oh nein, Slushie-Kopfschmerzen!«, stöhnte er, lachte aber los, als er sich vornüberbeugte.

»Wenn du was verschüttest, kriegst du Ärger. Ich mein's

ernst!« Sein Becher neigte sich gefährlich, doch dann richtete er sich wieder auf und hielt ihn gerade, ehe auch nur ein Tropfen auf den Boden ging.

Zac lächelte mich an und keuchte ein wenig, während der Slushie seine Wirkung auf seinen Körper zeigte. »Und? Cool, oder? Ich bin ein Genie, das musst du schon zugeben.«

»Es ist gut«, sagte ich und nahm noch einen Schluck.

»*Gut?* Das ist verdammt noch mal das beste Zeug im ganzen Universum! Tacos sind vielleicht gut. Pizza ist toll. Aber der Kirsch-Limetten-Trauben-Slushie ist einfach nur unglaublich!«

»Ich glaub, jetzt weiß ich, warum du dauernd so aufgekratzt bist«, bemerkte ich und warf ihm über den Rand meines Bechers einen Blick zu.

»Tonnenweise Zucker und eine von Natur aus recht aufgedrehte Persönlichkeit«, bestätigte Zac. Sein Lächeln brachte sein Gesicht zum Strahlen. Er hatte immer noch ganz rote Backen von seinem Auftritt und war fast noch lebhafter als sonst, nur dass er diese Ausgelassenheit jetzt irgendwie recht gut im Griff zu haben schien, im Gegensatz zu dem üblichen Chaos, das ihn normalerweise umgab.

»Ich weiß jetzt, was du für mich tun könntest«, sagte ich. Als Zac mir einen verwirrten Blick zuwarf, fügte ich noch hinzu: »Wenn wir für unser Wirtschaftsprojekt eine gute Note bekommen.«

Er betrachtete mich aufmerksam. »Da bin ich aber gespannt. Was kann ich denn für dich tun?«

»Sag deinem Dad, dass du keine Lust hast, in seinem Laden zu arbeiten.«

Zac sah mich aufgebracht an. »Auf gar keinen Fall. Ich will doch nicht dafür verantwortlich sein, dass mein Dad total ausrastet.«

»Also willst du in all Ewigkeit da arbeiten, unglücklich sein und zu öder Musik tanzen, während du heimlich bei Comedyshows auftrittst?«

»Ich bin nicht unglücklich. Kein Mensch ist unglücklich, wenn er als Comedian auftritt. Darum liebt das Zac-Pack mich ja so.«

»Das Zac-Pack?«

Er grinste und ließ den Kopf hängen. »Meine Fans. Ich kann nichts für den Namen, der war ihre Idee. Und so blöd es klingt, sie haben sogar alle T-Shirts mit meinem Gesicht und Namen drauf. Es geht sogar das Gerücht, dass sie bald einen Newsletter rausbringen und dass sie eine Kampagne gestartet haben, damit ich bei der Late Show auftreten kann. Aber, na ja, ich würde das jetzt erst mal lieber nicht allzu groß aufziehen. Ich will ja nicht zu schnell berühmt werden und dann zu einem total eingebildeten Typen werden.«

»Klar, wäre auch nicht gut, wenn dein Ego noch größer wäre, als es eh schon ist«, sagte ich.

Zac lachte. »War das ein Witz? Ja, war es! Du hast echt einen richtigen Witz gemacht. Vielleicht hab ich dich ja schon ein bisschen angesteckt.«

»Ich bin mir nicht sicher, ob das was Gutes ist.«

»Das ist *großartig*. Es würde dir nämlich nicht schaden, ab und zu ein wenig lockerer zu sein.«

Meine Fingernägel vergruben sich im Rand des Pappbechers in meiner Hand und das Lächeln schwand aus meinem Gesicht. »Ich bin locker.«

Zac zuckte mit den Schultern. »Ich hab ja nicht behauptet, dass du total stocksteif bist, aber ich finde schon, dass du dich ein bisschen entspannen solltest.«

Ein bisschen entspannen. Zac Greeley kritisierte mich also.

Mit einem Mal hinterließ der Kirsch-Limetten-Trauben-Slushie einen metallischen Nachgeschmack. Ich kurbelte mein Fenster herunter und schüttete das lila-schwarze Gebräu auf den Parkplatz vor dem Wagen.

»Bist du fertig?«, fragte ich und ließ den Motor an. Meine Finger tippten in stetigem Rhythmus auf das Lenkrad. *Phalanx distalis, Phalanx proximalis, Ossa metacarpi, Ossa carpi.* Ich rückte meinen Sicherheitsgurt zurecht und vergewisserte mich, dass er auch richtig saß.

Zac starrte mich an, aber ich wagte es nicht, ihn anzusehen. Ich *konnte* ihn jetzt einfach nicht ansehen. »Alles okay?«, fragte er.

»Alles okay. Ich muss nach Hause. Ich muss morgen arbeiten. Jetzt trink deinen Slushie aus oder schütt ihn weg, damit wir endlich los können.«

Meine Finger klopften weiter aufs Lenkrad, im perfekten Rhythmus zu den Worten in meinem Kopf. Der absolute Kontrast zu Zacs wild zappelnden Knien.

Es war mir egal, was er von mir dachte, ob er mich für

verklemmt oder nicht ganz perfekt oder was auch immer hielt. Ich wollte nicht daran denken, dass ich Zac rumkriegen musste oder dass ich mich morgen nach dem Aufstehen wie ein Zombie fühlen würde. Ich wollte nur noch nach Hause und schlafen und zurückkehren in mein normales, durchgeplantes Leben, in dem es keine mitternächtlichen Comedyvorstellungen und Slushies gab.

Siebzehn

Ich schlug eine Hand vor den Mund und versuchte vergebens, ein Gähnen zu unterdrücken. Die Augenlider wurden mir ganz schwer. Mein Instinkt hatte mich nicht getäuscht – ich fühlte mich wie ein Zombie. Und das alles wegen Zac und seinem dämlichen Slushie.

Eigentlich hätte ich mich am liebsten quer über den Tresen gelegt und geschlafen, aber ich musste heute nun mal im Diggity Dog House arbeiten. Meine Augenlider senkten sich, und ich spürte, wie mich dieses tröstliche Gefühl des Schlafs überkam, doch da trat jemand an den Tresen und ließ einen Stapel Bücher draufplumpsen, sodass ich schlagartig wieder wach wurde.

»Hey, Dornröschen.« Molly grinste und schob sich eine pink-blonde Strähne aus dem Gesicht.

»Hallo, du«, erwiderte ich und sah sie streng an. »Wo hast du denn gesteckt?«

»Zu Hause und dann in der Bibliothek, um mir Lektüre zu besorgen.« Sie tippte auf den Stapel Bücher auf dem Tresen zum Thema Netzwerke.

»Ach, wirklich? Ich hab heut Morgen zigmal auf deinem Handy angerufen, aber du bist nicht rangegangen.«

»Mein Handy war tot«, entgegnete Molly. »Ich musste es aufladen, während ich am Computer saß.«

»Du warst aber auch nicht im Chat, da hab ich extra nachgeguckt.« Ich verschränkte die Arme vor der Brust und starrte sie an. Ich wünschte, ich hätte ihre Gedanken lesen können, um herauszufinden, was sie wirklich getrieben hatte. Vermutlich irgendwas, was mit diesem Idioten Elliott zu tun hatte.

»Ich war nicht im Chat, weil ich mich auf meine Arbeit konzentrieren wollte.«

Ich schnaubte verächtlich. »Ach, wie praktisch. Und was war das für Arbeit?«

»Die Seite für eure Partnervermittlung«, sagte Molly und erwiderte meinen bösen Blick. »Die Agentur, von dessen Umsatz mir dein Freund zehn Prozent versprochen hat.«

Ich schnappte mir ein Wischtuch, das unter dem Tresen lag, und schrubbte damit an einem Ketchupfleck herum. »Zac ist nicht mein Freund. Und warum hast du mir nichts davon erzählt, dass er dich in die Sache mit reingezogen hat?«

»Er hat mich in gar nichts reingezogen. Ich hab nur die Gelegenheit wahrgenommen, die Dinge zu meinem Vorteil zu nutzen. Wenn das mit der Partneragentur echt läuft, dann haben wir alle drei keine Geldsorgen mehr. Du könntest nach Costa Rica, und zwar gleich fünf Mal im Jahr, wenn du dazu Lust hättest.«

»Ich kann froh sein, wenn ich es einmal dahin schaffe.« Seufzend brach ich auf dem Tresen zusammen. »Das wird mir langsam alles ein bisschen zu kompliziert.«

»Überlass das mit dem komplizierten Teil mal mir, immerhin erstelle ich euch eine Website. Auch wenn es gar nicht mal so schwer ist, vielleicht ein paar knifflige Codes hier und da …«

»Ich meine doch nicht die Website«, unterbrach ich sie. »Ich meine – du weißt schon. Die Sache mit Zac wächst mir langsam über den Kopf.«

Molly zog die Augenbrauen hoch. »Was? Ist er etwa nicht gut genug, um dir wenigstens deine Erwartungen an einen Pseudofreund zu erfüllen?«

Ich warf den Lappen nach ihr und traf sie mitten ins Gesicht.

»Hey, entspann dich mal«, sagte Molly und verdrehte die Augen. »War doch nur ein Witz.«

Ich gähnte. »Tut mir leid. Bin heut ein bisschen mies drauf. Hab gestern Nacht nicht gut geschlafen.«

Molly hielt sich die Hand aufs Herz und tat so, als wäre sie entsetzt. »Du? Nicht gut geschlafen? Bist du krank?«

»Nein, ich bin nur total fertig, weil ich bis nach zwei Uhr nachts wach war. Zac hat mich zu seiner Mitternachts-Comedyshow mitgenommen. Und dann haben wir noch einen Slushie getrunken.«

»Ich wusste ja gar nicht, dass du so was wie Slushies überhaupt anrührst«, meinte Molly.

»Tu ich auch nicht. Das war nur der Schlafmangel, der

mich dazu gebracht hat, so verrückte Sachen zu tun, die ich normalerweise nie tun würde.«

Molly neigte den Kopf zur Seite und sah mich an. Sie hatte ein sonderbares Lächeln im Gesicht.

Ich hielt ihrem Blick stand, lächelte dabei jedoch nicht. »Was?«

»Ich hab das Gefühl, dieses Zac-Rumkriegen könnte dir echt was bringen. Dich empfänglich machen für völlig neue Dinge und dich mal aus deiner kleinen Welt rausholen.«

Ich schüttelte den Kopf. »Mir reicht's. Ich lauf Zac bestimmt nicht noch mal durch die halbe Stadt hinterher, und das mitten in der Nacht, nur um ihn dazu zu bringen, mit Hannah Schluss zu machen. Das war's jetzt.«

»Also willst du Costa Rica ein für alle Mal Adieu sagen?« Molly winkte mit der Hand, um ihrer Aussage Nachdruck zu verleihen.

Ich wischte einen Fleck von der Scheibe des Corndog-Schaukastens, der sich gleich neben der Kasse befand. »Ich finde schon einen Weg, wie ich dahin komme.« Aber ich klang ganz und gar nicht so, als wäre ich überzeugt davon. Hannahs Angebot war meine letzte Hoffnung gewesen, es diesen Sommer nach Costa Rica zu schaffen. Wenn ich bis Juni das Geld nicht beisammen hatte, dann musste ich wohl oder übel die Hoffnung aufgeben, den Trip bei den Collegebewerbungen für die medizinischen Vorbereitungskurse angeben zu können, für die ich mich bewerben wollte. Eine Sache weniger, mit der ich mich aus der Masse an potenziellen Studenten, von denen sich sicherlich Tausende bewarben, hervorhob. Und ich war mir sicher, dass die sich alle nicht so viel aus dem Studium machten wie ich. Ärztin zu werden war schon als Kind mein großer Traum gewesen und dieses Sommerpraktikum war ein erster Schritt, um ihn auch zu erfüllen. Vielleicht war das sogar die einzige Chance, die ich je kriegen würde, um meiner Mutter ein wenig näher zu sein.

»Wenn Hannah jemanden sucht, der den Job übernimmt, dann lass es mich wissen«, erklärte mir Molly, während sie ihre Bücher aufklaubte. »Für fünfhundert Kröten mach ich gern mit Zac Greeley rum und überzeuge ihn davon, dass ich das tollste Mädchen der Welt bin.«

Ich warf ihr einen finsteren Blick zu. »Raus hier, wenn du nicht vorhast, was zu bestellen. Ich muss wieder an die Arbeit. Vielleicht will ja jemand ganz dringend einen Hotdog.«

Molly drohte mir mit einem bösartigen Grinsen im Gesicht mit dem Finger, dann drehte sie sich um und verschwand zur Tür des Diggity Dog House hinaus.

»War das Molly?«, fragte Elliott, der gerade aus der Küche kam und zum Eingang schaute, obwohl sie längst nicht mehr zu sehen war.

»Spionierst du mir etwa hinterher?«, pflaumte ich ihn an.

Elliott deutete mit dem Besen in seiner Hand in Richtung Tür. »Ich arbeite, Avery. Kann ja auch nichts dafür, dass meine Arbeit es erfordert, in deine Nähe zu kommen.«

»Wie auch immer«, sagte ich und schnappte mir den Lappen von dort, wo er nach der Attacke auf meine beste Freundin gelandet war. »Außerdem war das gar nicht Molly.«

»Sah aber ganz nach ihr aus«, erwiderte Elliott.

»Du fantasierst dir da was zusammen. Molly mag Hotdogs noch nicht mal.«

»Aber sie mag die Shakes hier. Und ich könnte wetten, dass du sie hierher zitierst, um sie dafür zusammenzustauchen, dass sie gestern Abend mit mir geredet hat.«

Ich verdrehte die Augen. »Ehrlich, Elliott, mein Leben dreht sich nicht nur um dich. Du bist ein Fliegenschiss im Vergleich zu dem, was mir sonst noch so den lieben langen Tag durch den Kopf geht.«

Elliott stützte sich auf seinen Besen und grinste mich an. »Aber ich wette, du stirbst jetzt fast vor Neugier, weil du wissen willst, worüber Molly und ich uns unterhalten haben, stimmt's?«

»Kein bisschen«, meinte ich und wandte ihm den Rücken zu.

»Falls du doch neugierig sein solltest, ich hab Molly gefragt, ob sie mit mir ausgeht. Sie hat Nein gesagt.«

Ich musste mir auf die Zunge beißen, um das süffisante Grinsen zu unterdrücken, das sich auf meinem Gesicht breitzumachen drohte. Ich konzentrierte mich darauf, den Staub von der Kasse abzuwischen. »Vielleicht hat sie ja die Wolke Rasierwasser abgetörnt, die dich umgibt, weil du es immer so übertreiben musst.«

»Du bist ja so was von witzig, Avery«, meinte Elliott mit monotoner Stimme. »Kein Wunder, dass die Jungs dir dauernd die Tür einrennen. Oh, warte mal, das tun sie ja gar nicht, oder?«

Wenn er den Besen bloß nicht so fest in der Hand gehalten hätte. Den hätte ich ihm nämlich liebend gern über den Schädel gezogen.

»Keiner außer Zac Greeley«, meinte Elliott dann fies grinsend. »Da hast du dir ja echt einen tollen Kerl eingefangen, nicht wahr?«

»Wenigstens hintergeht Zac seine Freundin nicht«, meinte ich.

»Nein, da hast du recht.« Elliott richtete sich auf und begann wieder den Boden zu kehren. »So etwas würde Zac *seiner* Freundin nie antun. Was die Freundinnen von anderen betrifft, tja, das ist wieder eine andere Geschichte.«

»Was willst du damit sagen?«, fragte ich mit verschränkten Armen.

Elliott zuckte mit den Schultern und fegte weiter, als würde ihn das Gespräch mit einem Mal langweilen. »Warum fragst du das nicht deinen Freund Zac? Ich bin überzeugt, er erinnert sich ebenfalls sehr gut an die Geschichte.«

Mr Throckmorton kam zum Tresen und entdeckte mich und Elliott. »Reiser!«, rief er. »Zurück an die Arbeit, das Flirten können Sie sich für hinterher aufsparen.«

Ächz. Mr Throckmorton konnte ja nicht ahnen, wie falsch er mit seiner Vermutung lag, was Elliott und mich betraf.

Achtzehn

»Denkt dran, jede Stimme für mich ist eine Stimme für die Integrität!«

Hannah stand auf einem behelfsmäßigen Podest aus sechs Physikbüchern mitten in der Hauptaula der Willowbrook High. Hinter ihr stand ein Tisch voller Behälter für die Wahl zum Klassenkönig und zur Klassenkönigin, und über ihrem eigenen Behälter prangte ein riesiges Poster von ihr selbst, breit grinsend.

Ihre Freunde standen in einem Halbkreis um sie herum und jeder hielt ein Schild hoch mit der Aufschrift »Wählt Hannah«. Der Name war mit rotem Glitzer geschrieben und umrangt von funkelnden Silbersternen.

»Ich war euch die vergangenen zwei Jahre eine gute Klassenkönigin«, fuhr Hannah fort, wobei sie völlig ignorierte, dass ihr eh keiner zuhörte. Nicht dass das irgendeine Rolle gespielt hätte. Hannah nutzte mit Freude jede Gelegenheit, eine Rede zu halten, ob die Leute jetzt zuhörten oder nicht. Ihre Stimme übertönte das Gemurmel der Gespräche um mich herum, während die Schüler sich durch die Aula in Richtung ihrer Schließfächer oder zur Cafeteria drängten, um vor der ersten Stunde noch schnell zu frühstücken.

Die Stimme für Klassenkönig und Klassenkönigin wurde anonym abgegeben, daher hatte man die Behälter schwarz übermalt, sodass man nicht sagen konnte, wer gerade führte. Dennoch musste Hannah klar sein, dass sie aller Wahrscheinlichkeit nach vorne lag, daher war diese ganze Kampagne hier mitten in der Aula einfach nur Show.

»Ich kann echt nicht glauben, dass wir uns ihr Gewäsch schon in aller Herrgottsfrühe anhören müssen«, meinte Molly, die jetzt neben mir herlief und die Nase in Richtung Hannah und ihrer Clique verzog. »Wenn ein Tag schon so beginnt, dann kann er eigentlich nur echt übel werden.«

»Sie will Aufmerksamkeit«, sagte ich und führte Molly weg von Hannah, ehe sie noch eine Dummheit beging. »Hannah kann nicht ohne diese Aufmerksamkeit leben.«

»Ich verstehe echt nicht, was Zac an ihr findet.« Molly warf eine Blick zurück in Richtung Hannah, die immer noch vom Gipfel des Physikberges herab zu ihren Anhängern predigte. »Sie ist so nervig und eingebildet. Hat sie auch nur einen Tag in ihrem Leben mal Spaß gehabt?«

Bei Mollys Worten ging mir eine Reihe von Bildern durch den Kopf: Pyjama-Partys. Wie wir bei uns in der Straße auf Rollschuhen über den Bürgersteig gedüst waren. Süßigkeiten mitten in der Nacht. Wie wir so laut gekreischt hatten, als ein Marshmallow in der Mikrowelle explodierte, dass meine Eltern aufgewacht waren. Wie wir uns im Dunkeln Geheimnisse zugeflüstert hatten, während wir nebeneinander in ihrem riesigen Bett lagen.

»Vermutlich nicht«, murmelte ich.

Ich hätte mich ja fragen können, was aus Hannah und mir eigentlich geworden war, dass wir jetzt beide immer so ernst und fokussiert waren, aber in Wahrheit wusste ich es längst. Ich war dabei gewesen, hatte ihre Worte gehört, und ich hatte den hasserfüllten Blick gesehen, den Hannah mir an jenem Tag zugeworfen hatte, als sie mir ihre Hälfte des Freundschaftskettchens ins Gesicht schleuderte. Danach war nichts mehr gewesen wie zuvor, wir waren nicht länger die kichernden, sorglosen Mädchen, die wir bis dahin gewesen waren.

Es würde dir nicht schaden, ab und zu ein wenig lockerer zu sein, hatte Zac gesagt. Seine Worte klangen mir immer noch im Ohr. Denn im Grunde hieß das ja, dass er mich für ebenso verkrampft hielt wie Hannah.

Aber was hatte ich denn für eine Wahl? Sollte ich zum Loser werden, es nie nach Costa Rica schaffen, nie Ärztin werden?

Nie ein Mensch werden, bei dem jemand bleiben will?

Ich hatte bereits einmal versagt. Das würde mir kein zweites Mal passieren. Ob verkrampft oder nicht, ich würde dafür sorgen, dass meine Familie und ich es mal besser hatten. Und das würde mir nur gelingen, indem ich mich auf die einzige Person verließ, auf die ich mich je verlassen konnte: auf mich selbst.

Molly hatte die ganze Zeit, während ich total in Gedanken versunken war, ohne Punkt und Komma weitergeredet. Sie bemerkte noch nicht mal, dass ich kein Wort mitbekam. Ich blinzelte und versuchte, mich wieder auf ihre Stimme zu konzentrieren.

»Ich schätze also, es ist das Beste, wenn ich den Code vergesse und noch mal von vorn anfange«, sagte Molly gerade. »Die ganzen Tabellen in der Datenbank korrespondieren nicht so richtig, wie ich mir das vorgestellt habe, die spucken mir einfach keine passenden Paare aus. Da ist keine Logik dahinter.«

Ich brauchte nicht lang, um zu kapieren, dass es wieder mal um die Website für unsere Partnervermittlung ging.

»An der Partnervermittlung ist auch rein gar nichts Logisches«, sagte ich, während wir uns durch den Flur drängten. »Ist doch alles Beschiss, war es schon immer und wird es auch immer bleiben. Ein Computer kann doch nicht vorhersagen, ob zwischen zwei Menschen romantische Gefühle entstehen können.«

Molly zuckte mit den Schultern. »Du bist diejenige, die eine Partnervermittlungsagentur leitet. Ich bin nur für die Website zuständig.«

Ich fuhr mir mit den Fingern durchs Haar. »Ich leite keine Partnervermittlung. Das tut Zac. Ich bin bloß diejenige, die das Pech hatte, ihn als Partner für diese Pseudo-Agentur abzukriegen, die wirklich nur pseudo ist, auch wenn er das nicht zu schnallen scheint.«

Molly hielt mich mitten auf dem Flur an. »Hey, du wirst

doch jetzt nicht in Flammen aufgehen, oder? Dein Gesicht ist nämlich wieder mal so rot wie dein Haar.«

Ich zwang mich, ein paarmal tief durchzuatmen. *Phalanx distalis, Phalanx proximalis, Ossa metacarpi, Ossa carpi.* Ich wiederholte die Worte in einem gleichförmigen Rhythmus und zwang mit einem langen Atemstoß die ganze Anspannung aus mir raus.

»Mir geht's gut«, erklärte ich, als ich endlich das Gefühl hatte, dass ich nicht gleich noch den letzten Rest meines Verstandes verlieren würde, weil mir der Kopf platzte. Die vergangenen paar Wochen mit Zac hatten mich ganz schön geschlaucht. Er hatte meinen perfekten Schlafrhythmus ruiniert und mich in der Schule abgelenkt. Mein Blutdruck war vermutlich in ungeahnte Höhen hochgeschossen. Ich wünschte, Dad hätte auf mich gehört und dieses Blutdruckmessgerät gekauft, das ich mir letztes Jahr zum Geburtstag gewünscht hatte, statt mir einen Gutschein für Gap zu schenken.

»Gut, weil ich nämlich nicht will, dass dir hier mitten auf dem Schulflur die Sicherung durchbrennt.« Mollys Blick fiel auf etwas hinter mir und sie begann zu lächeln. »Hey, da ist ja Elliott.«

Meine Hände ballten sich zu Fäusten, und jetzt half auch alles Atmen nichts mehr, um mich zu beruhigen. »Wird denn dieser Vormittag von Minute zu Minute schlimmer?«

Molly zwickte mich in den Oberarm. »Sei nett.« Sie lächelte so breit, dass es fast den Anschein hatte, ihr würden jeden Moment die Zähne aus dem Mund fallen, während Elliott immer näher kam.

»Hallo, die Damen«, begrüßte er uns. Er wirkte wie eine hinterlistige Schlange, als er Mollys herzliches Lächeln erwiderte. Fast konnte ich sehen, wie er darauf lauerte, seine spitzen Fangzähne in der armen, naiven Molly zu versenken, sobald ich ihnen den Rücken zukehrte.

»Hey«, sagte sie. »Bist du auf den Mathetest vorbereitet?«

»Na ja, so gut es geht«, erwiderte er. »Ich war gestern bis zwei in der Nacht wach und hab gelernt. Entweder bestehe ich die Prüfung oder ich breche vor Müdigkeit einfach auf meinem Pult zusammen.«

»Wenn man übermüdet ist, kann das Gehirn Informationen nicht so gut behalten«, erklärte ich ihm. »Deshalb funktioniert es auch nicht, wenn man erst mitten in der Nacht büffelt.«

»Danke, Dr. James«, meinte Elliott. »Ich wüsste echt nicht, was wir ohne deine medizinischen Weisheiten täten.«

Ich stierte ihn finster an, als er in meine Richtung grinste. Warum erkannte Molly nicht, was für ein grässlicher Typ er war? Sie lachte über seinen bescheuerten Witz, obwohl daran rein gar nichts Komisches war. In puncto Witze konnte er sich mal eine Scheibe von Zac abschneiden. Wenigstens wusste der das ein oder andere über Comedy.

Warum dachte ich jetzt eigentlich an Zac?

Ich drängte mich an Elliott vorbei, und es war mir egal, dass ich ihm dabei meinen Rucksack in den Bauch rammte. »Ich muss in den Unterricht.«

»Bis später dann«, hörte ich Molly zu Elliott sagen. Dann war sie wieder neben mir und musste fast rennen, um mit mir Schritt zu halten.

»Was ist eigentlich dein Problem?«

Ich zog die Brauen hoch. »*Mein* Problem? Du bist doch diejenige, die ihm hinterherhechelt wie ein erbärmlicher liebeskranker Volltrottel.«

Sie trat vor mich und verstellte mir den Weg. Molly mochte zwar klein sein, aber wenn sie sauer war, war mit ihr nicht zu spaßen. »Du brauchst nicht die ganze Zeit so blöd zu Elliott zu sein.«

»Dann sollte er sich vielleicht besser von mir fernhalten, dann wäre das gar nicht nötig.« Ich versuchte, mich links an ihr vorbeizuschieben, doch Molly ahnte, was ich vorhatte, und bewegte sich in die gleiche Richtung.

Sie verschränkte die Arme und sah mich finster an. »Ich hab mir dein Gemeckere über Elliott jetzt zwei Jahre lang angehört. Trotzdem habe ich kein einziges Mal mitgekriegt, dass er irgendwas von dem gemacht hätte, was du ihm immer vorwirfst. Was genau hast du eigentlich gegen ihn? Da steckt noch mehr dahinter, als das, was du immer über ihn sagst, das weiß ich. Los, raus damit.«

Fast hätte ich ihr alles erzählt. Das mit dem Freundschaftsring aus dem Kaugummiautomaten mit dem lila Plastikstein in der Mitte, der tief vergraben in meiner Schmuckbox lag, weil ich es nie geschafft hatte, ihn wegzuwerfen. Fast hätte ich ihr erzählt, wie alles geendet hatte, dass jeder mir den Rücken zugekehrt hatte. Dass ich für keinen von ihnen gut genug gewesen war. Nicht für meine Mom, nicht für Hannah und auch nicht für Elliott.

Und eines Tages würde ich wohl auch nicht mehr gut genug für Molly sein.

Doch ich brachte keinen Pieps heraus. Wenn ich ihr erzählen würde, was geschehen war, dann würde sie mich nicht mehr so sehen wie bislang. Denn dann würde ihr klar werden, dass ich voller Fehler war, alles andere als perfekt.

»Ich hab schon lange das Vertrauen in ihn verloren«, flüsterte ich, wobei ich runter auf meine eigenen Zehen starrte.

»Wegen der Sache mit Lila Mahoney?« Molly tat dies mit einer wegwerfenden Geste ab. »Das ist doch ein alter Hut, und Elliott meint, dass das maßlos übertrieben wurde. Man darf nicht immer alles glauben, was man so hört.«

Ich machte mir nicht die Mühe, ihr zu widersprechen. Wenn ich jetzt den Mund aufgemacht hätte, dann wären womöglich noch Worte rausgesprudelt, die zu sagen ich eigentlich viel zu viel Angst hatte.

Neunzehn

Hannah schaffte es immer wieder, einfach wie aus dem Nichts plötzlich vor mir zu stehen. In einer menschenleeren Toilette, einer schattigen Ecke unter der Treppe, selbst in einem finsteren Kellerraum, wo ich mir sicher gewesen war, dass sie nicht mitkriegen würde, was ich vorhatte. Hannah hatte irgendwie eine Antenne, was mich betraf, sie wusste immer genau, wann ich sie so überhaupt nicht gebrauchen konnte.

Im Diggity Dog House war ziemlich viel los, wie immer nach der Schule, wo jeder auf dem Heimweg noch kurz auf einen Milchshake oder Fritten mit Chili und Käse vorbeischaute. Ich stand mit dem Rücken zur Kasse an der Wand hinter dem Tresen und schrubbte Spritzer klebriger Limonade vom Getränkeautomaten. Als sie meinen Namen sagte, hätte ich sie eigentlich gar nicht hören dürfen, weil sie so leise sprach. Doch mein Kopf fuhr herum, ehe ich die Chance hatte, darüber nachzudenken, ob ich sie nicht einfach ignorieren sollte. Da stand sie jetzt also, auf der anderen Seite des Tresens.

Ich hätte am liebsten so getan, als hätte ich sie nicht gesehen, doch ich wusste, dass Hannah mich nicht so leicht davonkommen lassen würde. Wenn Mr Throckmorton mitbekäme, dass ich eine Kundin übergangen hatte, würde er einen Anfall kriegen, deshalb war es das Beste, die Zähne zusammenzubeißen und mich in die Höhle des Löwen zu begeben.

Den ganzen Tag schon hatte ich versucht, den Mut zu fassen, mit ihr zu reden, um ihr zu sagen, dass ich keine Lust mehr darauf hatte, ihr den Freund auszuspannen, und dass sie ihre Kohle zurückhaben konnte. Der Scheck wog schwer in meiner Tasche und verhöhnte mich. Konnte ich wegen Zac Greeley meinen Traum von Costa Rica aufgeben?

»Willkommen im Diggity Dog House. Was kann ich dir bringen an diesem schönen Diggity-Dog-Tag?« Jedes Mal, wenn ich diesen Satz sagte, wollte ich mir am liebsten meine Hotdog-Mütze in den Mund stopfen.

Hannah schleuderte ihre Mähne zurück, hob das Kinn und sah mich an. »Ich dachte, ich würde dich dafür bezahlen, dass du mir den Freund ausspannst.« Wie schaffte sie es nur immer wieder, so cool auszusehen und kein bisschen zu schwitzen, selbst bei diesen Temperaturen? Eine verschwitzte, vor Hitze vergehende Hannah hätte ich weniger einschüchternd gefunden als die, die im Gegensatz zu allen anderen davon völlig unbeeindruckt schien.

»Ja, stimmt.« Ich biss die Zähne zusammen und kämpfte gegen den Teil in mir an, der den Scheck am liebsten behalten hätte, aber auch gegen jenen, der dem ganzen Spiel ein

Ende setzen wollte. Und wofür? Für einen Typen, der nie still halten konnte, der nie irgendwas ernst nahm, und der es jedes Mal schaffte, mich zu beleidigen, sobald er den Mund aufmachte, auch wenn er das nicht absichtlich tat. Ich hatte ihn in meinem Wagen seinen Slushie trinken lassen. Ich hatte mich von ihm durch die halbe Stadt schleifen lassen, und das mitten in der Nacht, wo ich eigentlich in meinem kuschligen Bett hätte liegen müssen, um den nötigen Schlaf zu kriegen, den ich brauchte, um perfekt zu funktionieren. Das war doch nicht *ich*. Solche Dinge tat ich normalerweise nicht. Ich hatte das Gefühl, alles würde allmählich auseinanderfallen und wieder zu jenem Chaos werden, das ich so verzweifelt zu beseitigen versucht hatte. Ich konnte nicht zulassen, dass Zac einfach so in mein Leben spaziert kam und die ganze Arbeit der vergangenen vier Jahre zunichte machte.

»Und warum denkt er dann immer noch, ich wäre seine Freundin?« Hannah verschränkte die Arme und starrte mich herausfordernd an, während sie auf eine zufriedenstellende Antwort wartete.

Doch ich hatte keine. Ich griff in die Tasche und zog den Scheck heraus, den ich zu einem perfekten Rechteck zusammengefaltet hatte, die Kanten akkurat geglättet.

»Ich kann das nicht. Nimm dein Geld wieder und überleg dir einen anderen Weg, wie du Zac loswirst.«

Hannah lachte. »Du gibst also auf? Einfach so? Was ist nur aus der Avery James geworden, die ich mal kannte, die, die mir alles wegnimmt, ohne über die Konsequenzen nachzudenken?«

Ich schluckte. »Ich hab dir Elliott nicht weggenommen.«

»Ja, red dir das nur weiterhin ein. Vielleicht glaubt es dir ja eines Tages sogar jemand.« Sie nickte in Richtung des Schecks, den ich zwischen den Fingern hielt. »Du sitzt also lieber noch ein weiteres Jahr hier fest, als an diesem medizinischen Austausch, oder was auch immer das ist, teilzunehmen?«

Ich tat so, als müsse ich eine Bestellung in die Kasse eintippen, für den Fall, dass Mr Throckmorton zufällig mal wieder aus seinem Büro rausschaute. »Ich will es nicht machen. Such dir jemand anderen, der die Drecksarbeit für dich übernimmt.«

Hannah musterte mich längere Zeit, bis es mir unangenehm war und ich anfing, mit den Fingern nervös auf der Kasse herumzutrommeln.

Schließlich lehnte sie sich über den Tresen, ihre dunklen Augen auf meine gerichtet. »Er ist anstrengend, nicht wahr? Man kann sich in seiner Nähe nicht konzentrieren. Sein ständiges Rumgezappel nervt. Er kümmert sich um nichts auf der Welt, außer um das, was *ihm* Spaß macht. Und man hat das Gefühl, wenn man sich noch einen von seinen bescheuerten Einfällen anhören muss, dann schneidet man sich die eigenen Ohren ab.« Sie richtete sich wieder auf, ihren bohrenden Blick noch immer auf mich gerichtet.

Ich starrte zurück, den Mund leicht geöffnet, ohne einen Ton von mir zu geben.

»Hab ich nicht recht?« Sie wartete gar nicht erst eine Antwort ab. »Jetzt verstehst du vielleicht, was ich schon seit einem Jahr aushalten muss. Er macht mich echt krank, und dabei merkt er das noch nicht mal, weil er nie was schnallt, abgesehen von dem, was in seiner kleinen verrückten Welt wichtig ist. Ich hab versucht, ihn zu ändern, aber jetzt heißt es er oder ich. Und ich werde nicht zulassen, dass irgendein Typ mich ruiniert.«

Sie warf ihr Haar nach hinten. »Wenn du für Zac deine Zukunft aufgeben willst, bitte schön. Ich hab kein Problem damit, zuzusehen, wie du gegen die Wand fährst und dich ärgerst, weil du dein Ziel nicht erreicht hast.« Sie lächelte. »Denk mal drüber nach. Wenn du diesen Sommer nicht nach Costa Rica gehst, kriegst du auch keinen Platz an deinem Lieblingscollege. Und dann geht es nur noch bergab. Bist du echt bereit, dich mit dem Zweitbesten zufriedenzugeben?«

Hannah kannte mich wirklich viel zu gut. Sie wusste genau, wie sie mich mit Worten treffen konnte.

Ich würde mich nicht mit dem Zweitbesten zufriedengeben. Das ging nicht. Ich hatte alles geplant und das mit Costa Rica war der erste Schritt.

Dafür konnte ich schon ein paar Slushies und Comedyshows in Kauf nehmen, denn es ging ja schließlich um meine Zukunft, nicht wahr?

Die Eingangstür zum Restaurant ging auf und eine hochgewachsene Frau in perfekt geglätteter weißer Bluse und cremefarbenem Rock trat ein. Als sie sich im Essbereich umsah, verzog sie das Gesicht und schnupperte ein wenig, ehe sie angewidert die Nase rümpfte.

»Hannah, bist du dann mal fertig?« Sie sah auf die glänzende Golduhr an ihrem Handgelenk. »Wir sind schon spät dran. Um sieben Uhr dreißig solltest du eigentlich mit der Mathematikwiederholung beginnen.«

Mrs Cohen. Ich hatte Hannahs Mutter nicht mehr gesehen, seit die Cohens vor zwei Jahren aus unserer Gegend weggezogen waren. Sie sah immer noch aus wie damals – perfekt gestylt, stocksteif und durch nichts zu beeindrucken.

Instinktiv stellte ich mich aufrechter hin, als Mrs Cohens Blick auf mich fiel. Doch ob es nun an der Hotdog-Mütze auf meinem Kopf lag oder an der Tatsache, dass ich in Mrs Cohens Augen immer schon eine Bedrohung für Hannahs Erfolg dargestellt hatte und sie mich daher gar nicht allzu sehr kennenlernen wollte – Mrs Cohen ließ sich nicht anmerken, ob sie mich erkannte oder nicht, als sie mich kurz ansah und sich dann schnell abwandte.

»Ich geb dir ein paar Tage, dann kannst du noch mal drüber nachdenken«, knurrte Hannah mir zu. »Überleg dir gut, ob du dieses Hotdog-Kostüm noch einen weiteren Sommer lang tragen willst. Außerdem, was bedeutet Zac dir überhaupt? Er ist doch nur ein Niemand, der keine Rolle spielt. Leute wie du und ich haben den Ansporn, in allem, was wir tun, erfolgreich zu sein. Bist du nicht bereit, alles zu tun, um es zu schaffen?«

Damit wirbelte sie herum und marschiere auf ihre Mutter zu.

»Ehrlich, Hannah«, empörte sich Mrs Cohen, während sie die Tür aufstieß. »Genau solche Sachen sind es, die dich noch deine Position als Klassenbeste kosten werden. Ein erfolgreicher Mensch ist immer pünktlich, zu jeder Zeit.«

***

»Hey, Liebes«, begrüßte Dad mich, als ich nach der Arbeit an diesem Abend in die Küche spaziert kam.

»Hi«, entgegnete ich. Ich blickte von Dad, der immer noch lächelte, weil er vor einem Augenblick noch gelacht hatte, zu Ian, der ebenfalls kicherte, und dann weiter zu Trisha, die mich anstrahlte. Die drei saßen um unseren Küchentisch versammelt – Trisha saß wieder mal auf Moms Platz –, und ganz offensichtlich hatten sie viel Spaß ohne mich.

»Was ist denn so witzig?« Ich zog den Kühlschrank auf, um nach der Flasche Cranberrysaft zu suchen. Ich erwartete schon fast, sie in der Käseschublade zu finden, weil Trisha die Einkäufe so schlampig verstaute. Aber nein, die halb leere Flasche war genau da, wo sie hingehörte, nämlich alphabetisch einsortiert zwischen Apfelsaft und Milch auf dem Getränkeregal.

»Ach, nichts«, meinte Dad. »Trisha hat uns nur von einem ihrer Schüler erzählt. Lange Geschichte.«

Schon kapiert. War also eine Sache zwischen *ihnen*. Mich ging das nichts an. Trisha machte ihre Sache offensichtlich echt gut, es gelang ihr prima, die Männer in diesem Haus um den Finger zu wickeln. Doch bei mir würde sie das nicht schaffen. Ich war mir durchaus bewusst, dass sie versuchte, die Position als Herrin im Haus zu übernehmen. Und dann, wenn alle endlich glücklich und zufrieden waren, zack –

würde sie es meiner Mutter gleichtun und einfach wieder verschwinden.

Netter Versuch, Trisha Montgomery, doch nicht jeder in dieser Familie ist so blind und dumm.

»Und, wie war dein Tag?«, wollte Trisha von mir wissen. Sie stützte sich mit den Ellbogen auf den Tisch und beugte sich ein wenig vor.

»Ganz gut«, grummelte ich und holte mir ein Glas aus dem Schrank. »Hab viele Hotdogs verkauft.«

»Und uns hast du nichts mitgebracht?«, fragte Dad.

Trisha lachte über Dads dämlichen Kommentar, als wäre es das Witzigste, was sie die ganze Woche über gehört hatte. »Ärger sie nicht, Mitch. Avery arbeitet doch nur so hart, damit sie nach Costa Rica kann.« Sie blickte zu mir und ihre Augen waren groß und glänzend. »Darum geht es doch, oder? Nur noch anderthalb Monate, bis es so weit ist. Bist du denn schon aufgeregt?«

»Klar«, erwiderte ich. »Und wie.«

»Ich hätte mir in deinem Alter nicht vorstellen können, so weit von zu Hause weg zu sein.« Trisha stützte ihr Kinn in die Hand. »Meine Eltern hätten mir das niemals erlaubt. Dein Dad ist wirklich cool, dass er dich gehen lässt.«

»Ich weiß nicht, ob ich wirklich so cool bin«, meinte Dad und wurde ein wenig rot. »Ich kann nämlich nicht behaupten, dass ich hundert Prozent hinter der Sache stehe. Ein Teil von mir ist immer noch der Ansicht, dass ich sie am besten festketten und ihr verbieten sollte, diesen Sommer das Haus zu verlassen.«

Ich warf Dad einen genervten Blick zu. »Das hatten wir doch alles längst besprochen. Da sind Leute, die auf uns aufpassen, und wir sind die ganze Zeit mit Erwachsenen zusammen.«

Dad streckte die Hand aus und tätschelte meinen Arm. »Das weiß ich ja, aber ich mache mir eben trotzdem Sorgen. Mir ist es einfach lieber, wenn ich weiß, dass du zu Hause und in Sicherheit bist.«

»Avery ist ein kluges Mädchen«, sagte Trisha. »Sie kommt ganz gut alleine zurecht.«

»Ja, das stimmt.« Dad lächelte mich an. »Ich schätze, ich will einfach nicht wahrhaben, dass sie langsam erwachsen wird. Das ging mir alles ein bisschen zu schnell.«

Ian gab ein würgendes Geräusch von sich. »Sind wir dann fertig mit den Liebesbekundungen für Avery? Dann könnten wir auch mal wieder über *mich* reden.«

Trisha streckte sich zu ihm rüber und kniff ihn in die Wange. »Und worüber würdest du gerne reden? Darüber, wie anbetungswürdig du bist?«

Ian wurde rot. »Na ja, vielleicht kurz. Nicht den ganzen Abend oder so.«

Sie lachten, als wären sie eine typische glückliche Familie. Mom, Dad und Sohn, die um den Esstisch versammelt waren und sich über ihren Tag unterhielten. Ich war hier die Außenseiterin, in meinem eigenen Zuhause, und ich hatte keinen Schimmer, wann und wie es so weit gekommen war. Wann hatte ich in dieser Familie eigentlich den zweiten Platz hinter dieser merkwürdigen Frau eingenommen?

»Oh!«, rief Ian unvermittelt. »Ich wollte euch ja die neuen Fotos zeigen, die ich für das Projekt geschossen habe.«

Mein Bruder sprang auf und rannte in sein Zimmer. Wir hörten, wie er eine Minute lang irgendwelche Sachen hin und her räumte, dann kam er mit einer Kiste voller Fotos zurück.

»Seht euch die an.« Er zog einen Packen heraus und reichte ihn Trisha.

Warum stand Ian bloß so auf diese Frau? Es war echt widerlich, wie er um ihre Anerkennung kämpfte. Er wollte, dass sie ihm den Kopf tätschelte und ihm sagte, was für ein guter Junge er war, und dass sie die Lücke füllte, die Mom hinterlassen hatte.

Ich stand auf. »Ich bring dann mal meine Sachen in mein Zimmer. Ich hab einen ganzen Haufen …«

Meine Stimme versagte. Ich starrte auf die Fotos, die Trisha vor sich hinlegte, während sie sie durchschaute.

»Lass mich das mal sehen.« Meine Finger schlossen sich um ein Bild, das meine Aufmerksamkeit erweckt hatte. Blinzelnd betrachtete ich das Foto in meiner Hand und versuchte das, was ich da sah, zu verstehen. Doch ganz gleich, wie lange ich die beiden Gesichter darauf noch anstierte – ich verstand die eingefangene Szene doch nicht wirklich.

»Avery?«, meinte mein Dad. »Stimmt irgendwas nicht?«

»Wann hast du das gemacht?«, fragte ich Ian und hielt ihm das Foto hin.

Ian kniff die Augen zusammen, verzog das Gesicht und

versuchte sich zu erinnern. »Vor zwei Tagen, glaube ich. Genau, da ist nämlich der Buchladen im Hintergrund. In der Gegend hab ich vorgestern fotografiert. Was stimmt denn nicht damit?«

Ich schüttelte den Kopf. »Ach, nichts. Kann ich das behalten?«

Ian zuckte mit den Schultern. »Meinetwegen. Ist eh keine meiner besten Aufnahmen. Das wollte ich sowieso nicht für die Collage verwenden.«

Das Foto war ein wenig unscharf, daher konnte ich nicht ganz sicher sein, ob das, was ich da sah, tatsächlich das war, was ich dachte. Aber trotzdem war es so gut getroffen, dass ich den Blick nicht mehr davon abwenden konnte.

»Danke«, sagte ich. »Wenn ihr mich braucht, ich bin dann auf meinem Zimmer. Ich fühle mich nicht so gut.«

Dad stand auf und legte mir die Hand an die Stirn. »Alles in Ordnung? Was ist los? Liegt es an dem Foto?«

Ich schüttelte den Kopf und schob seine Hand weg. »Auf dem Foto ist nur eine Freundin aus der Schule zu sehen, daher dachte ich, das würde sie vielleicht gern haben wollen. Das ist alles.«

Dad sah nicht so aus, als würde er mir das abnehmen. Trotzdem nickte er und setzte sich wieder. »Ich seh später mal nach dir.«

»Gute Besserung, Avery«, meinte Trisha.

Ich nickte. »Ja, danke. Gute Nacht.«

Als ich die Tür hinter mir zugeschlossen hatte, legte ich mich aufs Bett und sah mir das Foto noch einmal genau an. Ich konnte immer noch nicht glauben, was ich da sah.

Hannah, wie sie Arm in Arm dahinspazierte mit einem Jungen.

Einem Jungen, der *nicht* Zac war.

Zwanzig

Mr Throckmorton sah mich wieder einmal missbilligend an. Der heutige Tag war offensichtlich ziemlich stressig gewesen für ihn, wenn man danach urteilte, dass ihm das Hemd auf einer Seite aus der Hose hing und sein Haar wild vom Kopf abstand.

»James«, blaffte er, sodass ich schuldbewusst zusammenzuckte. »Ich seh gerade keine Kunden an der Kasse. Für wen bereiten Sie den vor?«

Ich drückte einen Deckel auf den großen doppelten Schoko-Milchshake mit extra Sahne drauf. »Ich erwarte jeden Moment einen Kunden. Den Shake bereite ich schon mal im Voraus zu.« Ich warf Mr Throckmorton einen, wie ich hoffte, möglichst unschuldigen Blick zu, damit er nicht auf die Idee kam, ich könnte irgendwas im Schilde führen. Aber natürlich dachte Mr Throckmorton immer, dass ich irgendwas im Schilde führte.

»Keine kostenlosen Shakes für Freunde«, bläute er mir ein, die Hände fest in die Hüften gestemmt. »Vergessen Sie das nicht. Entweder die bezahlen oder Sie tun das.«

»Der ist schon bezahlt«, erklärte ich ihm in fröhlichem Ton.

Mr Throckmorton beäugte mich noch einen Augenblick lang, dann verschwand er mit einem kurzen Nicken endlich in der Küche.

Ich stieß einen Seufzer aus. Ich musste raus aus diesem Laden. Es war nicht gut für meinen Verstand, wenn ich noch länger im Diggity Dog House arbeitete.

»Du hast angerufen?«, sagte da eine Stimme hinter mir.

Ian lehnte am Tresen und legte seine Kamera auf die blitzsaubere Ablage, die ich gerade erst abgewischt hatte.

»Was willst du?«, fragte er gelangweilt.

»Begrüßt man so seine Schwester, die einen liebt und bewundert und …« In diesem Moment zauberte ich den frisch gemischten Shake hervor und nahm den Deckel ab, um ihm den Inhalt zu präsentieren. »… die dir diesen kostenlosen Milchshake gemixt hat?«

Ian warf mir einen misstrauischen Blick zu, doch dann nahm er den Becher doch entgegen, den ich ihm immer noch hinhielt. »Danke.« Er zog einmal kräftig am Strohhalm, ehe er fragte: »Also, was willst du?«

Ich bedeutete Ian, mir ans andere Ende des Tresens zu folgen, möglichst weit weg von der Küche. Ich konnte nicht weg von meinem Posten, da ich Kassedienst hatte, aber ich musste doch dafür sorgen, dass eine gewisse Person in der Küche nichts von unserem Gespräch mitbekam.

»Siehst du das Mädchen da?«, fragte ich und hielt ihm das Foto hin, das er von Hannah geschossen hatte.

Ian betrachtete das Bild. »Nicht so richtig. Ist ziemlich unscharf.«

Ich seufzte. »Ganz genau. Ich hätte gerne, dass du ein besseres Bild schießt. Und wenn du es schaffst, ein Foto zu machen, wie dieses Mädchen diesen Typen da küsst, dann spendiere ich dir noch mal zwei Shakes.«

»Ich weiß ja noch nicht mal, wie sie in echt aussieht.« Ian drehte das Foto herum, als würde es etwas helfen, wenn er es auf dem Kopf betrachtete. »Woher soll ich denn wissen, dass sie es ist, wenn ich ihr in der Stadt über den Weg laufe?«

»Geh in mein Zimmer und schau in das Jahrbuch aus dem letzten Jahr«, erklärte ich ihm. »Das steht im obersten Fach von meinem Bücherregal. Such nach Hannah Cohen.«

Ian saugte an seinem Shake, bevor er antwortete. »Ach, die ist das. Warum interessiert es dich überhaupt, mit wem sie rummacht?«

Kleine Brüder konnten echt so was von nervig sein. Warum tat er nicht einfach, was ich ihm sagte, statt weiter Fragen zu stellen?

»Geht dich nichts an. Wenn du die Shakes willst, dann tu, worum ich dich gebeten habe.«

»Na gut«, erwiderte Ian. »Aber ich kann dir nicht versprechen, dass ich sie noch mal zufällig in der Stadt sehe. Ich hab ja nicht gezielt nach ihr gesucht.«

»Du hast sie einmal erwischt, dann wirst du es auch noch mal schaffen. Und ich versuch herauszufinden, wo sie sich nach der Schule so aufhält.« Für den Job war Molly wie gemacht.

Die Tür zur Küche ging auf und Elliott schlenderte heraus. Er schwang den Besen in seiner Hand vor und zurück und pfiff dabei vor sich hin. Als er Ian und mich zusammen entdeckte, grinste er.

»Ach, wie süß. Ein Familientreffen?«

»Geh und nerv jemand anderen«, sagte ich zu ihm.

Elliot umrundete den Tresen und schlang Ian den Arm um die Schultern. »Ich sag doch nur Hallo zu meinem kleinen Lieblingsnachbarn.«

Die Art, wie Ian jetzt zu Elliott hochsah, brachte mich fast dazu, ihm den Schokoshake über den Kopf zu kippen. Mein Bruder brauchte echt mal Nachhilfe darin, wie er sich bessere Vorbilder zum Anhimmeln suchte. Was war nur los mit ihm, dass er echt jeden Idioten, der ihm über den Weg lief, gleich als seinen neusten Helden auserkor?

Ich streckte die Hand über den Tresen und befreite meinen Bruder aus den Fängen dieser Schlange. »Hast du nichts zu tun, Elliott?«

Er ließ den Besen herumwirbeln. »Klar, hab noch ein Date mit ein paar Krümeln.«

»Tschüss, Elliott«, rief Ian ihm hinterher.

Ich schnitt ihm eine Grimasse. »Erzähl mir jetzt bitte nicht, dass du auch noch auf sein Geschleime reinfällst?«

Die Spitzen von Ians Ohren liefen knallrot an. »Aber er scheint doch ein echt cooler Typ zu sein.«

»Er ist das größte Arschloch der ganzen Stadt. Halt dich

bloß von ihm fern.« Ich griff nach einem Lappen und wischte abermals über den Tresen, doch ich hielt inne, als mir plötzlich eine Idee kam.

»Oder noch besser«, sagte ich langsam, wobei ich mich über die Theke beugte und meine Stimme senkte, »folge ihm auch. Finde heraus, was er treibt, wenn keiner ihn beobachtet.«

»Warum kümmert es dich denn, was er treibt, wenn du ihn doch so hasst?«, fragte Ian und trank einen Schluck von seinem Shake.

»Wegen meines Seelenfriedens.«

»Wenn ich es tue, dann musst du mir aber vier Milchshakes spendieren.«

»Drei.«

»Abgemacht.«

»Mach ein paar gute Fotos. Bitte keine unscharfen mehr.«

Wenn das alles so hinhaute, dann würde ich gleich zwei Fliegen mit einer Klappe schlagen können.

Einundzwanzig

Als die SMS von Zac kam, war es bereits kurz vor Mitternacht, aber ich lag immer noch wach im Bett.

Bereit für die Mitternachts-Comedy?

Einen kurzen Moment dachte ich darüber nach, ob ich überhaupt antworten sollte. Ich hätte im Bett bleiben sollen, in meinem netten, normalen Leben, in dem die Dinge nicht ganz so kompliziert waren.

Bereit, schrieb ich zurück.

Mein Körper wollte mir aber nicht so recht gehorchen. Mein Kopf sagte Nein, aber meine Beine marschierten quer durchs Zimmer, meine Hände griffen nach den Klamotten, und meine Füße trugen mich nach draußen, wo Zac bereits in der Einfahrt auf mich wartete.

»Du wirst meine Show heute Abend lieben«, sagte Zac. »Ich hab was Neues auf Lager.«

Er redete weiter, aber ich hörte ihm kaum zu. Meine Finger trommelten einen zusammenhangslosen Rhythmus aufs Lenkrad. Und mein Herz raste, als hätte ich viel zu viel Koffein zu mir genommen.

»Hey, alles in Ordnung?«, fragte Zac und tippte mir an den Arm.

Ich fuhr hoch, und mit einem Schlag wurde mir klar, dass ich beinahe eine rote Ampel missachtete hätte. Das Auto kam mit quietschenden Reifen an der ansonsten menschenleeren Kreuzung zum Stehen.

»Was?«

»Du bist wohl einen Augenblick weggedriftet.«

Ich keuchte schwer. Warum nur konnte ich mich nicht von Zac fernhalten? Was hatte mich bloß dazu gebracht, ihn heute Abend zu begleiten?

»Oh, tut mir leid. Ich … ich musste an Costa Rica denken.«

Zac nickte. »Bist du deswegen schon aufgeregt?«

Die Ampel sprang um auf Grün, und ich trat aufs Gaspedal, so heftig, dass die Reifen fast durchdrehten. »Ja, bin ich, und wie. Als Schülerin werde ich wohl nicht allzu viel mit ärztlichen Aufgaben zu tun haben, vermutlich darf ich Sachen holen und zusehen. Aber ich kann's trotzdem kaum erwarten, endlich da zu sein.« Ich seufzte. »Wenn ich das restliche Geld zusammenkriege, das ich dazu brauche.«

Zac lehnte den Kopf gegen den Sitz und sah zu mir rüber. »Ist das teuer?«

»Viertausend Dollar«, sagte ich. »Deswegen arbeite ich ja auch im Diggity Dog House.«

Zac stieß einen leisen Pfiff aus. »Die Welt zu retten, ist wirklich nicht billig.«

»Nein, ist es nicht. Aber mir ist es das wert, wenn es erst mal klappt.«

Zac fuhr mit dem Finger über den Saum des Plastiksitzbezuges. »Und was passiert, wenn du es nicht schaffst? Ruiniert dir das deine ganze Zukunft?«

Ich dachte einen Moment lang über diese Frage nach, ehe ich antwortete. Mom war die Einzige, die uns erklären könnte, warum es besser war, wegzulaufen statt zu bleiben. Vielleicht war Mom ja in Costa Rica und führte das Leben, von dem sie immer geträumt hatte. Vielleicht war sie auch woanders, doch ich hatte nun mal keinen anderen Anhaltspunkt, wo sie zu finden sein könnte, um endlich ein paar Antworten zu bekommen und nach vorne schauen zu können.

»Nein, ich schätze, wenn ich es nicht schaffe, ist schon alles okay. Oder zumindest bleibt es so, wie es immer war.«

»Und das ist wohl nicht ganz so toll?«

Ich zuckte mit den Achseln, unfähig, seinem Blick zu begegnen. »Die letzten vier Jahre war überhaupt nichts toll.«

Lange Zeit schwiegen wir, während wir durch die dunklen Straßen fuhren. Es wirkte fast schon friedlich, wie ich hier so neben Zac in meinem Auto saß und keiner von uns ein Wort sagte. Nur das leise Murmeln des Radios erfüllte die Stille.

»Eltern bekommen das manchmal gar nicht so mit, wie sehr sie ihre Kinder verletzen durch das, was sie tun«, erklärte Zac mir. Er starrte stur geradeaus, während er mit den Fingern über seinen Oberschenkel streifte, vor und zurück, vor und zurück, wobei er die Streifen des Jeansstoffs nachzeichnete. »Sie machen Fehler. Große Fehler.«

»Und manchmal sind diese Fehler auch unverzeihlich.«

»Genau. Manchmal sind sie unverzeihlich.«

Dann sagte ich jene Worte, die ich noch nie zu einem Menschen gesagt hatte, nicht einmal zu Molly. »Manchmal wünsche ich mir, ich könnte sie einfach so vergessen.«

Er drehte sich zu mir, und es kam mir fast so vor, als könnte er direkt in mich hineinsehen.

»Meinst du das wirklich ernst?«

»Manchmal schon, ja. Ich denk nicht gern dran, was sie meinem Dad damit angetan hat oder dass mein Bruder monatelang nur geheult hat. Es wäre besser für uns alle, wenn wir so tun, als hätte es sie nie gegeben. Dass sie nur ein Mythos ist, weißt du? Obwohl manchen von uns mehr daran liegt, sie zu vergessen, als anderen.«

»Was willst du damit sagen?«, hakte er nach.

Ich seufzte und umklammerte das Lenkrad ein wenig fester. »Mein Dad. Er trifft sich mit dieser Frau und es scheint ernst zu sein. Ich verstehe einfach nicht, wie er wieder mit jemandem zusammen sein kann. Als hätte er vergessen, wie sehr meine Mom ihn verletzt hat.«

»Vielleicht ist er ja einsam. Vielleicht erinnert dein Dad sich lieber an die guten Seiten, die die Liebe mit sich gebracht hat, und die will er jetzt noch mal erleben.«

»Aber er muss doch auch an die schlechten Seiten denken. Sonst macht er sich doch wieder anfällig für den Schmerz.«

Zac lächelte mich zaghaft an. »Da hab ich mir ja eine tolle Geschäftspartnerin für eine Partnervermittlung ausgesucht, was?«

Ich musste kurz lachen. »Ich hab ja versucht, dich zu warnen. Warum sollte ein Mensch sich verletzbar machen? Ist doch besser, durchs Leben zu gehen, ohne sich von den ganzen Hormonen bestimmen zu lassen und ihretwegen verrückte Dinge zu tun.«

Zac streckte den Arm aus und drückte meine Hand. »Manchmal besteht eine Beziehung aus mehr als nur Hormonen, weißt du.«

Dort wo Zac mich berührt hatte, fühlte sich meine Haut an, als würde sie brennen.

Die Hormone, rief ich mir ins Gedächtnis. Das lag nur an den Hormonen.

»Manchmal besteht eine tiefe Verbindung zwischen zwei Menschen«, erklärte Zac. »Es ist … Keine Ahnung. Schwer zu erklären. Aber ich weiß, dass mehr dahintersteckt als nur Hormone.«

Der Schein der vorbeihuschenden Straßenlaternen wurde von Zacs dunklen Augen reflektiert, als ich ihm einen Blick zuwarf. Ich sah ihn an, und da er mir so nahe war, hatte ich das Gefühl, mich in seinen Augen zu verlieren, wie es immer so schön in diesen dämlichen Teenie-Magazinen hieß. Ich konnte nicht mehr klar denken, wusste noch nicht mal mehr, wo wir eigentlich waren, als wäre die restliche Welt um uns herum verschwunden. Plötzlich hatte ich nur noch einen Gedanken im Kopf.

Wie wäre es wohl, Zac Greeley zu küssen?

***

Ich konnte mich gar nicht auf Zacs Comedyvorstellung konzentrieren. Meine Knochen fühlten sich an, als würden sie gleich aus meinem Körper herausplatzen. Ich trommelte nervös mit den Fingern auf meinem Knie herum und klopfte immer wieder denselben Rhythmus. Eins, zwei, drei. Eins, zwei, drei. Eins, zwei, drei.

Es dauerte ewig, bis mir klar wurde, dass die Aufmerksamkeit aller im Raum mit einem Mal auf mich gerichtet war. Jeder einzelne Kopf hatte sich mir zugewandt, unzählige glänzende und grinsende Gesichter sahen mich an. Jemand rief mir zu: »Komm schon, rauf da mit dir!« und »Du schaffst das!« Die Leute klatschten, als wollten sie mich anfeuern.

Von der Bühne aus winkte Zac mir zu und bedeutete mir, zu ihm zu kommen. »Komm schon rauf hier, Avery! Sei doch nicht so schüchtern.«

O nein. Das war jetzt nicht sein Ernst. Es war ja okay, auf die Bühne zu gehen und eine Rede zu halten, wenn man diese vorher sorgfältig geplant und durchdacht hatte und genau wusste, was passieren würde, solange man da oben war. Aber einfach so überfallen zu werden, da verstand ich keinen Spaß. Das Jubeln wurde immer lauter, inzwischen sangen alle im Chor: »A-ver-y! A-ver-y!«

»Los, trau dich«, sagte Zac. »Komm her!«

Mein Körper war wie erstarrt. Meine Finger hatten mitten im Trommeln innegehalten und schwebten nun über meinem Knie. Ich konnte nur noch an die Abschlussfeier in der achten Klasse denken, als man mich auf die Bühne gerufen hatte, um mir eine Auszeichnung zu verleihen. Während ich die Stufen hochgestiegen war, war ich gestolpert, auf die Fresse gefallen und dann wieder von der Bühne runtergerutscht. Alle Anwesenden – Schüler, Eltern und Lehrer – hatten über mein Missgeschick gelacht. Wann immer ich Elliott diesen Sommer bei uns in der Straße über den Weg gelaufen war, hatte er mich damit aufgezogen, indem er mich fragte, ob ich in letzter Zeit »über irgendwas Interessantes gestolpert« wäre.

»Das wird lustig.« Zac grinste mich übers Mikrofon hinweg an. »Komm rauf, Avery.«

Endlich erwachte mein Körper aus seiner Starre und ich konnte mich wieder rühren. Doch ich ging nicht zur Bühne. Ich sprang von dem Sitzsack hoch und schlängelte mich zwischen den vielen Tischen und Leuten hindurch in Richtung Ausgang.

Ich stürmte aus dem Diner und sog die warme Nachtluft ein, als wäre ich kurz davor, zu ersticken. Mein Kopf drehte sich, sodass mir schlecht wurde und ich mich vornüberbeugen musste, wobei ich mich mit einer Hand an der Ziegelmauer abstützte. Dann strömten heiße Tränen aus mir heraus, ein ganzer Fluss lief mir die Wangen hinab.

So fand er mich, immer noch nach vorne gebeugt und schluchzend. Ohne ein Wort zog er mich an sich, schlang seine Arme um meinen Körper und hielt mich ganz fest. Ich vergrub mein Gesicht an seiner Schulter. Dabei war ich mir noch nicht mal sicher, warum ich überhaupt heulte, aber mir kamen Millionen von Gründen gleichzeitig in den

Kopf. Wegen dieser Erinnerung an die achte Klasse. Weil ich Zac küssen wollte. Weil Molly in Elliott verliebt war. Weil Elliott und Hannah mich zu einem Wrack gemacht hatten. Weil Dad sich mit Trisha traf und Ian sie tatsächlich mochte.

Oder weil Mom inzwischen eine Fremde war und ich nicht wusste, ob sie überhaupt jemals an uns dachte.

Ich merkte erst, dass Zac etwas sagte, als er mir mit der Hand über den Hinterkopf strich und ich einen Schluchzer unterdrückte.

»Tut mir leid«, flüsterte er mir ins Ohr, wobei sein Atem über meine Haut strich und sie kitzelte. »Entschuldige, entschuldige, entschuldige.«

Ich hob den Kopf und sah ihn an. Er erwiderte meinen Blick mit einem sanften Gesichtsausdruck. Er streichelte mir mit dem Daumen über die Wange und wischte die Tränen fort. Daraufhin schloss ich die Augen und überließ mich den sanften Berührungen seiner Hand.

»Ich wollte dich doch nicht so aus der Fassung bringen.« Sein Atem fühlte sich heiß auf meiner Wange an.

Als ich die Augen wieder aufschlug, sah ich, dass er mir ganz nah war, seine Nase nur noch wenige Zentimeter von meinem Gesicht entfernt. Wenn ich mich jetzt auch nur ein klein wenig vorgebeugt hätte, hätten meine Lippen die seinen berührt.

Ich zog mich zurück, um ein wenig Abstand zwischen uns zu bringen. Sofort vermisste mein Körper die Wärme, die von ihm ausging, sodass ich den Drang verspürte, mich wieder in seine Umarmung zu schmiegen. Doch stattdessen kämpfte ich dagegen an und wischte mir die Tränen ab.

»Schon gut.« Meine Stimme klang viel tiefer und irgendwie kratziger nach der Heulattacke.

»Ich wusste ja nicht, dass du solches Lampenfieber hast«, meinte Zac. »Ich hätte dich doch nie da hochgebeten, wenn ich das gewusst hätte.«

Ich schüttelte den Kopf, doch es würde schwer werden, Zac zu erklären, warum ich so reagiert hatte. Daher wechselte ich schnell das Thema. »Tut mir leid, dass ich dir dein Hemd voll gerotzt habe.«

Zac zuckte mit den Schultern. »Ein bisschen Rotz hat noch keinem geschadet.«

»Und es tut mir leid, dass ich dir die Show verpatzt hab.«

»Du hast nichts verpatzt. Bestimmt reden die Leute jetzt sogar noch mehr über mich. Der Typ mit der Freundin, die ausgeflippt ist. Jede Art von Publicity ist gut.«

Ich zuckte zusammen. Ich war bitte *nicht* einfach so ausgeflippt, nicht vor den ganzen Leuten. Solche Reaktionen konnte man sich nur hinter verschlossenen Türen erlauben, wo niemand was mitbekam. Ich schämte mich, dass Zac mich so gesehen hatte, dass ich geheult und mich wie eine Irre aufgeführt hatte.

»Vielleicht sollte ich jetzt besser nach Hause fahren«, meinte ich und tat einen Schritt nach hinten in Richtung meines Wagens, meine Zuflucht.

»Du willst mich einfach so hier sitzen lassen?«, fragte Zac

und erinnerte mich daran, dass er ja mit mir hier war und keine andere Möglichkeit hatte, nach Hause zu kommen. »Auf keinen Fall. Wir müssen doch noch einen Slushie zusammen trinken, bevor wir heimgehen.«

»Ich bin nicht in der Stimmung für einen Slushie.«

»Nicht in der Stimmung für einen Slushie? Das geht nicht. Ein Slushie ist nie verkehrt. Hinterher wirst du dich gleich besser fühlen, versprochen.«

Er verschränkte die Hände ineinander und flehte mich an, einen Slushie mit ihm trinken zu gehen. Dabei sah er mich mit seinen großen braunen Augen ganz mitleiderregend an, und die Unterlippe hatte er schmollend vorgeschoben.

Ich verdrehte die Augen. »Na gut. Aber danach fahren wir nach Hause und gehen ins Bett wie ganz normale Menschen.« Als mir klar wurde, was ich da gesagt hatte, fügte ich rasch noch hinzu: »In getrennte Häuser und getrennte Betten, versteht sich.«

»Du redest ja ganz schön viel davon, was ›normale‹ Menschen in der Regel so tun«, sagte Zac, als wir im Wagen saßen und auf dem Weg zur Tankstelle waren.

»Was ist denn falsch daran, normal sein zu wollen?«, fragte ich.

»Was ist denn normal?«, fragte er herausfordernd zurück.

Ich zuckte die Schultern. »Na ja, du weißt schon, wenn man gute Noten kriegt in der Schule und nachts ausreichend schläft. Familienessen, wo jeder von seinem Tag erzählt, bevor man sich anschließend gemeinsam vor die Glotze setzt.«

»Das ist also dein Verständnis von normal. Aber das hier …« Er deutete mit einer Geste auf die Welt der Neonlichter draußen vor dem Fenster. »Das ist meine Normalität. Slushies um ein Uhr nachts. Die Mitternachts-Comedy. Freunde finden, wo auch immer ich hingehe, und Leute kennenlernen, die nicht nach den üblichen Regeln leben.« Er trommelte einen raschen, sich ständig verändernden Beat auf das Armaturenbrett. »Was ist eigentlich so toll an dem, was du als normal empfindest?«

»Es ist …« Ich suchte nach den richtigen Worten. »Vorhersehbar. Ganz einfach.«

»Aber man hat nicht gerade viel Spaß dabei, oder?«

»Ist das alles, was dich interessiert, dass du Spaß hast?«

Die Worte waren heraus, ehe ich es verhindern konnte, ehe mir bewusst wurde, wie sehr ich nach Hannah klang. Ein kurzer Blick zum Beifahrersitz genügte, um zu wissen, dass ich seine Gefühle verletzt hatte. »Ich interessiere mich für viele Dinge«, meinte er leise.

Ich biss die Zähne zusammen und kämpfte gegen die Scham an, die jetzt über mich schwappte. »Tut mir leid.«

Auf dem restlichen Weg zur Tanke schwiegen wir. Ich stellte das Radio lauter, damit Hallow Flux die Stille um uns herum füllte.

Als wir ein paar Minuten später die hell erleuchtete Tankstelle betraten, musste ich erst mal blinzeln. Ich brauchte einen Moment, ehe meine Augen sich an das grelle Licht gewöhnt hatten. Der Typ vom letzten Mal, Jake, war wieder an der Kasse, er hatte sich auf den Tresen gelümmelt und döste wieder mal vor sich hin. Als er uns bemerkte, öffnete er nur kurz die Augen.

»Hey, Mann«, sagte er und hielt Zac die Hand zum Gruß hin. Sie vollführten irgendein kompliziertes Begrüßungsritual, mit Handbewegungen, die so schnell gingen, dass ich nicht mitkam.

»Eine Runde Slushies«, meinte Zac, und Jake nickte, wobei er uns in den hinteren Teil des Raums scheuchte.

»War das irgendein geheimes Begrüßungsritual?«, fragte ich, während ich Zac zu den Automaten folgte. »Seid ihr zwei in einer Gang oder so?«

Zac musste lachen. »Nein, da sind wir letztes Jahr draufgekommen. Das ist so unser Zeichen. Unten abklatschen, Hand geben, Fäuste aneinander, Hand geben, mit den Fingern flattern.« Er zuckte mit den Schultern. »Eigentlich voll bescheuert, schätze ich. Nichts, was *normale* Menschen machen würden.«

Das war wohl ein Seitenhieb auf mich, dennoch lächelte ich, weil ich nicht wollte, dass er sah, wie mich das wurmte. »Das ist nicht bescheuert. Ich hatte noch nie so ein Geheimzeichen mit jemandem.«

Zac schüttelte den Kopf, während er zwei Pappbecher vom Stapel nahm. »Irgendwie überrascht mich das nicht.«

Er bereitete die Slushies zu, bis er die richtige Mischung getroffen hatte, dann marschierte er wieder nach vorne zur Kasse, wo Jake jetzt leise schnarchte.

Zac hielt einen Finger an die Lippen, um mir zu signalisieren, dass ich still sein sollte. Leise zählte er das Geld für die Getränke ab und legte es auf den Tresen, direkt neben Jakes Ellbogen. Dann schlichen wir uns auf Zehenspitzen aus dem Laden und gingen zurück zum Auto.

»Schläft der eigentlich immer während der Arbeit?«, fragte ich, als wir uns auf den Plastiksitzbezügen niederließen. »Wenn ich mir das erlauben würde, hätte Mr Throckmorton mich schon längst gefeuert.«

»Ich kann schon verstehen, dass er schläft«, meinte Zac. »Er ist ein beschäftigter Typ. Und er muss sich ja schließlich auch mal ausruhen.«

Ich verdrehte die Augen. »Ja, klar, er sieht da drinnen wirklich total beschäftigt aus.« Ich sah, dass Jake immer noch friedlich neben der Kasse vor sich hin schlummerte.

Zac hob angesichts meines aggressiven Tons eine Augenbraue und sagte: »Er will Rettungssanitäter werden und geht deshalb nachmittags zur Schule, am Abend arbeitet er dann im Lucky Burrito und danach übernimmt er noch die Nachtschicht an der Tankstelle. Er muss die Kosten für die Schule ganz allein tragen.«

Ich warf noch einmal einen Blick auf den schmuddeligen Typen im Laden und schämte mich dafür, dass ich ihn für einen Loser gehalten hatte, der einen Scheißjob in einer Tankstelle hatte und die ganze Zeit schlief, statt zu arbeiten. »Das wusste ich nicht.«

Zac tippte sich ans linke Ohr. »Weil man erst mal zuhören muss, um etwas über die Leute zu erfahren. Das Äußere allein verrät einem nur einen winzigen Teil seiner Geschichte.«

Ich schluckte etwas Kirsch-Limetten-Trauben-Slushie hinunter. »Und was hast du durch das Zuhören über mich erfahren?«

Zac legte den Kopf schief und betrachtete mich. »Dass du mich für den witzigsten Comedian hältst, den du je kennengelernt hast.«

Ich lachte. »Das hättest du wohl gern.«

»Und dass du den Leuten gegenüber, die dir etwas bedeuten, loyal bist.«

»Ist das nicht normal?«

»Außerdem«, fuhr er in sanfterem Tonfall fort, »versuchst du dich vor der Welt zu verstecken, auch wenn ich noch nicht rausfinden konnte, warum das so ist.«

Ein Schauder rieselte über meinen Rücken, sodass mir sämtliche Haare an den Armen zu Berge standen. »Ich verstecke mich nicht.« Doch selbst in meinen Ohren klang das nicht wirklich überzeugend.

Ich versteckte mich aber wirklich nicht. Ich war hier, für jeden sichtbar, wie ich mit Zac Greeley auf dem dunklen Parkplatz der Tankstelle in meinem Auto saß und Slushies trank. Dabei war mein Wagen bisher immer slushiefreie Zone gewesen, ehe er in mein Leben getreten war. Wenn ich mich wirklich verstecken würde, dann wäre ich jetzt in meinem Zimmer im Bett und würde tief und fest schlafen, wie immer um ein Uhr nachts an einem Samstag.

»Warum sollte ich mich denn verstecken?«, fragte ich, wobei meine Finger nervös den Becher zusammenpressten, und zwar so gefährlich fest, dass ich die lila-schwarze Flüssigkeit um ein Haar verschüttet hätte.

Zac zuckte die Achseln. »Ich hab darauf keine Antworten, ich höre nur zu.«

»Wenn sich hier einer versteckt, dann bist das doch wohl du«, sagte ich jetzt. Während ich sprach, schraubte meine Stimme sich immer weiter in die Höhe. Ich merkte, dass ich gleich wieder ausflippen würde, wenn ich nicht sofort Dampf abließ und mich wieder in den Griff bekam.

Doch ich konnte die Worte, die nun aus mir heraussprudelten, nicht aufhalten, so als hätte Zac einen Damm in mir gebrochen. »Du bist doch derjenige, der seinem Dad nichts davon erzählt hat, was er wirklich aus seinem Leben machen will. Du schleichst dich heimlich aus dem Haus und trittst mitten in der Nacht bei Comedyshows auf, vor einem Haufen Wildfremder, und dann gehst du wieder heim und tust so, als wärst du zufrieden damit, jeden Abend Schlüssel zu machen. Du sitzt hier mit mir zusammen, während deine Freundin wer weiß was treibt, und du willst mir was von Beziehungen erzählen? Ich verstecke mich nicht. Ich bin nämlich genau *hier!* Ich bin nicht diejenige, die wegläuft!« Ich schlug mit der Hand aufs Lenkrad, sodass ein lautes Hupen ertönte. Jake fuhr aus dem Schlaf hoch und wäre fast in das Regal mit den Zeitschriften hinter ihm gekippt.

Ein paar Minuten lang zitterte ich unkontrolliert, während sich das Schweigen um uns herum breitmachte. Irgendwo in der Ferne bellte ein Hund, den vermutlich ebenfalls das Hupen aus dem Schlaf gerissen hatte.

Was hatte ich nur getan? Ich spürte, wie es Zac mit jeder Sekunde, die verstrich, unbehaglicher zumute wurde. Langsam wurden wir uns beide der Tragweite meiner Worte bewusst. Jetzt wusste er alles. Jetzt konnte er sehen, dass ich, Avery James, der totale Freak war. Die Rolle, die ich in der Schule so perfekt gespielt hatte, um einen guten Eindruck zu hinterlassen, all die Mühe würde nun umsonst gewesen sein. Er würde Hannah erzählen, was für ein Psycho ich war, und dann würde sie mit Sicherheit wissen, dass sie im kommenden Jahr Klassenbeste werden und als Abschlussrednerin auftreten würde. Von der perfekten Fassade, die ich der Welt präsentiert hatte, bröckelte nun der Putz ab, und allmählich zeigte sich die Wahrheit – nämlich dass ich dem Druck nicht länger standhalten konnte. Wenn es mal Schwierigkeiten gab, dann rannte man in meiner Familie einfach davon.

Ich beugte mich vornüber und legte die Stirn aufs Lenkrad. Dabei presste ich die Augen ganz fest zu und wünschte mir, ich könnte diesen ganzen Tag ungeschehen machen.

»Alles in Ordnung?«, erkundigte sich Zac.

»Verschwinde.«

»Wie bitte?«

Ich holte stockend Luft und mühte mich ab, die Panik niederzuringen, die in mir hochstieg. »Ver-schwin-de. Nur eine Minute. Ich brauche einen Moment für mich.«

Einen Augenblick sagte er nichts. Dann fragte er: »Warum hast du solche Angst davor, dass die Menschen dich so sehen könnten?«

Warum stieg er jetzt nicht einfach aus und ließ mich in Ruhe, damit ich ungestört ausrasten konnte? Reichte ihm denn ein Zusammenbruch in der Öffentlichkeit noch nicht?

»Ich geh nicht weg, Avery. Aber es tut mir leid, dass ich dich auf die Bühne locken wollte.«

Ich wandte ihm den Kopf zu und sah ihn an. »Was?«

»Im Diner«, erklärte er. »Ich dachte, es würde dir helfen, wenn du mal auf der Bühne stehst, damit du … Keine Ahnung, damit du dich nicht länger versteckst. Vielleicht um dir klarzumachen, dass nicht jeder Augenblick des Lebens im Voraus durchgeplant sein muss. Manchmal ist es ganz gut, alles einfach so auf sich zukommen zu lassen. Sich einfach treiben zu lassen.«

Ich stellte meinen Becher in der Getränkehalterung ab und ließ den Motor an. Dann setzte ich zurück auf die Straße und fuhr ein ganzes Stück, ohne ein Wort zu sagen.

»Und was, wenn jeder über mich lacht, wenn ich auf der Bühne stehe?«, fragte ich, nachdem wir uns von der Tankstelle entfernt hatten.

»Das ist doch eine Comedyshow. Da ist es gut, wenn man das Publikum zum Lachen bringt.«

Ich schüttelte den Kopf. »Nein, ich meine, was, wenn ich auf der Bühne stehe und es vermassle? Was, wenn die Leute nicht über meine Witze lachen, sondern über *mich?* Was, wenn ich denen nicht gut genug bin? Was dann?«

Zac gähnte und zuckte mit den Schultern. »Dann gehst du eben ein anderes Mal wieder da hoch und versuchst es erneut. Keiner erwartet, dass du perfekt bist.«

»Hannah ist perfekt«, sagte ich.

»Hannah möchte dich nur gern *glauben* lassen, dass sie perfekt ist. Glaub mir, in Wirklichkeit ist sie genauso verkorkst wie du und ich.«

Als wir bei mir zu Hause ankamen, hielt ich in der Einfahrt an. Zacs Wagen stand am Straßenrand, doch keiner von uns beiden machte Anstalten auszusteigen. Ich stellte den Motor ab und griff nach dem Becher. Dann starrte ich in das langsam dahinschmelzende Getränk. »Kein Mensch ist so verkorkst wie ich, unmöglich.«

»Jeder ist irgendwie verkorkst. Das Witzige ist nur, dass keiner will, dass die anderen das wissen, deswegen tun wir alles, um es zu verbergen.« Er gähnte wieder und lehnte seinen Kopf gegen den Sitz.

Ich musste an all die Menschen denken, die ich kannte, und auf was für unterschiedliche Arten sie verkorkst waren. Mein Dad war der Ansicht, Ratgeberbücher würden ihm helfen, das klaffende Loch in seinem Herzen zu flicken. Ian wünschte sich sehnsüchtig eine Mutter, die die Lücke in seinem Leben füllte, die er ansonsten mit Süßigkeiten und Junkfood zu stopfen versuchte. Molly hackte sich regelmäßig in das E-Mail-Konto ihrer Mutter ein, um Nachrichten von ihrem Vater zu löschen, damit sich die beiden nicht erneut um sie oder die Scheidungsbedingungen streiten konnten.

Vielleicht hatte Zac tatsächlich recht. Vielleicht versteckten wir uns alle nur vor uns selbst und vor den anderen.

»Ich bin mir gar nicht mehr sicher, ob ich wirklich nach

Costa Rica gehen soll«, murmelte ich dann vor mich hin. »Was, wenn ich da ankomme und dann finde ich zufällig meine Mom und … nichts hat sich verändert? Was, wenn ich ihr dann immer noch nicht gut genug bin, um sie dazu zu bringen, zurückzukommen?«

Als er nicht antwortete, sah ich zu ihm rüber und stellte fest, dass er schlief. Zac Greeley, der Junge, der niemals still hielt, war endlich mal ruhig. Seine Augen waren geschlossen, die dunklen Wimpern berührten das Obere seiner Wangen. Sein Mund war leicht geöffnet und sein Atem ging langsam und gleichmäßig.

Ich streckte die Hand aus, um ihm den Slushie abzunehmen, den er immer noch festhielt. Dann stellte ich ihn in den Getränkehalter, damit er nichts verschüttete. Ich öffnete die Fenster einen Spaltbreit, damit wenigstens ein bisschen Luft hereinkam, ehe ich aus dem Wagen ausstieg und die Tür so leise wie möglich hinter mir schloss, damit er nicht aufwachte.

Zweiundzwanzig

Am nächsten Morgen war Zac verschwunden. Keine Ahnung, wie lange er geschlafen hatte. Sobald ich im Haus gewesen war, war ich erschöpft ins Bett gefallen und hatte bis zehn Uhr morgens geschlafen, was für meine Verhältnisse schon recht lang war.

Dad war bester Laune, als ich in die Küche kam, und summte vor sich hin, während er das Geschirr vom Frühstück abspülte.

»Guten Morgen, meine Kleine«, begrüßte er mich. Er gab mir einen Kuss auf die Wange, wirbelte herum und tanzte und summte weiter, während er das Geschirr wusch.

Mein Vater tanzte?

Er tanzte doch sonst nie. Oder zumindest konnte ich mich nicht daran erinnern, ihn je tanzen gesehen zu haben.

»Was ist denn mit dir los?«, fragte ich, während ich wie üblich das Müsli aus dem Schrank holte.

»Ach, nichts. Darf man denn nicht mal ohne Grund guter Laune sein an einem sonnigen Sonntagmorgen?«

Ich machte mir eine Schüssel Müsli, behielt ihn aber weiter ihm Auge, während ich aß. Ich hätte echt nur zu gern gewusst, was geschehen war, dass da jetzt so ein Psycho anstelle meines echten Dads durch unsere Küche tanzte.

»Du arbeitest doch heute nicht, oder?«, fragte er mich.

»Nein, ich hab frei. Aber ich geh später kurz zu Zac, wir wollen noch an unserem Projekt arbeiten.«

Bis zum Ende des Schuljahres waren es nur noch drei Wochen. Da die letzte Woche für Prüfungen reserviert war und in der vorletzten Woche jedes Team sein Projekt vor der Klasse vorstellen musste, hatten wir im Grunde nur noch eine Woche, um es zum Abschluss zu bringen. Die meiste Arbeit hatten wir bereits erledigt: Wir hatten unsere Geschäftsnotizen zu Papier gebracht und eine detaillierte Aufstellung zu den Kosten, den voraussichtlichen Einnahmen und zu unseren Marketingplänen erarbeitet. Im Laufe der vergangenen Woche hatten wir an diverse Schüler an unserer Schule willkürlich Fragebögen verteilt, um die Website zu testen. Delia hatte sie bereits fertig kreiert und sich mit Molly kurzgeschlossen.

Jetzt mussten wir nur noch die letzten Feinheiten erledigen und uns die funktionierende Seite ansehen, die Molly uns heute Nachmittag bei Zac zu Hause präsentieren wollte.

Bei dem Gedanken daran, dass ich ihn heute Nachmittag treffen würde, nach allem, was vergangene Nacht passiert war, wurde mir ganz flau im Magen. Was er jetzt wohl von mir dachte?

»Gut«, meinte mein Dad. Er hopste durchs Zimmer und

räumte das Geschirr weg. »Aber sei bitte um sechs zum Abendessen zu Hause.«

Ich kniff die Augen zusammen. »Warum? Gibt's was Besonderes?«

Dad lächelte mich nur an. »Essen. Gespräche. Eben ein ganz normales Abendessen.«

Sofort spielte mein Kopf mehrere Möglichkeiten durch. Er benahm sich wie ein kleines Kind, das ein hammermäßiges Geheimnis hatte, das es aber nicht verraten wollte. Was auch immer Dad da für ein As im Ärmel hatte, ich war mir sicher, dass es mir nicht gefallen würde.

***

»Also«, begann Molly, während sie den Startknopf ihres Laptops drückte, den sie auf dem Tisch bei Zac im Wohnzimmer aufgebaut hatte, »ich habe erst mal die vorläufige Datenbank erstellt. Die könnt ihr vor der Klasse schon mal präsentieren, damit die Leute eine Vorstellung davon bekommen, wie das Ganze funktionieren wird. Ich habe noch ein paar mehr Features geplant, aber an denen muss ich den Sommer über noch weiterarbeiten. Auch wenn das alles jetzt noch recht simpel ist, wird es schon reichen, damit ihr eine Eins bekommt.« Sie grinste, offensichtlich stolz auf sich selbst.

»Ich hoffe es«, meinte Zac. »Ich könnte eine gute Note gebrauchen. Nicht jeder von uns ist Anwärter auf die Position als Klassenbeste.« Er zwinkerte mir zu.

Mein Herz vollführte irgendeinen seltsam flatternden

Tanz. Was war nur heute mit mir los? Seit ich vor ein paar Minuten bei Zac zu Hause angekommen war, hatte ich den Blick nicht mehr von ihm abwenden können. Es gefiel mir, wie ihm das dunkle Haar ins Gesicht und vor die Augen fiel, selbst wenn er versuchte, es sich aus der Stirn zu wischen. Ich mochte seine rosigen Lippen, die einen schönen Kontrast zu seinem natürlich gebräunten Teint bildeten.

Hör auf, Zac anzustarren!, ermahnte ich mich selbst.

Molly tippte eine Adresse in den Browser und rief die Seite auf, die Delia entworfen hatte. Das Logo für unsere »A bis Z Paardienste« zeigte einen Cartoon-Amor, der einen Pfeil zwischen unsere Initialen abschoss.

»Ich hab die Daten bereits eingegeben, die ich von euch bekommen habe«, erklärte Molly. »Wir können also einfach irgendjemanden auswählen – lasst uns zum Beispiel dich nehmen, Zac –, und dann gucken wir mal, wen der Computer für dich ausspuckt.«

Molly tippte Zacs Namen ein, um sein Profil aufzurufen, dann klickte sie auf den blinkenden »Partner suchen«-Schriftzug, den sie auf der Seite eingebaut hatte. Einen Augenblick später wurde eine Reihe von Namen angezeigt.

»Rita Haysworth?«, fragte Zac erstaunt. »Wer ist das denn?«

»Eine aus der Neunten«, meinte ich.

Molly musste lachen, als sie die anderen Namen vorlas. »Du passt mit Pamela Hopkins zusammen!«

Pamela Hopkins war eine aus unserer Jahrgangsstufe und trug den Spitznamen Goliath. Sie spielte im Basketballteam, war fast zwei Meter groß und ziemlich muskulös. Sie hätte Zac jederzeit mit links zerquetscht.

»Pamela ist doch ein nettes Mädchen«, meinte Zac, auch wenn er nicht allzu begeistert über diese Paarung zu sein schien.

»Ihr müsst bedenken, dass wir im Moment nur etwa zwanzig Profile in der Datenbank haben«, sagte Molly. »Die Suche hätte also wahrscheinlich viel mehr Treffer ergeben, wenn wir mehr Profile hätten.«

Zac nickte und meinte dann: »Jetzt probier es mal bei Avery.«

»Nein«, protestierte ich. »Ich hab keine Lust auf diesen Partnervermittlungsmist.«

Zac fasste hinten um Molly herum und stupste mich an der Schulter an. »Hast du Angst, dass du mit irgendeinem widerlichen Typen zusammengeschmissen wirst?«

Ich ignorierte das Prickeln an meinem Arm, das Zacs Berührung hinterlassen hatte. »Nein, ich glaub einfach nicht an diesen Quatsch, schon vergessen?«

»Dann kann es dir ja auch egal sein, wen der Computer ausspuckt«, konterte er. »Ist doch nur ein dummes Spiel. Also los, Molly.«

Molly tippte meinen Namen ein, klickte auf den Paarungsbutton und – nichts passierte.

Es erschienen nur die folgenden Worte: *Keine passenden Partner gefunden*. In großen schwarzen Buchstaben.

Na toll. Selbst der Computer wusste, dass ich ein hoffnungsloser Fall war.

Eine Weile hing verblüfftes Schweigen im Raum. Dann räusperte Molly sich. »Nun, wie ich schon sagte, wir haben im Moment nur zwanzig Profile im System. Wenn wir erst mal mehr haben …«

Ich blendete Mollys Ausreden aus und lehnte mich zurück. Da hatte ich also den Beweis direkt vor mir, dass der Computer nicht einfach so den perfekten Partner finden konnte, zumindest nicht für mich. Ich hatte es ja eh die ganze Zeit gewusst und es zu meinem täglichen Mantra gemacht.

Aber warum tat die Bestätigung jetzt so unglaublich weh?

Molly blieb noch ein Weilchen und erzählte uns von ihren weiteren Plänen für die Seite und wie sich das finanzieren ließ. Bei all ihren Ideen wäre sie den ganzen Sommer über beschäftigt, und sogar noch bis ins kommende Schuljahr hinein.

Ich saß zusammengesunken auf dem Sofa der Greeleys und hörte kaum hin, während die beiden sich unterhielten. Wie konnten sie auch nur ansatzweise glauben, dass das Ganze irgendwie zuverlässig funktionierte? War doch nur ein dummes Computerprogramm, eine Reihe von Codes, die willkürlich Namen ausspuckten aufgrund von Dingen, die letzten Endes eh keine Rolle spielten. Weil Menschen eben nicht vorhersehbar waren, und weil man Liebe nicht erzwingen konnte, indem man einfach zwei Namen aus einem Hut zog und ein Paar aus ihnen machte. Das gesamte Projekt war doch zum Scheitern verurteilt.

So würde ich wenigstens nicht für Zac tanzen müssen. Wenn er unsere Wette verlor, weil wir eine schlechte Note für das Projekt bekamen, würde ich ihm immerhin nichts schulden. Wir konnten wieder zurückkehren in unsere getrennten Leben, und ich konnte an den Samstagabenden wieder seelenruhig im Bett liegen und schlafen, statt mich von ihm durch die halbe Stadt schleifen zu lassen.

»Und das war's im Grunde«, sagte Molly gerade, während sie ihren Laptop verstaute. »Wenn ihr noch Fragen oder Vorschläge habt, dann schickt mir eine E-Mail, ich setze das dann mit auf meine Liste.«

Zac stand da und grinste sie an. »Vielen Dank, Molly. Das wird das beste Projekt der ganzen Klasse sein.«

Molly schnaubte. »Sei dir da mal nicht so sicher. Ich hab ja schließlich mein eigenes Projekt, schon vergessen? Und das ist schon ziemlich cool, muss ich sagen.«

Als Molly gegangen war, waren Zac und ich wieder mal allein. Seine Familie würde den ganzen Tag unterwegs sein, im Haus war es ruhig. Er hatte ein paar Schüsseln mit Chips und ein paar Getränkedosen hingestellt, aber ich war viel zu abgelenkt gewesen, um das Zeug auch nur anzurühren. Molly hingegen hatte keinerlei Skrupel gezeigt und sich reichlich von den Chips bedient, wobei sie den ganzen Wohnzimmertisch vollgekrümelt hatte.

Ich konnte dem Drang nicht widerstehen, ihn sauber zu machen, und so schnappte ich mir eine Serviette, um die Brösel aufzuwischen.

»Das ist doch nicht nötig«, sagte Zac und streckte sich, um meine Hand zurückzuziehen.

Ich sah auf seine Finger, die mich berührten. Ein sonderbares Kribbeln kroch über meinen Arm, ausgelöst durch seine Berührung. Ich hatte noch nie etwas Derartiges empfunden – so ein schwindelerregendes Gefühl, das es mir unmöglich machte, irgendwas zu erwidern. Ich konnte nur noch an Zacs Finger auf meiner Hand denken. Im Stillen sagte ich wie so oft die Knochen der Hand auf, um mich wieder in den Griff zu kriegen.

Doch auch das monotone Wiederholen der Worte konnte die kreisenden Gedanken in meinem Kopf nicht einfangen.

»Geht's dir gut?«, fragte Zac. »Du bist heute so ruhig.«

Ich musste unbedingt an etwas denken, das mich davon ablenkte, wie nahe Zac mir war. »Was, wenn Mr Freeman unser Projekt nicht gefällt?«, platzte es aus mir heraus.

»Das bezweifle ich. Er hatte ja bisher auch nichts dagegen. Er hat doch gesagt, es sei einzigartig und interessant.«

»Aber was, wenn er feststellt, dass das mit der Partnervermittlung gar nicht funktioniert? Was, wenn jeder in der Klasse verlangt, dass wir einen Partner für ihn oder sie finden und es uns nicht gelingt? Du hast doch gesehen, dass der Computer für mich keine passenden Vorschläge hatte. Was, wenn das bei den anderen auch so ist?«

»Ich dachte, du glaubst eh nicht an den Quatsch.«

Ich holte tief Luft. Es fiel mir unheimlich schwer, einen klaren Gedanken zu fassen, solange Zac immer noch meine Hand berührte. Er machte auch keinerlei Anstalten, die seine endlich zurückzuziehen. »Tu ich auch nicht. Ich … ich brauch nur dringend eine Eins für dieses Projekt. Ich darf das nicht vermasseln.«

»Warum?«, fragte Zac herausfordernd.

»Weil das bedeuten würde, dass ich nicht gut genug war. Weil dann jeder wissen wird, dass ich gar nicht so perfekt bin, wie alle glauben.«

Zac hob die freie Hand, berührte mich an der Wange und strich ganz leicht über meine Haut. »Du *bist* perfekt, Avery. So wie du bist, mit sämtlichen Fehlern und allem Drum und Dran.«

Ich senkte den Blick, unfähig, ihm in die Augen zu sehen. »Ich bin alles andere als perfekt.«

Seine Finger glitten über mein Kinn. »Tu das nicht«, sagte er.

»Was denn?«

»Dich selbst schlecht machen, wenn ein anderer dir ein Kompliment macht«, meinte Zac. »Weißt du noch, was du im Laden meines Dads zu mir gesagt hast? Dass du gern weniger miesepetrig wärst? Der einzige Mensch, der dir die Laune vermiesen kann, bist du selbst, und du wirst nie glücklich sein, wenn du ständig irgendwelchen Sachen ausweichst, weil du Angst hast, zu versagen.«

Ich zwang mich, ihn anzusehen. Mit großen Augen erwiderte er meinen Blick. In diesem Moment wurde mir klar, dass er mich sah, *mich,* dass er alles ganz deutlich wahrnahm, was ich stets zu verstecken versucht hatte. Und ich erkannte, dass Zac hinter seiner ach so witzigen und aufgedrehten Fassade genauso große Angst hatte wie ich, nicht gut genug zu sein.

Seine Finger streiften über meine Wange, bewegten sich

auf die Lippen zu und hinterließen ein Kribbeln, als würde Strom durch mich hindurchfließen. Ich gab mir alle Mühe, gleichmäßig zu atmen, doch meine Lunge und mein Herz legten beide einen Zahn zu.

Mein Körper schien auf einmal völlig eigenständig zu handeln. Denn auf gar keinen Fall hatte ich ihm befohlen, sich vorzubeugen und den Abstand zwischen uns noch weiter zu verringern. Ich hatte meinen Augen nicht aufgetragen, sich zu schließen, und meinen Lippen hatte ich auch nicht befohlen, einen Kussmund zu formen. Ich hatte jegliche Kontrolle verloren über mich selbst, und ich konnte auch meine Hand nicht davon abhalten, sich jetzt um die von Zac zu schließen. Er legte seine andere Hand auf meine Wange, dann schob er sie weiter auf meinen Hinterkopf und zog mich noch näher an sich heran. Ich machte keinerlei Anstalten, zurückzuweichen.

Als unsere Lippen sich schließlich berührten, fiel mir beim besten Willen nicht mehr ein, warum ich mich je vor ihm hatte verstecken wollen.

Er presste seine warmen Lippen auf die meinen und schloss die Lücke zwischen uns. Ich plumpste rückwärts auf die weichen Kissen und schlang die Arme um seinen Brustkorb, um ihn noch näher an mich zu ziehen. Unsere Körper passten perfekt zueinander, fast so, als wäre *alles* – das mit meiner Mom und ihrem Verschwinden, mein Streit mit Hannah und Elliott, der Deal, dass ich Zac Hannah ausspannen sollte, die mitternächtlichen Slushies – nur geschehen, um uns an diesen Punkt zu bringen, ins Hier und Jetzt.

Und dann fuhr er mit einem Mal hoch und zog sich so plötzlich von mir zurück, dass seine Finger sich in meinem Haar verfingen und mich mit hochzerrten.

Schwer keuchend starrten wir uns an, wie wir uns so auf der Couch gegenübersaßen. In der Stille des Zimmers klang mein Herzschlag fast wie Donnerschläge.

Ich presste die Handflächen aneinander und klemmte sie zwischen meine Knie, um meinen Körper dazu zu bringen, mit dem Zittern aufzuhören. Was war nur geschehen?

Zac fuhr sich mit einer Hand durchs Haar, sodass einzelne Strähnen wild vom Kopf abstanden. »Ich … es tut mir leid. Ich wollte nicht … Das hätte nicht passieren dürfen.«

Er klang seltsam, als müsste er sich zwingen, diese Worte zu sagen. Meine Lippen brannten immer noch von seinem Kuss. Ich spürte, dass meine Haut von seinen Berührungen wie elektrisiert war.

Ich hätte ihm die Wahrheit sagen sollen. *Schon okay, wenn du mich küssen möchtest, weil deine Freundin dich nämlich gar nicht mehr will!* Doch die Worte blieben irgendwo in meinem Rachen stecken.

Er stand auf und ging durchs Zimmer, um möglichst viel Abstand zwischen uns zu bringen.

»Du gehst jetzt besser«, sagte er schließlich. Er hatte mir den Rücken zugewandt, als könnte er es noch nicht einmal ertragen, mich anzusehen, nach allem, was zwischen uns geschehen war.

Ich zwang meine Beine dazu, sich zu erheben, auch wenn sie immer noch zitterten. »Zac?« Meine Zunge hatte Mühe, dieses Wort zu formen, als hätte ich vollkommen vergessen, wie man sprach.

Ich streckte die Hand nach ihm aus, doch er zuckte zusammen, daher ließ ich den Arm wieder sinken. »Ich habe eine Freundin«, sagte er, obwohl ich mir nicht ganz sicher war, ob er das zu mir sagte oder zu sich selbst. »Wir hätten das nicht tun dürfen.«

Ich biss mir auf die Lippe, da mir nun Tränen in den Augen brannten. *Heul jetzt* bloß *nicht,* ermahnte ich mich selbst. Ich durfte *auf keine Fall* zulassen, dass ich Gefühle für Zac hatte. Das alles war nur ein Job, damit ich nach Costa Rica konnte. Keine Gefühle, keine Gewissensbisse. Ich hatte ihn nur geküsst, um meinen Auftrag zu Ende zu bringen.

»Willst du wirklich, dass ich gehe?«, fragte ich. So wie er mich geküsst hatte – das hatte sich keineswegs falsch angefühlt. Er hatte mich küssen wollen, und ich wollte, dass er mich noch mal küsste.

Er nickte, wobei er mich immer noch nicht ansah. Als ich auf die Tür zuging, drehte er sich ganz plötzlich um. Einen kurzen Moment dachte – *hoffte* – ich, er möge mich aufhalten und mich bitten, zu bleiben.

Doch das tat er nicht. Er verschwand den Flur runter im Dunkeln des Hauses, als könne er gar nicht schnell genug von mir wegkommen. Genau wie alle anderen Menschen, die ich je gekannt hatte.

Am Ende liefen immer alle davon.

Dreiundzwanzig

Mein Handy teilte mir mit einem Summen mit, dass ich eine neue Nachricht empfangen hatte, noch während ich in der Einfahrt bei den Greeleys stand, weil ich nicht die Kraft aufbrachte, endlich loszufahren. Ich zog das Telefon aus der Tasche und las mir die SMS von Ian durch.

Hier sind die Bilder, die du wolltest, hatte er geschrieben.

Ich lud den Anhang herunter und runzelte konzentriert die Stirn. Auf den ersten paar Fotos war Hannah allein zu sehen, wie sie vor dem Kino im Einkaufszentrum stand. Doch dann gesellte sich ein recht großer Typ zu ihr. Ich konnte sein Gesicht nicht erkennen, doch bei der blonden Mähne handelte es sich definitiv nicht um die von Zac, weil der nämlich dunkelhaarig war. Auf keinem der Fotos war zu sehen, wie Hannah diesen mysteriösen Fremden küsste, sie gingen nur nebeneinander her und unterhielten sich.

Auf den darauf folgenden Bildern war nicht Hannah zu sehen. Stattdessen zeigten sie Elliott im Rose Castle. Ian hatte es geschafft, ein Foto von Elliott zu schießen, wie er mit einem Mädchen in einer der Sitzecken saß, nur dass leider eine große Zimmerpflanze ihr Gesicht fast vollständig verdeckte. Das Bild war von hinten aufgenommen worden, vermutlich damit Elliott nichts mitbekam, und deswegen konnte ich beim besten Willen nicht sagen, wer das Mädchen war. Doch Elliott saß ziemlich dicht neben ihr und hatte ihr den Arm um die Schultern gelegt. Und er schien sich furchtbar wohlzufühlen dabei.

Dieser verlogene kleine Bastard. Hatte ich es doch gewusst, dass er Molly hinter ihrem Rücken beschiss! Und ich hatte da so eine Ahnung, wer das kleine Blondchen war, mit dem er da zu sehen war – Tara von der Arbeit. Ich hatte also absolut recht gehabt! Und jetzt hatte ich endlich den Beweis, um ihm das Handwerk zu legen.

Danke. Komm morgen vorbei, dann kriegst du einen Shake, schrieb ich zurück.

Während ich in Richtung Diggity Dog House fuhr, umklammerte ich ganz fest das Lenkrad mit beiden Händen. Am liebsten hätte ich Elliott auf der Stelle eins übergezogen. Nein, besser noch, ich wollte ihm in die Kronjuwelen treten und ihm *dann* eins überziehen. Ich wollte ihm so wehtun, wie er dabei war, Molly wehzutun. Warum nur hatte sie nicht auf mich gehört, als ich versucht hatte, sie zu warnen?

Elliott hatte an diesem Tag Dienst als Riesen-Hotdog, ich entdeckte ihn schon vor dem Restaurant, als ich mich mit dem Wagen näherte. Schnell stellte ich das Auto auf dem Parkplatz ab und hätte fast noch vergessen, die Handbremse zu ziehen, ehe ich raussprang und losstürmte. Ich marschierte auf ihn zu und hielt das Handy mit dem Foto von ihm und seinem kleinen Flirt fest umklammert in einer Hand.

»Du verlogener Idiot!«, rief ich, wobei ich ihn von hinten schubste.

Elliott taumelte ein paar Schritte vorwärts, bis er sich wieder gefangen hatte. Er drehte sich um und zog das Netz vom Gesicht. »Was ist denn mit *dir* los?«, fragte er und stierte mich finster an.

Ich riss das Handy hoch und hielt es ihm direkt vor die Nase. »*Das* ist mit mir los! Du bist ein elender Lügner, und ich werde dafür sorgen, dass Molly das erfährt.«

Elliott hielt abwehrend die Hände hoch, die immer noch in den riesigen weißen Bob-Handschuhen steckten. »Wow, immer mit der Ruhe. Wovon zum Teufel sprichst du?«

Er versuchte, mir das Handy zu entwinden, doch ich hielt es außer Reichweite. Auf gar keinen Fall würde er sich die Fotos krallen. Natürlich würde er die Beweisstücke als Allererstes vernichten wollen.

»Ich hab das alles festgehalten«, sagte ich, und ich war total zufrieden und stolz auf mich, als ich jetzt zu ihm aufsah. »Das mit deinen Lügen hat jetzt ein für alle Mal ein Ende. Ich weiß ja nicht, wie du Molly rumgekriegt hast, aber ich garantiere dir, wenn sie die Fotos hier erst mal gesehen hat, wird sie nicht mehr auf deine Schleimereien hereinfallen. Ich hab jetzt den Beweis, dass du sie hintergehst und hinter ihrem Rücken mit irgendeiner blöden Schlampe rummachst. Wer ist sie überhaupt? Ist es Tara? Zwischen euch zweien läuft was, nicht wahr? Ich hoffe, du wirst glücklich mit ihr, wenn Molly erst mal Bescheid weiß …«

»Wenn ich über *was* Bescheid weiß?«

Ich beugte mich zur Seite und sah, dass Molly direkt hinter Elliott stand. Sie war offensichtlich gerade aus dem Diggity Dog House gekommen und schlürfte an einem Milchshake, nur dass ich sie wegen Elliotts Kostüm nicht hatte sehen können.

Betreten drehte er sich um und hielt die Hände hoch. »Ich schwöre dir, Molly, ich hab keinen Schimmer, wovon sie redet.«

Ich funkelte ihn finster an. »Ach, wirklich? Dann erklär doch mal *das hier.*«

Molly nahm mir das Handy ab und klickte ein Foto nach dem anderen an. Verdutzt verzog sie das Gesicht. »Was sind das für Fotos?«

»Frag *ihn*«, erwiderte ich. »Frag ihn mal, mit wem er sich heimlich getroffen hat.«

Molly schüttelte den Kopf. »Du spionierst Elliott hinterher?«

Ihr Tonfall war gar nicht das, was ich erwartet hatte. Sie klang wütend, aber nicht auf Elliott, sondern auf *mich.*

»Ich hab Ian gebeten, ein Auge auf ihn zu haben.« Hilflos hob ich die Arme. »Aber sieh mal! Immerhin hatte ich recht, was ihn betrifft! Er ist ein Lügner und …«

»Nein, ist er nicht«, unterbrach Molly mich und drückte mir das Handy wieder in die Hand. »Denn die einzige Person, mit der er sich heimlich trifft, bin ich.«

Mir klappte die Kinnlade runter, während ich meine beste Freundin fassungslos anstarrte. »Wie bitte?«

»Genau«, bestätigte Elliott und legte Molly den Arm um die Schultern. »Die blöde Schlampe auf dem Foto ist nämlich rein zufällig deine beste Freundin.«

Ich blickte zwischen den beiden hin und her und versuchte, die ganze Situation zu begreifen. Das lief alles gar nicht so, wie ich mir das vorgestellt hatte.

»Du hast mich belogen?«, fragte ich Molly. »Du hast doch versprochen, dich nicht mit ihm zu treffen.«

Molly war knallrot angelaufen und ihre Nasenlöcher blähten sich vor Wut. »Jetzt dreh den Spieß bitte nicht einfach so um. Ich kann echt nicht *fassen,* dass du Elliott hinterherspioniert hast. Wie konntest du so etwas nur tun? Da regst du dich die ganze Zeit auf über Leute, die lügen und betrügen, und dabei bist du doch kein bisschen besser!«

»Molly, ich …«

»Such gar nicht erst nach einer Ausrede«, presste Molly zwischen zusammengebissenen Zähnen hervor. »Du tust so, als wärst du was Besseres, weil du so schlau bist und die besten Noten hast und nach Costa Rica willst. Aber weißt du was, Avery? Auch du machst hin und wieder Fehler, genau wie alle anderen. Und wenn du gern hättest, dass man dir deine Fehler verzeiht, dann solltest du auch anderen die ihren verzeihen. Du weißt auch nicht auf alles eine Antwort. Du hast doch verdammt noch mal keinen Schimmer, wie die Leute sich um dich herum fühlen, weil du so von dir selbst eingenommen bist.«

Tränen verschleierten mir den Blick, und ich versuchte zu blinzeln, damit sie mir nicht davonkullerten.

»Halt dich aus meinem Leben raus. Es ist nicht nötig, dass du mir sämtliche Entscheidungen abnimmst.« Sie stellte sich auf die Zehenspitzen und gab Elliott einen raschen Kuss. »Bis später«, sagte sie zu ihm, ehe sie sich umdrehte und davonging.

Ich starrte auf den Bürgersteig, während Mollys Worte durch meinen Kopf hallten.

»Tja«, meinte Elliott mit aufgesetzt fröhlicher Stimme, »das lief ja prima! Toll gemacht, James. Bist du jetzt zufrieden, dass ich doch nicht der Vollarsch bin, für den du mich gehalten hast? Wenn du nicht immer so versessen darauf wärst, nur das Schlechteste in den Menschen zu sehen, dann wäre dir das vielleicht schon längst aufgefallen, und du hättest dir diese Peinlichkeit erspart!«

Damit zog Elliott das Netz wieder vor sein Gesicht und machte damit weiter, den Passanten zuzuwinken. Mir schenkte er keinerlei Beachtung mehr.

***

»Wohnt die jetzt hier?«, murmelte ich, als ich Trishas SUV in der Einfahrt stehen sah. Ich wischte mir über die tränenverschmierten Augen und ging aufs Haus zu. Ich heulte nicht wegen Zac. Ich war nicht der Typ Mädchen, das wegen irgendeines Kerls flennte. Ich heulte auch nicht wegen Molly und Elliott. Eine beste Freundin, die mich belog und Heimlichkeiten vor mir hatte, war überhaupt keine beste Freundin.

Wenn überhaupt, dann heulte ich, weil die Welt einfach echt beschissen war.

Ich stürmte ins Haus und schlug die Haustür ein bisschen heftiger hinter mir zu als sonst, sodass die Bilder an der Wand wackelten.

»Avery, bist du das?«, rief Dad aus irgendeinem Zimmer. »Wir sind in der Küche. Komm mal her!«

Ich folgte dem Klang seiner Stimme, blieb aber in der Tür zur Küche stehen und starrte auf die Szene, die sich mir darbot. Dad hielt eine dampfende Schüssel Spaghetti in der Hand, während Ian gerade an der Wand über dem Tisch ein großes Schild zurechtrückte, auf dem stand »Alles Gute zum Muttertag!«. Auf dem Tisch thronte ein riesiger Strauß Maiglöckchen und Veilchen in einer Vase. Der Tisch war mit unserem besten Porzellan gedeckt, das wir bisher nur ein- oder zweimal in meinem Leben benutzt hatten, und um das Blumenarrangement herum waren die Schüsseln und Teller mit den Beilagen gruppiert: Salat, Knoblauchbrot und gedämpfter Brokkoli.

Und Trisha saß bereits an diesem Tisch. Sie hatte sich auf Moms früheren Platz gesetzt und lächelte, als wäre sie die Königin des Hauses und gehöre hierher. Ein paar Geschenke, die in violettes Geschenkpapier eingewickelt und mit silbernen Schleifchen verziert waren, lagen vor ihr auf dem Tisch.

Muttertag. Ich hatte ganz vergessen, dass der heute war.

Der Ärger, der jetzt in mir aufwallte, wuchs innerhalb weniger Sekunden zu einem richtigen Wutanfall heran.

»Was soll das?«, fragte ich mit leiser Stimme, die Zähne fest aufeinandergepresst.

»Wir machen ein Muttertagsessen«, verkündete Dad, als wäre es das Normalste der Welt. Als hätten wir in diesem Haushalt eine Mutter, die wir feiern konnten. Als hätten wir mit den Muttertagsessen nicht aufgehört, damals, als Mom uns verlassen hatte.

»Überrascht?«, fragte Ian. »Dad und ich planen das schon seit ein paar Wochen.«

»Das ist doch echt so was von lächerlich«, presste ich hervor.

Dad stellte die Schüssel mit den Spaghetti auf den Tisch und sah mich dann blinzelnd an. »Wir dachten, das wäre eine nette …«

»Was wäre nett? Ian und mich daran zu erinnern, dass wir keine Mutter haben?« Ich deutete auf Trisha, die nicht weniger geschockt wirkte als Dad und Ian. »Diese Frau, die wir kaum kennen, zu uns nach Hause einzuladen und dann so zu tun, als wäre sie ein Teil unserer Familie?«

Mit einem Mal wurde mir klar, worum es hier ging, und einen kurzen Moment fühlte es sich so an, als hätte man mir einen Schlag in die Magengrube verpasst. Ich holte tief Luft und versuchte, meine Atmung wieder unter Kontrolle zu bringen.

»Das tust du *nicht«,* sagte ich zu Dad, mein Blick fest auf ihn gerichtet.

Die Furchen auf Dads Stirn wurden noch tiefer. »Was tue ich nicht?«

Ich deutete auf Trisha. »Du willst *sie* heiraten? Du kennst sie doch kaum! Denkst du, das wäre gut für irgendeinen von uns?« Ich fuhr herum zu Dads Freundin und stand heftig keuchend da, sodass meine Brust sich ganz schnell hob und senkte. »Ich werde dich nie als Mutter akzeptieren. Bei dieser ganzen Muttertagsfarce mach ich garantiert nicht mit …«

»Avery«, unterbracht mich Trisha ganz ruhig. »Dieses Essen veranstalten wir nicht für mich.«

Ich funkelte sie einen Moment finster an. »Für wen soll es denn dann sein?«

»Für dich.« Mein Blick wanderte zu meinem Bruder, der jetzt Tränen zurückblinzelte. Sein Gesicht hatte sich erst rot, dann dunkellila verfärbt, und er wich meinem Blick aus. »Das alles haben wir nur für dich vorbereitet, Avery.«

»War Ians Idee«, erklärte Dad ganz leise. Der Ärger und der Schmerz in seiner Stimme waren nicht zu überhören.

Ich machte den Mund auf, um etwas zu erwidern, doch ich brachte keinen Ton heraus.

Ian streckte den Arm aus und zerrte das Banner herunter, das er aufgehängt hatte, dann riss er es in der Mitte entzwei. »Wir hätten uns gar nicht erst die Mühe machen sollen. Du ruinierst echt immer *alles.*«

Ich trat einen Schritt vor und streckte die Hand nach ihm aus. »Ian, ich …«

Doch mein Bruder drängte sich an mir vorbei, ohne mich auch nur eines Blickes zu würdigen, und stürmte aus der Küche. Einen Augenblick später knallte seine Zimmertür zu.

Dad seufzte. »Ich schätze, dann räum ich das Essen mal wieder weg. Wenn jemand Hunger hat, ich tu es in den Kühlschrank.«

»Dad«, sagte ich, während er eine Schüssel nach der anderen in die Hand nahm.

Abwehrend hielt er eine Hand hoch, um mich zum Schweigen zu bringen. »Wir sollten uns alle erst mal beruhigen, ehe wir noch etwas sagen, was wir hinterher vielleicht bereuen.«

Ich warf Trisha einen Blick zu, doch sie runzelte nur kurz die Stirn und stand dann auf, um Dad mit dem Essen zu helfen. Es war ganz offensichtlich, dass ich mit dem, was ich gesagt hatte, auch ihre Gefühle verletzt hatte. Dennoch entschuldigte ich mich nicht. Mir fehlten einfach die Worte.

Ich ging den Flur entlang, in der Absicht, auf meinem Zimmer zu verschwinden und mich zu verstecken, doch dann blieb ich stehen und starrte auf Ians geschlossene Zimmertür. Die Vorstellung, dass er das Essen ganz allein für mich geplant hatte, sorgte dafür, dass mir meine Reaktion gleich noch peinlicher war.

Zaghaft klopfte ich an seine Tür. »Ian? Kann ich reinkommen?«

Nichts als Stille schlug mir entgegen.

»Es …« Ich schluckte den Kloß hinunter, der sich in meinem Hals gebildet hatte. Mir fiel es echt schwer, mich für irgendwas zu entschuldigen. »Es … es tut mir leid.«

Die Tür blieb weiter verschlossen.

Enttäuscht trabte ich davon in mein eigenes Zimmer. Ich

schleuderte die Schuhe von den Füßen und warf sie achtlos irgendwo auf den Boden, statt sie an ihren üblichen Platz im Schrank zu räumen. Tränen verschleierten meinen Blick, und ehe ich es verhindern konnte, rannen sie mir auch schon über die Wangen. Ich legte mich aufs Bett und heulte hemmungslos in mein Kopfkissen, um die Schluchzer zu ersticken.

Vierundzwanzig

Am Montag nach der Schule saß ich in meinem Wagen, während der Parkplatz um mich herum sich allmählich leerte. Graue Wolken waren aufgezogen und schienen der endlosen Hitzewelle, unter der wir wochenlang gelitten hatten, nun endlich ein Ende zu setzen. Ein leises Rumpeln war aus der Ferne zu hören, während meine Klassenkameraden sich auf den Weg nach Hause oder zu ihren Jobs machten. Ich saß reglos da, die Hände fest um das graue Lenkrad geschlossen, und der Motor lief vor sich hin, während die Klimaanlage sich abmühte, frische Luft ins Auto zu pumpen.

Bring es hinter dich, sagte ich mir wieder einmal selbst, wie schon den ganzen Tag über. Doch bis jetzt hatte sich noch nicht die passende Gelegenheit ergeben.

Endlich zog ich den Schlüssel aus der Zündung, warf ihn in meine Tasche und wäre fast gestolpert, als ich aus dem Wagen stieg, weil ich es plötzlich so eilig hatte. Jetzt oder nie, so lautete die Devise.

Hannah war ganz wie ich auch ein Gewohnheitstier. Sie war in der Bibliothek und saß exakt an dem Platz, an dem ich sie erwartet hatte. Es waren nur noch zwei Wochen bis Schuljahresende, doch das hielt Hannah nicht davon ab, jede Gelegenheit zu nutzen, um noch ein wenig zu lernen.

»Ich muss mit dir reden.«

Hannah sah von ihrem Physikbuch hoch, das vor ihr auf dem Tisch lag. Ihre Hand hatte über dem Block innegehalten, auf dem sie sich in ihrer ordentlichen, schön geschwungenen Handschrift Notizen gemacht hatte. Jetzt musterte sie mich mit ihren tiefbraunen Augen.

»Ein offizieller Besuch?«, fragte sie. »Sieht dir ja gar nicht ähnlich.«

Ich war wirklich froh, dass nicht viel los war in der Bibliothek. Die Bibliothekarin war die Einzige, die außer uns im Raum war, nur dass sie sich irgendwo am anderen Ende befand und Bücher in Regale räumte. Hannah saß an einem Tisch im hinteren Teil des Raums.

Ich blieb vor ihr stehen und blickte auf sie hinunter. »Hast du denn überhaupt kein schlechtes Gewissen?«

Hannahs Brauen schossen in die Höhe. »Dafür, dass ich dich auf den zweiten Platz verwiesen habe? Nein, keineswegs.«

Ich griff nach der Rückenlehne des Stuhles ihr gegenüber, um mich zu stützen. »Das meine ich nicht. Ich meine das, was du mit Zac treibst.«

Sie blinzelte mich an, doch ihr Gesichtsausdruck zeigte keine Regung. »Du hast dem Plan doch zugestimmt. Wenn du jetzt Gewissensbisse bekommst, dann nehm ich mein Geld gern zurück.«

Wie konnte sie so cool und lässig dasitzen, als hätte sie keinen Grund dazu, sich schlecht zu fühlen? Das war echt mies, selbst für ihre Verhältnisse.

»Hör auf mit deinen Spielchen, Hannah. Du weißt genau, wovon ich spreche.«

Sie steckte ihren Stift an den Block und klappte ihn zu. Dann legte sie die gefalteten Hände darauf. »Nein, Avery, ich weiß nicht, wovon du sprichst. Du wirst schon ein wenig genauer erklären müssen, was genau in deinem Kopf vorgeht, damit auch wir anderen dich verstehen können.«

»Du betrügst Zac.«

Hannah zuckte mit keiner Wimper und hielt meinem Blick stand. »Und wie kommst du auf diese Idee?«

»Ich habe Beweise. Fotos.« Ich wollte nach meiner Tasche greifen, um mein Handy rauszuholen, doch ich hatte sie gar nicht dabei. Ich musste sie in meiner Eile, Hannah endlich zur Rede zu stellen, im Auto liegen gelassen haben. »Sie sind auf meinem Handy. Das ist im Auto.«

Sie grinste gehässig. »Ich weiß ja nicht, was das für Fotos sein sollen, aber du hast ganz offensichtlich vollständig den Verstand verloren. Ich nehme mal an, das sind schon die ersten Nebenwirkungen, weil du so viel Zeit mit Zac verbringst. Er kann einen ganz schön fertigmachen.«

»Es geht hier nicht um mich«, erklärte ich. Meine Fingernägel gruben sich in das Holz des Stuhls, über den ich mich jetzt beugte. »Wie kannst du ihm so etwas nur antun?«

Meine wachsende Wut schien keinerlei Eindruck auf sie zu machen. Sie sah mich weiter mit ausdrucksloser Miene an.

»Wenn du dir solche Gedanken wegen Zacs Gefühlen machst, dann kannst du dir die Frage genauso gut selbst stellen. Du bist doch diejenige, die ihn jetzt schon seit Wochen an der Nase herumführt. Keiner hat dich dazu gezwungen, dich mit meinem Plan einverstanden zu erklären.«

»Du wolltest mich erpressen«, rief ich ihr ins Gedächtnis.

Hannah lächelte selbstgefällig. »Also hast du beschlossen, deinen eigenen Ruf zu retten, statt auf Zacs Gefühle Rücksicht zu nehmen. Und dennoch besitzt du die Unverfrorenheit, hier reinzustürmen und mir vorzuwerfen, ich sei ein schlechter Mensch? Dann fass dir mal an deine eigene Nase. Du bist auch nicht gerade ein Engel.«

»Er ist dein Freund.«

Hannah erhob sich von ihrem Stuhl, sodass wir uns nun von Angesicht zu Angesicht gegenüberstanden. »Und was genau kümmert dich das? Was bedeutet er dir?«

Die Erinnerung an Zacs Lippen auf meinen blitzte kurz auf. Meine Hände zitterten, und ich umklammerte die Stuhllehne noch fester, um nicht das Gleichgewicht zu verlieren. Zac hatte mich zurückgewiesen, er hatte mich von sich gestoßen.

»Vielleicht sollte ich ja doch nicht mit ihm Schlussmachen«, fuhr Hannah fort, und während sie das sagte, sammelte sie ihre Bücher auf und formte sie zu einem ordentlichen Stapel. »Er ist irgendwie anders in letzter Zeit. Konzentrierter, und er hat sich viel besser unter Kontrolle. Wer hätte gedacht, dass du einen guten Einfluss auf ihn haben könntest? Vielleicht sollte ich ihn mir doch warmhalten. Wärst du dann glücklich, Avery? Würde es dir gefallen, Zac *mich* küssen zu sehen? Zu hören, dass er mich liebt? Oder kann es sein, dass du selbst Gefühle für ihn entwickelt hast in deinem sonst so kalten Herzen?«

Die Vorstellung, dass Zac mit Hannah zusammen blieb, nach allem, was wir die letzten paar Wochen geteilt hatten, sorgte dafür, dass mir am ganzen Körper der Schweiß ausbrach.

»Du liebst ihn nicht«, sagte ich.

Hannah zuckte gleichgültig mit den Schultern. »Liebe ist Verhandlungssache. Ich kann gut die liebende Freundin spielen, wenn es das ist, was nötig ist, damit ich am Ende als Siegerin aus dem Ganzen hervorgehe.«

Ich fuhr mir mit der Zunge über die staubtrockenen Lippen, während kalte Panik mich überkam und mir in die Knochen kroch. »Das ist ihm gegenüber nicht fair. Wenn du ihn nicht willst, dann mach mit ihm Schluss und gib ihn für eine andere frei.«

»Für dich zum Beispiel?« Sie sah mich mit hochgezogenen Brauen an und in ihrem Lächeln stand ein amüsierter Ausdruck. »Wenn ich es nicht besser wüsste, Avery, dann würde ich fast meinen, du hättest dich in Zac Greeley verknallt. Aber das ist natürlich lächerlich. Du würdest ja niemals jemand anderen außer dich selbst lieben.« Damit hob sie ihre Bücher auf und stemmte sie sich auf die Hüften. »Du willst mir doch wohl nicht erzählen, dass du ernsthaft dachtest, da wäre was zwischen Zac und dir. Dich hab ich dafür bezahlt, dass du Zeit mit ihm verbringst, und der einzige Grund, weshalb er sich mit dir auch über das Wirtschaftsprojekt hinaus abgegeben hat, ist der, dass du ihm leidgetan hast.«

Ich trat einen Schritt zurück, und mein Mund klappte auf, in dem Versuch, irgendwelche Worte zu formen.

»Er hat es mir selbst erzählt«, fuhr sie fort. »Er glaubt, dass du einsam bist, ein immer mies gelaunter Mensch, der Angst davor hat, die Menschen an sich heranzulassen. Er *bedauert* dich.«

Übelkeit stieg in mir hoch. Ich wollte einfach nicht glauben, dass Zac so etwas gesagt hatte.

Aber hatte er etwas ganz Ähnliches nicht schon mir selbst gegenüber geäußert? Er hatte mir erklärt – und zwar nicht nur einmal –, dass ich mal ein Date haben sollte, dass ich mich locker machen und aufhören musste, mich vor allen zu verstecken. Die Wahrheit war, Zac hatte mir bereits überdeutlich gesagt, was er von mir hielt, und seine Meinung von mir war nicht besonders gut.

Ich stolperte rückwärts, weg von Hannahs Tisch, während sie mich weiter mit einem zufriedenen Ausdruck in den Augen ansah. Sie wusste, dass sie es mir jetzt gegeben hatte. Sie konnte sehen, dass hinter der perfekten Fassade meine so sorgfältig aufgebaute Existenz allmählich zu einem Nichts zerbröselte. Alles, wofür ich so hart gekämpft hatte, drohte zu zerbrechen. Und das alles wegen Zac. Wegen eines Typen, der alles für einen Witz hielt und auch noch den Nerv besaß, *Mitleid* mit mir zu haben.

Ich entdeckte ihn bei seinem Schließfach, als ich die Bibliothek verließ. Einzelne Blätter segelten durch die Luft, als er die Tür aufmachte, und sie flatterten um seine mit Klebeband reparierten Schuhe zu Boden. Er beugte sich runter und versuchte, sein Mathebuch in dem Chaos zu verstauen, das in seinem schmutzigen Rucksack herrschte.

Er bedauerte *mich*?

Mein Herz pochte in einem unsteten Rhythmus, während ich mich zwang, einen Fuß vor den anderen zu setzen und die Distanz zwischen uns zu verringern. Ich verfiel in einen Tunnelblick, alles um mich herum wurde schwarz, bis ich nur noch ihn wahrnahm, diesen bemitleidenswerten, total chaotischen Klassenclown, der einfach so in mein Leben gekommen war und alles ruiniert hatte. Ich hatte das Gefühl, schwer atmen zu können, und schnappte nach Luft.

Als ich mich näherte, blickte er auf. Seine Lippen verzogen sich zu einem nervösen Lächeln. »Hey«, meinte er.

»Hannah betrügt dich«, sagte ich, ehe ich es mir anders überlegen konnte.

Zacs Rucksack hing schlaff an seiner Schulter. »Was?«

»Ich hab Fotos von ihr, auf denen sieht man sie mit einem anderen Kerl«, erklärte ich. In dem leeren Schulflur klang meine Stimme übertrieben laut, fast so, als würde ich schreien. »Sie will, dass du mit ihr Schluss machst, damit sie als Opfer dastehen kann. Sie hat mich dafür bezahlt, dass ich mit dir flirte und dass du dich in mich verknallst, damit du sie sitzen lässt.«

Zacs Gesicht wurde kreidebleich.

»Du wurdest dafür *bezahlt,* dass du Zeit mit mir verbringst?« Seine Stimme klang ruhig und war kaum mehr als ein Flüstern, doch in der Stille klang auch das wie ein Schrei.

Der Druck in meiner Brust wurde noch beklemmender, als ich den Schmerz in seinem Blick sah. Ich wünschte, ich hätte die Worte zurücknehmen und aus seiner Erinnerung löschen können.

»Zac«, setzte ich an. Ich musste einen Knoten schlucken, der sich in meinem Hals gebildet hatte. »Es ist nicht so …«

»Wie ist es denn dann?« Als ich ihm eine Antwort schuldig blieb, sagte er mit erstickter Stimme: »Könntest du mir jetzt bitte erklären, was hier los ist?«

Er sah verletzt und wütend und auch ängstlich aus. Im Vergleich zu der Reihe von Spinden hinter ihm wirkte er ganz klein.

Und so erzählte ich Zac alles. Den Plan, dass ich ihn Hannah ausspannen sollte. Dass sie mich dafür bezahlen wollte. Die Tatsache, dass Hannah sich heimlich mit einem anderen Typen traf.

Dass ich mich irgendwann im Laufe all dessen in ihn verliebt hatte. Bis zum jetzigen Zeitpunkt war mir selbst gar nicht so richtig klar gewesen, dass es so war.

Als ich fertig war, wusste ich nicht, was ich eigentlich erwartete. Vielleicht würde er vor Zorn derart in die Luft gehen, dass er irgendwas mit dem Fuß kicken oder etwas umherwerfen würde. Oder dass er losbrüllte.

Ich erwartete alles Mögliche, was Zacs Reaktion anging,

nur nicht das, was er dann letzten Endes wirklich tat. Nämlich nichts.

Er stand einfach nur mit ausdruckslosem Gesicht da. Es war fast so, als hätte er nichts zu meinem Geständnis zu sagen. In ihm herrschte einfach nur Leere.

»Zac?«, sagte ich.

Ich streckte die Hand nach ihm aus, doch er zog sich unvermittelt von mir zurück.

»Alles in Ordnung?« Sobald ich die Frage gestellt hatte, wusste ich, dass sie absolut bescheuert war. Natürlich war rein gar nichts in Ordnung.

Zac schüttelte den Kopf. »Nein. Hannah würde mich doch nicht ... *Du* könntest mich doch nicht ...« Er hielt inne, und sein Adamsapfel hüpfte auf und ab, als er schluckte. »Du hast mir also die ganze Zeit was vorgemacht? Was den Grund betrifft, warum du Zeit mit mir verbracht hast? Die Comedyshows, die Slushies, alles?«

Als er mich jetzt ansah, wäre ich am liebsten im Boden versunken, um seinen gequälten Blick nicht länger ertragen zu müssen. Mir wurde bewusst, dass *ich* ihn womöglich sogar noch schlimmer verletzt hatte als Hannah mit ihrem Betrug. Vielleicht hatte er ja geahnt, dass es nicht sonderlich gut lief in ihrer Beziehung, aber was mich betraf, hatte er ja keinerlei Grund zu der Annahme gehabt, ich könnte ihn irgendwie hintergehen.

Nicht er war armselig. Ich war es. Ich hatte nämlich genau das getan, was ich mir immer geschworen hatte, nie wieder zu tun – jemanden zurückzustoßen, den ich eigentlich sehr gern hatte. Doch dieses Mal glaubte ich nicht, dass ich die Mauern wieder würde errichten können, die er zum Einsturz gebracht hatte.

»Zac, ich …«

Er hielt die Hände hoch, als müsste er sich vor meinen Worten schützen. »Nicht. Sag einfach nichts, bitte.«

»Es tut mir leid …«

Er schüttelte den Kopf. »Ich kann jetzt nicht mit dir reden.«

Damit drehte er sich um und warf sich seinen schmutzigen orangen Rucksack über die Schulter. Ein Stück Papier flatterte heraus und segelte zu Boden, doch er machte sich nicht die Mühe, es aufzuheben.

***

Der Parkplatz der Willowbrook High war vollkommen leer, als ich aus dem Schulgebäude taumelte. Über mir zuckten Blitze über den mit dunklen Wolken verhangenen Himmel. Ich lief auf mein Auto zu und wühlte in meinen Hosentaschen nach dem Schlüssel.

Doch sie waren leer. Eine Erinnerung blitzte kurz in meinem Kopf auf – ich wusste, dass ich den Schlüssel abgezogen und in meinen Rucksack geworfen hatte.

Und der lag auf dem Beifahrersitz meines Wagens. Bedröppelt guckte ich durchs Fenster und überlegte, warum er da drinnen lag und nicht hier draußen bei mir war. Ich zog am Türgriff, doch das Fahrzeug hatte sich automatisch verriegelt.

In dem ganzen Jahr, da ich das Auto jetzt besaß, hatte ich mich noch kein einziges Mal ausgesperrt. Eine Avery James vergaß niemals ihre Schlüssel. Avery James ging nie los, ohne noch mal nachzusehen, ob sie auch alles dabeihatte.

Avery James verliebte sich auch nicht einfach so und ließ sich dann das Herz brechen.

Die Wolken öffneten sich nun gnadenlos, und während ich den Bürgersteig entlang nach Hause lief, prasselte der Regen auf mich herab. Ich hob das Gesicht gen Himmel und ließ mir vom Regen die Tränen von den Wangen waschen. Ganz gleich, wie sehr ich mich auch bemühte, es war nie genug. Ich vertrieb wirklich jeden. Kein Wunder, dass Zac, Molly, Ian und jeder andere auch mich hassten. Tief im Inneren war ich ein einziges Wrack.

Ein Auto, das neben mir hupte, riss mich aus meinen Gedanken. Mein Herz machte einen Satz, denn insgeheim hegte ich die Hoffnung, es könnte Zac sein.

Doch der silberne SUV, der da neben mir herkroch, gehörte nicht Zac. Es war Trisha, die durch das Fenster zu mir herausschaute. »Soll ich dich nach Hause bringen?«

Ich schlang mir die Arme um den Körper, weil ich mit einem Mal vor Kälte zitterte. Wegen des Unwetters war es eisig geworden. Trisha wirkte nicht verärgert, obwohl ich eine halbe Ewigkeit da stand und der Regen durch das Fenster in den Wagen strömte. Sie fragte auch nicht, ob es mir gut ging, sondern wartete geduldig, bis ich eine Entscheidung getroffen hatte.

Trishas Wagen war fast so ordentlich und sauber wie der meine. Das Innere war auf Hochglanz poliert und von dem herzförmigen Lufterfrischer am Rückspiegel ging ein zarter Vanilleduft aus. Sie stellte die Heizung höher, und als ich mich angeschnallt hatte, fuhr sie langsam los. Sie versuchte nicht, ein Gespräch anzuleiern, und so fuhren wir schweigend nach Hause.

Als wir nur noch ein paar Straßen von unserem Haus entfernt waren, machte ich endlich den Mund auf. »Danke«, sagte ich. »Fürs Mitnehmen.«

Trisha nickte und lächelte sogar leicht. »Kein Thema.«

Das sagte sie so beiläufig, als wäre es wirklich kein großes Ding. So wie ich sie die vergangenen paar Wochen behandelt hatte, hätte sie eigentlich jedes Recht gehabt, mich am Straßenrand stehen und nach Hause laufen zu lassen.

Doch sie hatte angehalten. »Du hättest mich einfach weiterlaufen lassen können«, sagte ich. »Mein Dad hätte es nie erfahren, wenn du mich nicht aufgegabelt hättest.«

»Ich hab dich nicht wegen deines Dads mitgenommen. Sondern, weil du so aussahst, als könntest du einen Freund gebrauchen.«

Aufmerksam sah ich sie an. »Warum bist du so nett zu mir?«

»Weil ich mir, ob du es glaubst oder nicht, Sorgen um dich mache«, erklärte Trisha.

Sie brachte den Wagen in der Einfahrt zum Stehen und sah mich an, als ich den Sicherheitsgurt löste. »Brauchst du irgendwie Hilfe, Avery?«, fragte sie.

Ich schüttelte den Kopf. »Ich möchte jetzt gern allein sein.«

Sie presste die Lippen aufeinander, nickte aber. »Wenn du irgendwann das Bedürfnis hast zu reden, dann weißt du, wo du mich findest.«

Ich rang mir ein Lächeln ab und kletterte aus dem Wagen. »Danke.«

Meine Füße fanden blind den Weg zur Haustür. Mein ganzer Körper war wie betäubt und lief auf Autopilot. Ich hatte keinen Haustürschlüssel dabei, denn der hing ebenfalls an dem Schlüsselbund in meiner Tasche, aber wenigstens hatte ich den Ersatzschlüssel, den Zac für mich angefertigt hatte. Ich angelte ihn aus der Ritze, in der ich ihn auf der Veranda versteckt hatte.

Ich rieb mit dem Daumen über die Rillen, die Zac eigenhändig in den Schlüssel geschnitten hatte. Er war meine Rettung, selbst jetzt noch, da er mich nur noch hasste. Das leise Klicken des Schlosses, als ich den Schlüssel reinschob, nahm ich kaum wahr.

In meinem Zimmer blieb ich erst mal stehen und starrte auf die Weltkarte an der Wand. Wie war ich nur auf die irrsinnige Idee gekommen, ich könnte alles wieder in Ordnung bringen? Wie konnte jemand, der selbst total am Ende war, auch nur daran denken, anderen helfen zu wollen?

Ich beugte mich über das Bett, streckte den Arm aus und riss die Karte von der Wand. Die Reißnägel blieben stecken und hielten kleine Stücke der Karte weiter an die Wand getackert. Den Rest zerknüllte ich in der Hand und schleuderte das Knäuel quer durchs Zimmer. Es flog gegen die Wand und landete hinter dem Fernseher auf dem Boden.

Ich weiß nicht, wie lange ich heulte, aber mein Hals tat bereits weh, als ich spürte, wie sich ein Paar Arme um mich schlangen. Ich hatte noch nicht mal mitbekommen, dass jemand ins Zimmer gekommen war, doch als ich die Augen aufschlug, saß da mein kleiner Bruder auf der Bettkante und hatte die Wangen an meine Schulter gepresst.

»Es tut mir leid«, flüsterte ich mit kratziger Stimme.

»Schon gut.« Er streichelte mir übers Haar, genau wie Mom früher, wenn ich schlecht geträumt hatte. Das hatte ich vollkommen vergessen. Nachdem sie abgehauen war, hatte ich mich so sehr auf die abwesende, ruhelose Frau konzentriert, die sie gegen Ende hin gewesen war, dass die vielen kleinen Momente, für die ich sie vor langer Zeit geliebt hatte, fast ganz aus meiner Erinnerung verschwunden waren. Vermutlich war es so einfacher gewesen. Nicht mehr an das Gute zu denken, an das man sich hätte klammern können.

Ich richtete mich auf und hielt Ians Hand fest. »Ian, es gibt da etwas, was ich dir nie erzählt habe.« Meine Brust füllte sich mit Luft, als ich tief einatmete, um mich für das zu wappnen, was ich ihm jetzt sagen wollte. »Es ist meine Schuld, dass Mom uns verlassen hat.«

Mein Bruder sah mich lange Zeit nur verstört an, ehe er antwortete. »Was?«

»Weißt du noch, wie sie manchmal war? Völlig abwesend, wenn sie mal wieder in dieser komischen Laune war, und dass sie dann alles andere vergessen hat? Dann redete sie immer all mögliches Zeug daher, dass sie für immer im Dschungel verschwinden oder sich in irgendeinem kleinen Dorf auf dem Land weit weg in Europa verstecken wollte.«

Langsam nickte er. »Ja, ein bisschen erinnere ich mich daran.«

»Eine Woche bevor sie verschwand, hab ich beim Wissenschaftswettbewerb an der Schule mitgemacht, und ich hab Mom schwören lassen, dass sie kommen würde. Selbst Dad ist für eine Stunde aus der Arbeit weg, um bei der Preisverleihung dabei zu sein. Ich hab gewartet und gewartet, dass sie endlich auftauchte.« Ich kämpfte gegen die Tränen an, die sich gleich über meine Wangen ergießen würden. »Aber sie ist nie gekommen. Sie hat mich vollkommen vergessen und den Tag stattdessen damit verbracht, einer von ihren verrückten Dschungelideen nachzugehen, indem sie im Pyjama vor dem Computer saß und im Internet recherchierte. Als ich nach Hause kam, saß sie immer noch davor.«

Ich rieb mit dem Daumen über Ians Hand und hoffte, er würde mich dafür jetzt nicht gleich noch mehr hassen. »Ich wurde nur Zweite, und ich war überzeugt, dass es daran lag, dass sie nicht gekommen war. Also brüllte ich sie an, wie ich es noch nie zuvor getan hatte. Ich hab ihr gesagt, ich würde sie hassen und wünschte, sie würde endlich für immer im Dschungel verschwinden.« Eine Träne löste sich und landete auf meinem Arm. »Dann war sie plötzlich weg. Ich war nicht gut genug gewesen, um Erste zu werden, und ich war nicht gut genug gewesen, um sie zum Bleiben zu bewegen.«

Als ich wieder zu weinen begann, umarmte Ian mich. Ich schlang die Arme um ihn und vergrub mein Gesicht an seiner Schulter. Er fühlte sich so stark und groß an. Was war eigentlich aus dem kleinen Jungen geworden, der früher immer auf meinem Schoß gesessen hatte?

»Es ist nicht deine Schuld«, versicherte Ian mir.

»Er hat recht, Avery.«

Wir drehten uns um und sahen meinen Vater im Türrahmen stehen. Eine tiefe Furche hatte sich in seine Stirn gegraben. Er kam durch das Zimmer auf uns zu und setzte sich auf die andere Seite des Bettes.

»Keiner hat Schuld«, erklärte Dad uns. »Lange Zeit hab ich mir selbst Vorwürfe gemacht. Ich dachte, ich hätte sie vielleicht zu früh gedrängt, mich zu heiraten. Hatte sie gedrängt, eine Familie zu gründen, ehe sie dazu bereit war. Ich dachte, ich hätte ihr nicht genügend Freiheiten gelassen oder sie nicht ausreichend ermutigt oder geliebt, und mir fielen noch hundert andere Dinge ein, die ich vielleicht hätte anders machen sollen. Aber die vielen Bücher, die ich mittlerweile gelesen habe, machten mir klar, dass es nie um uns gegangen war. Sondern allein um sie. Es war allein ihre Entscheidung gewesen, zu gehen, und es gibt nichts, was wir hätten tun oder sagen können, um sie zum Bleiben zu bewegen. Wir mögen zwar die wahren Gründe für ihr Verschwinden nie erfahren, aber es war ganz entschieden nicht deine Schuld.«

Dad zog uns beide in eine feste Umarmung und gab jedem von uns einen Kuss auf die Stirn.

»Ich dachte immer«, sagte ich, während ich mir die Tränen aus den Augen rieb, »dass ich sie eines Tages finde und sie mir dann verraten würde, weshalb sie gegangen ist. Das ist der eigentliche Grund, weshalb ich die ganze Zeit unbedingt nach Costa Rica wollte.«

Dad lächelte mich traurig an. »Ich weiß. Eure Mom hat oft von Costa Rica gesprochen, daher dachte ich mir schon, dass dein Interesse dafür mit ihr zu tun hat. Ich schätze, das ist auch der Grund, warum ich dich nicht so gern gehen lassen wollte, weil ich Angst hatte, du könntest sie finden und beschließen, bei ihr zu bleiben.«

»Ich bin nicht wie sie.«

Er streichelte mir mit der Hand über die Wange. »Nein, bist du nicht. Du sorgst dich viel zu sehr um die Menschen, die dir etwas bedeuten, du würdest sie niemals verletzen.« Er atmete tief durch, als würde das, was er gleich sagen wollte, ihm wehtun. »Aber ich sollte dich nicht davon abhalten, deine Träume zu verwirklichen. Wenn du nach Costa Rica willst, um bei diesem Medizinprogramm mitzumachen, dann hast du meine volle Unterstützung. Aber ich werde dich irrsinnig vermissen.«

Ian verzog das Gesicht. »Ich werde dich nicht vermissen. Ich könnte ganz gut mal einen Sommer ohne nervige ältere Schwester vertragen.«

Dafür zog ich ihm das Kissen über den Kopf. »Vielleicht bleib ich dann lieber hier und nerve dich so oft es geht.«

Ian sprang vom Bett auf, da er offensichtlich genug hatte von diesem tränenreichen Familientreffen. Immerhin war er ein dreizehnjähriger Junge. »Ich hau jetzt hier ab, solange das noch geht«, meinte er und schoss zur Tür raus.

Ich sah ihm lächelnd hinterher, selbst als er schon verschwunden war. Er mochte ja hin und wieder ganz schön nervig sein, aber trotzdem liebte ich diesen Kerl ohne Ende.

»Was ist denn aus deiner Landkarte geworden?«, fragte Dad und starrte auf die kahle Stelle über dem Bett.

Ich zuckte mit den Schultern. »Die hab ich runtergerissen. Spielt keine Rolle mehr. Das Ganze war eine dumme Idee, Mom könnte sonst wo sein. Ich werde sie nie finden.«

Dad drückte meine Hand. »Nur weil du deine Mom vielleicht nicht finden wirst, heißt das doch noch lange nicht, dass du nicht trotzdem dahin solltest. Du wirst eines Tages eine großartige Ärztin werden, und von dieser Reise könntest du viel lernen. Nicht nur über Medizin, auch über dich selbst. Du solltest dich nicht abhalten lassen von deiner Angst, dass du vielleicht versagen könntest.«

Ich fuhr mit dem Finger über die Bettdecke und zeichnete eine Linie nach. »Kann ich dich mal was fragen?«

»Klar, was immer du willst.«

»Warum suchst du immer noch nach der Liebe, selbst nach allem, was du durchgemacht hast? Warum bist du nicht zu verärgert und verletzt und schottest dich vor anderen ab?«

Dad schwieg einen Augenblick lang, den Blick auf die Reißnägel an der Wand geheftet. »Eine Zeit lang war ich ziemlich wütend und wollte mit niemandem etwas zu tun haben. Doch mit der Zeit stellte ich fest, dass ich mich dem

Kontakt mit anderen Menschen nicht vollkommen entziehen konnte. Ich durfte nicht zulassen, dass eine missglückte Beziehung über mein restliches Leben bestimmte. Eines Tages werdet auch Ian und du mich verlassen und euer eigenes Leben führen. Dann will ich nicht traurig und einsam hier zurückbleiben, nur weil ich zu viel Angst davor hatte, noch einmal verletzt zu werden, und es deswegen kein zweites Mal versucht habe.« Wieder schenkte er mir ein betrübtes Lächeln. »Und ich möchte auch nicht, dass du zu große Angst davor hast. Das mit deiner Mom und mir, das hat nicht funktioniert, aber das bedeutet noch lange nicht, dass jede Beziehung auf diese Weise endet.«

»Ich werde dran denken.« Ich rang mir nun ebenfalls ein kleines Lächeln ab. »Weißt du, vielleicht ist Trisha ja gar nicht so verkehrt. Wenn man sie mit den Frauen vergleicht, mit denen du dich bisher so getroffen hast, dann gehört sie echt zu den besseren.«

Ein überraschter Ausdruck kroch über sein Gesicht und auf einmal sah er richtig glücklich aus. »Sie ist wirklich toll. Wenn es nicht so wäre, würde ich sie auch nicht hier im Haus haben wollen.«

Ian kam wieder in mein Zimmer gehopst und hielt ein Geschenk in der Hand. »Wenn du dich jetzt nicht beeilst und endlich dieses Muttertagsgeschenk aufmachst, das ich für dich besorgt habe, dann bring ich es zurück. Das Geld kann ich sicher anderweitig investieren.«

Ich griff nach dem Geschenk und warf ihm einen strengen Blick zu. »Wenn du mein Geschenk zurückgibst, geb ich dich ebenfalls zurück. Ich bin mir sicher, dass mir irgendwer zwei Cent für dich gibt.«

Ich riss das violette Geschenkpapier auf. Es war eine Schachtel, in der eine der Kristallrosen aus dem Kartenladen im Einkaufszentrum lag. Die Blume war lila angemalt und hatte einen langen, durchsichtigen Stängel mit goldenen Dornen dran. Ich lächelte meinen Bruder an. »Die ist wunderschön. Vielen Dank.«

Er ließ sich einen Kuss auf die Wange geben, dann sprang er wieder davon und wischte sich dabei mit der Hand übers Gesicht. »Igitt«, ächzte er. »Jetzt hast du mich mit deinen Keimen verseucht.«

Fünfundzwanzig

Als ich am Dienstagnachmittag bei der Arbeit gerade die Servietten nachfüllte, bemerkte ich, wie Elliott, der Dienst am Tresen hatte, sich mit Zac unterhielt. Zac gestikulierte wild und nach einer Weile wurde Elliotts Gesichtsausdruck weicher. Irgendwann stießen die beiden freundschaftlich die Fäuste aneinander, wie Jungs das gern taten, und Zac verschwand. Dabei strengte er sich an, bloß nicht in meine Richtung zu sehen.

Ich hielt es gerade mal fünf Sekunden aus, ehe meine Neugier siegte.

»Was hattet ihr denn zu besprechen?«, fragte ich, nachdem ich mich zu Elliott an den Tresen gesellt hatte. Ich tat so, als müsste ich die Ketchup- und Senfpäckchen neu organisieren.

Er funkelte mich an. »Willst du mich als Nächstes beschuldigen, ich würde Molly mit Zac betrügen?«

»Nein«, sagte ich und meine Wangen fingen an zu glühen. Ich holte tief Luft und redete mir ein, dass der Klügere nachgab. Es hatte noch keinem geschadet, sich zu entschuldigen, oder? Ich befürchtete zwar, dass man von dem Stress, den das verursachte, einen Herzinfarkt oder Schlaganfall bekommen könnte, doch das musste ich wohl oder übel in Kauf nehmen.

»Hey«, sagte ich und sah ihm dabei direkt ins Gesicht, »es tut mir leid, dass ich dir nicht vertraut habe. Ich hätte niemanden auf dich ansetzen sollen, um dir hinterherzuspionieren, und ich hätte keine voreiligen Schlüsse ziehen dürfen. Ich hoffe aufrichtig, dir liegt so viel an Molly, dass du ihr niemals wehtun wirst.«

Elliott warf mir einen verärgerten Blick zu, doch dann sagte er: »Das tut es. Ich würde Molly nie hintergehen. Tara und ich sind nur Freunde, sonst nichts.«

»Was war an dem Tag, als du dachtest, ich wäre sie?«, fragte ich, weil mir wieder einfiel, wie er mit mir gesprochen hatte, als ich im Hot-Dog-Kostüm gesteckt und er gedacht hatte, ich wäre Tara. »Was hast du gemeint, als du fragtest, ob sie darüber nachgedacht hätte?«

»Ganz schön neugierig, wie?«, meinte Elliott und runzelte die Stirn. »Tara hatte ziemlich krassen Stress mit ihrem *Freund* und ich hatte ihr ein paar Tipps gegeben. Wenn du mir nicht glaubst, frag sie doch selbst.«

Ich schüttelte den Kopf. »Nein, ich glaub dir. Tut mir leid. Aber es gibt da auch so Gerüchte über dich und Lila ...«

Elliott verdrehte die Augen. »Erstens ist das schon zwei Jahre her, Avery. Längst Geschichte. Und zweitens muss nicht alles stimmen, was man so hört.«

»Was soll das heißen?«

Er trat an die Kasse. »Ich nehme mal an, Zac hat dir nie erzählt, dass wir mal recht gute Freunde waren?«

»Nein«, bestätigte ich. »Aber was hat Zac mit dem Ganzen zu tun? Und warum war er überhaupt hier?« Ich biss mir auf die Lippe, um nicht auch noch zu fragen, ob er irgendwas über mich gesagt hatte.

»Er war hier, um sich für einen Fehler zu entschuldigen. Frag ihn selbst, wenn du es genauer wissen willst.«

Während ich auf Elliotts Rücken starrte, gingen mir verschiedene Erinnerungen durch den Kopf. Er neigte den Kopf immer noch ein wenig zur Seite, wenn er sich konzentrierte, so wie früher schon als Kind. Ich hab damals so viel Zeit mit ihm verbracht, dass ich ihn im Grunde besser kannte als die meisten Leute.

Man lässt nicht einfach so jemanden sitzen, wenn es mal nicht ganz so gut läuft. Zacs Worte gingen mir mit einem Mal wieder durch den Kopf. Ich war weggelaufen, und es hatte mich die Freundschaft zu den beiden Menschen gekostet, die mir einmal alles bedeutet hatten.

»Es tut mir wirklich leid«, sagte ich und meine Stimme war über die lauten Gespräche der Kunden und das Gelächter im Speiseraum hinweg kaum zu hören. »Alles. Dass ich damals in jenem Sommer alles vermasselt und unsere Freundschaft ruiniert habe.«

Elliotts Schultern verspannten sich. Er hielt den Blick fest auf die Kasse gerichtet, doch die Muskeln in seinem Kiefer zuckten. »Ich habe es vermisst, mit dir befreundet zu sein, Avery.«

Nie war mir in den Sinn gekommen, Elliott könnte mich vermissen. Ich hatte die vergangenen Jahre kein einziges Mal über seine Gefühle nachgedacht. Stattdessen hatte ich ihn als hoffnungslosen Fall abgestempelt und als Typ betrachtet, der sich um nichts scherte.

Doch als er mich jetzt schließlich ansah, erkannte ich Traurigkeit in seinen Augen. »Es tut mir leid, dass ich damals gesagt habe, ich würde dich hassen. Das hab ich nicht so gemeint. Du warst mir immer sehr wichtig, aber du hast mich zurückgewiesen.«

Ich nickte. »Ich kann manchmal schon ziemlich stur sein.«

Er lächelte, wenn auch nur ganz leicht. Dann öffnete er die Arme und ich ließ mich hineinfallen und umarmte ihn ganz fest. Er roch immer noch ganz wie der alte Elliott Reiser, so wie ich ihn gekannt hatte, nach frisch gewaschener Wäsche und dem Weichspüler, den seine Mom benutzte.

»Warum hast du Molly eigentlich nie erzählt, was damals passiert ist?«, fragte ich ihn.

»Ich wollte nicht, dass sie schlecht von dir denkt«, gab er zurück. Das Echo seiner Stimme drang durch seine Brust in mein Ohr, das ich dagegengepresst hatte. »Das war damals eine schlimme Zeit, das Verschwinden deiner Mom und all das. Ich fand, du hattest genug durchgemacht, da wollte ich nicht, dass das wieder hochkommt und dich erneut verletzt.«

Er hätte es jederzeit allen Leuten erzählen können, doch er hatte das Geheimnis die ganze Zeit unter Verschluss gehalten. Vielleicht hatte ich mich tatsächlich in allem und jedem getäuscht, von Anfang an.

»Danke.« Ich wich von ihm zurück und sah ihn an. »Denkst du, wir könnten wieder Freunde sein?«

Zaghaft lächelte er mich an. »Wenn du mir nicht länger irgendwelche Sachen an den Kopf wirfst, die ich gar nicht verbrochen habe, dann denke ich, könnten wir das hinkriegen.«

In dem Moment kam Mr Throckmorton aus der Küche. Als er uns zusammen entdeckte, blickte er finster drein. »Ich bezahle euch beide nicht dafür, dass ihr gemütlich hinter der Kasse steht und plaudert!«

Sechsundzwanzig

»Und so«, sagte Molly, wobei sie ihre Hände in die Hüften stemmte, »wird aus der Tortenbäckerei des Nachts ein geheimer CIA-Stützpunkt.«

Die gesamte Klasse war still. Nathan, Mollys Projektpartner, starrte sie mit offenem Mund an. Es machte den Eindruck, als hätte sie ihn mit ihrer Erklärung, wofür der Raum hinter ihrer geplanten Bäckerei wirklich da war, vollkommen überrumpelt. Ich konnte ihn gut verstehen. Er war gerade dabei gewesen, zu erklären, was für eine Sorte Kunden sie mit ihren Torten und Kuchen beliefern würden, als Molly plötzlich das Ruder an sich gerissen und die Präsentation übernommen hatte, und zwar mit der Vorstellung eines voll funktionstüchtigen Überwachungssystems, das sie auf dem Laptop präsentierte, sowie mit Listen von verdächtigen Bürgern, darunter Nathan selbst.

Man musste kein CIA-Agent sein, um zu schnallen, dass Molly Nathan nie in ihren Teil des Plans eingeweiht hatte.

Schließlich räusperte sich Mr Freeman. Er stand vor einem Pult ganz vorne in der ersten Reihe, von wo aus er sich die

Präsentation angesehen hatte. »Nun, danke, Molly. Und Nathan«, fügte er nach kurzem Zögern noch hinzu. »Das war sehr ... beindruckend und überaus gut durchdacht.«

Molly strahlte, während sie ihren Laptop wegpackte und sich zurück an ihren Platz begab. Ein Typ aus der Klasse hielt sie auf und meinte: »Hey, denkst du, ich könnte dich engagieren, damit du mir so eine Überwachungsanlage in der Mädchenumkleide installierst?« Seine Freunde um ihn herum fingen an, begeistert zu johlen.

»Das hättest du wohl gern«, gab Molly zurück.

»Also gut, jetzt beruhigt euch wieder.« Mr Freeman sah auf seine Liste. »Als Nächstes haben wir Avery James und Zac Greeley.«

Ich warf einen kurzen Seitenblick auf Zac und sandte ihm eine stumme Botschaft, er solle nur einmal zu mir hersehen. Mehr wollte ich ja gar nicht. Nur ein Blick, der mir sagte, dass alles wieder in Ordnung kommen würde.

Doch stattdessen bekam ich nur seine Rückseite zu sehen, während er nach vorne ging.

Zac baute seinen Laptop auf, loggte sich in das drahtlose Netzwerk der Schule ein und rief unsere Website auf. Ich stand mit unseren Geschäftsnotizen in der Hand daneben.

»Wir haben uns dafür entschieden, eine Partnervermittlungsagentur zu gründen«, begann Zac unsere Präsentation. Ein leises Gemurmel ging daraufhin durchs Klassenzimmer. Vermutlich fanden es alle recht witzig, dass ausgerechnet ich, die noch nie mit jemandem zusammen gewesen war, eine solche Agentur leitete. »›A bis Z Paardienste‹. Wir haben eine Website eingerichtet mit einer im Moment noch rudimentären, aber funktionierenden Datenbank, doch die planen wir im Laufe des Sommers zu erweitern.«

Zac erläuterte anschließend die Grundlagen unserer Agentur und verteilte dann die Profil-Fragebögen an alle. Als ich mit meinem Vortrag an der Reihe war, wollte er mich immer noch nicht ansehen. Er hörte einfach nur auf zu sprechen. Erst nach einem kurzen Moment wurde mir klar, dass da nichts mehr kommen würde und ich jetzt dran war, also begann ich mit meiner gut einstudierten Rede über die Geschäftsprognosen und die geplanten Marketingkampagnen.

»Natürlich«, schloss ich schließlich unseren Vortrag, »können wir nicht garantieren, dass jeder, der unsere Dienste in Anspruch nimmt, auch den absolut perfekten Partner für sich finden wird. Denn es gibt Dinge, die selbst ein sehr gut erstelltes Computerprogramm nicht berücksichtigen kann. Manchmal geht es nicht um gemeinsame Interessen und Lebensstile. Die Chemie ist nun mal nicht vorhersehbar.«

Am Ende versagte meine Stimme ein wenig, sodass ich husten musste, um es zu überspielen.

»Sehr beeindruckend«, meinte Mr Freeman, als wir fertig waren. »Und höchst ambitioniert, daraus sogar ein richtiges Geschäft zu machen. Ich hoffe sehr, ihr haltet mich auf dem Laufenden, ob ihr erfolgreich damit seid.«

Wir kehrten an unsere Plätze zurück. Ich war erleichtert, dass der Vortrag zu Ende war und es allen gefallen zu haben schien. Ein paar Leute hatten sich sogar schon darangemacht, die Fragebögen auszufüllen.

Ich warf Zac noch einmal einen kurzen Blick zu, doch auch diesmal schenkte er mir keinerlei Beachtung. Er hatte mich vollständig ausgeblendet aus seinem Leben.

Vielleicht wäre es das Beste gewesen, wenn ich ihn in Ruhe gelassen hätte, doch mein Herz ließ das nicht zu. Ich wollte nur eine letzte Chance, um alles wiedergutzumachen. Wenn er mich dann immer noch hasste, würde ich aufgeben und meine Gefühle für ihn vergessen.

Deshalb folgte ich Zac nach Wirtschaft zu seinem Spind und schaffte es tatsächlich, ihn aufzuhalten. Ich stellte mich direkt vor ihn, als der Hausmeister im Flur stehen blieb und Zac mir wegen des riesigen rollenden Mülleimers nicht ausweichen konnte.

»Zac«, sagte ich mit leiser Stimme. »Es tut mir so leid.«

Zacs Gesicht zeigte keinerlei Regung. Er sah mich noch nicht einmal an, als er sagte: »Ich muss weiter.«

Ich legte ihm die Hand auf die Brust und versuchte, nicht darauf zu achten, wie gut sich das anfühlte. »Nein, bitte hör mir zu. Bitte rede mit mir.«

»Was willst du denn von mir hören?«

Es gab im Grunde nur eins, was ich hören wollte, doch mir war klar, dass er viel zu verletzt war, um es auszusprechen.

»Was ist zwischen Elliott und dir passiert, dass ihr keine Freunde mehr seid?«

Zacs Kopf fuhr hoch und er blinzelte mich an. Offensichtlich hatte ich ihn damit überrascht. Vermutlich hatte er alles andere erwartet, nur nicht diese eine Frage.

Er zuckte mit den Schultern. »Spielt doch jetzt keine Rolle mehr.«

»Offensichtlich schon. Elliott meinte, ich solle mich an dich wenden, wenn ich Antworten bräuchte.«

Zac schleifte einen Fuß über den Boden und druckste verlegen herum. Ich wartete ab und wagte es kaum zu atmen, doch er sagte kein Wort.

»Bitte. Ich wollte dir nicht wehtun.«

Schließlich platzte es aus ihm heraus. »Du wolltest mir nicht wehtun?« Seine Stimme hallte von den Schließfächern um uns herum wider.

Inzwischen war der Flur fast menschenleer, doch die wenigen Schüler, die noch hier waren, drehten sich zu uns um. Ich trat einen Schritt vor, in der Hoffnung, Zac würde mir jetzt keine filmreife Szene machen.

»Bitte, Zac«, flüsterte ich. »Ich brauchte Geld für Costa Rica, und ich hatte ja auch nicht erwartet, dass ich auf einmal Gefühle für dich hätte. Es war … ein Job.«

»Mein Leben ist für dich also nur ein *Job?*« Zacs Gesicht war jetzt vor Schmerz verzerrt, es war nicht zu übersehen, wie tief verletzt er war.

»Nein, das hab ich damit nicht gemeint …«

»Meine Gefühle, meine Gedanken, das war alles nur ein blöder Job für dich? Bloß eine gute Gelegenheit, ein paar Kröten zu verdienen, damit du irgendeinen Trip machen und dir so einreden kannst, du wärst besser als alle anderen?«

Ich trat einen Schritt zurück, als hätte er mir eine Ohrfeige verpasst.

Und in dem Moment wurde mir etwas klar: Ich war kein bisschen besser als meine Mutter. Sie hatte Dad, Ian und mich mehr verletzt, als das sonst jemand je hätte tun können. Und jetzt hatte ich Zac genau dasselbe angetan. Ich hatte alles gegeben im Leben, um perfekt zu sein, um ganz anders als sie zu sein, doch am Ende war ich ihr doch verdammt ähnlich. Ich war es immer gewesen, nur dass ich es mir nie hatte eingestehen wollen.

»Der Valentinstagsball in der neunten Klasse«, sagte Zac und wechselte damit ganz unvermittelt das Thema. »Jeder hat behauptet, Elliott habe Lila betrogen, weil er Melanie geküsst hat. Die Wahrheit aber ist, dass ich in Lila verknallt war, und als Elliott kurz weg war und was zu trinken holte, beschloss ich, die Gelegenheit zu ergreifen und ihr meine Gefühle zu gestehen. Was ich auch tat und … und dann hab ich sie geküsst. Keiner hat das mitgekriegt, bis auf Elliott, der genau in dem Moment mit den Getränken zurückkam. Er wurde total sauer, und dann hat er mit Melanie geknutscht, um sich an Lila zu rächen.«

Er hielt kurz inne, unfähig, mich anzusehen. »Natürlich hat jeder dann *den* Kuss gesehen, und so kam das Gerücht auf, Elliott habe Lila betrogen. Aber in Wirklichkeit war das alles meine Schuld.«

Ich sah zu Zac auf und wusste nicht, was ich sagen sollte. Elliott hatte nicht nur die ganze Zeit mein Geheimnis bewahrt, sondern auch das von Zac, und er hatte allein die Konsequenzen getragen für das, was passiert war.

»Elliott hat nie irgendjemandem die Wahrheit verraten«,

fuhr Zac fort. »Aber er wollte nach diesem Abend auch nicht länger mit mir befreundet sein. Ich wusste, dass ich ihm wehgetan hatte, aber mir war gar nicht klar gewesen, wie sehr – bis ich die Wahrheit über dich erfuhr. Denn jetzt weiß ich, wie es sich anfühlt, wenn ein Mensch, der einem was bedeutet, einen hintergeht.«

Die Leute, die noch im Flur herumstanden, beobachteten uns und warfen immer wieder neugierige Blicke in unsere Richtung, wobei sie so taten, als würden sie sich nicht für unser Gespräch interessieren. Ich war nicht daran gewöhnt, dass die Leute mich beachteten oder über mich sprachen. Normalerweise versuchte ich möglichst unsichtbar zu bleiben. Ihre Blicke bohrten sich in mich, doch ich konzentrierte mich auf Zac.

»Zac, bitte versteh doch«, begann ich und kämpfte gegen das Schluchzen an, das sich nun Bahn zu brechen drohte. Wenn ich jetzt losheulte, würde ich ganz sicher eine Zeit lang nicht wieder aufhören. »Ich hatte das alles doch nicht beabsichtigt, ich wollte dir nicht so wehtun …«

»Klar, tja, hast du ja gut hingekriegt, das mit dem nicht Wehtun.« Noch nie hatte ich ihn in einem so scharfen Tonfall sprechen hören. »In den vergangenen Wochen habe ich dir mein echtes, unverfälschtes Gesicht gezeigt. Und dabei hast du die ganze Zeit ein Spiel gespielt, nur zu deinem eigenen Besten. Ich weiß ja noch nicht mal mehr, was an dir echt ist und was nicht.«

Er fuhr sich mit der Hand durchs Haar, sodass es ihm wirr vom Kopf abstand. »Du wolltest doch eh nie mitmachen bei dieser Partnervermittlungssache, oder? Bitte schön. Lass es bleiben. Dann kannst du dich wieder darum kümmern, dass du keinem wehtust oder was auch immer du so treibst in deiner freien Zeit. Unsere Partnerschaft und alles andere wäre hiermit jedenfalls beendet.«

Damit schob er den Müllwagen des Hausmeisters aus dem Weg und lief über den Flur davon.

»Und was war mit dem Weglaufen?«, rief ich ihm hinterher. Wir hatten jetzt die volle Aufmerksamkeit des umstehenden Publikums, keiner gab sich noch die Mühe, so zu tun, als würde er nicht zuhören. Meine Stimme brach, während ich das sagte, doch ich versuchte es zu vertuschen und wieder die starke, perfekte Avery James zu sein.

Zac blieb wie angewurzelt stehen, die Schultern angespannt. Er drehte sich ein Stück herum, sodass ich ihn im Profil sehen konnte.

»Vielleicht hattest du ja von Anfang an recht«, meinte er. »Manche Dinge kann man nicht in Ordnung bringen.«

Als ich ihn am Ende des Gangs verschwinden sah, entrang sich mir ein erstickter Schluchzer. Leute drängten sich an mir vorbei, um in ihren Unterricht zu kommen, doch ich konnte mich nicht bewegen. Wenn ich jetzt auch nur einen Schritt gemacht hätte, wäre ich mit Sicherheit zu einem Häuflein Nichts zerbröselt.

Ich hatte ja erwartet, dass die Wahrheit Zac wütend machen würde, aber dennoch hatte ich mich an den letzten Rest Hoffnung geklammert, dass am Ende alles wieder gut werden würde. Dass er mir vielleicht dankbar genug dafür wäre, dass ich ihm die Wahrheit über Hannah erzählt hatte, um mir mein Vergehen zu verzeihen. Dass er womöglich sogar darüber lachen könnte, weil er es für eine clevere Taktik hielt, sich Geld dazuzuverdienen. Doch er hatte natürlich recht. Ich hatte ihn hintergangen und das würde er mir wohl nie verzeihen können.

Ich fuhr zusammen, als ich eine Hand an meinem Arm spürte. Ich drehte mich um und sah Molly neben mir stehen.

Sofort warf ich mich in ihre offenen Arme. Tränen rannen mir über die Wangen, aber mir war egal, ob das irgendwer mitbekam oder nicht. Ich konnte nicht verhindern, dass meine Schultern bebten, während ich in Mollys T-Shirt heulte und sie mich ganz fest drückte.

Als der Gong ertönte, führte sie mich in die Mädchentoilette. Ich hatte noch nie eine Stunde geschwänzt, da es ja mein perfektes Image als Musterschülerin ruiniert hätte. Doch in diesem Moment brachte ich einfach nicht den Mut auf, irgendjemandem unter die Augen zu treten.

Wir saßen lange Zeit neben den Waschbecken auf dem Boden, ohne ein Wort zu sagen. Es fühlte sich gut an, meine beste Freundin wieder neben mir zu haben.

»Tut mir leid, dass ich Elliott so misstraut habe«, sagte ich schließlich.

»Ich weiß«, entgegnete Molly.

»Ich hab mich bei ihm auch schon entschuldigt.«

»Hat er mir erzählt. Ich kann trotzdem nicht glauben, dass du ihm hinterherspioniert hast. Das sieht doch eher mir ähnlich.«

»Tja, ich hatte ja auch die beste Lehrerin.« Ich brachte ein schiefes Grinsen zustande.

»Und wie ist es möglich, dass Ian Fotos von mir schießen konnte, ohne dass ich was davon mitbekommen habe? Wäre ich eine echte CIA-Agentin, könnte ich meine Tarnung jetzt vergessen.« Sie machte eine kurze Pause, ehe sie fortfuhr: »Tut mir leid, dass ich dir nicht von meinem Treffen mit Elliott erzählt habe.«

»Und warum hast du es nicht getan?«

Molly wedelte ratlos mit einem Arm. »Ich dachte, du würdest mich für dumm halten. Weil du nämlich nicht glauben willst, dass die Leute sich ändern können, und ich wollte mich damit nicht auch noch auseinandersetzen, weil ich ja schon Probleme damit hatte, mir über meine eigenen Gefühle klar zu werden. Ich brauchte einfach Zeit, um über das alles nachzudenken, weißt du?«

Ich nickte. »Du hättest mir einfach sagen sollen, ich solle meine vorlaute Klappe halten. Wenn du mit Elliott zusammen sein willst, dann ist das nämlich deine Sache. Ganz egal, was ich denke.«

Frustriert schlug sie sich mit den Händen auf die Knie. »Es ist eben *nicht* egal, was du denkst, weil du nämlich meine beste Freundin bist. Wie könnte ich mit einem Typen zusammen sein, den meine beste Freundin nicht mag?«

Der Klumpen in meiner Kehle, den ich jetzt runterzwang, war wohl mein Stolz. Nervös zog ich an einem losen Faden an meinem Rucksack. »Es gibt da etwas, was ich dir schon vor langer Zeit hätte erzählen sollen.«

»Was denn?«, fragte Molly neugierig.

»Elliott und Hannah und ich waren früher ziemlich gute Freunde. Die besten Freunde. Vom Kindergarten bis zur siebten Klasse.«

Verblüfft riss sie die Augen auf. »Warum hast du mir das nicht schon längst erzählt?«

»Weil ich nicht wollte, dass du mich hasst.« Ich atmete tief durch. »Da ist noch mehr. Du weißt ja, dass meine Mom uns gegen Ende der siebten Klasse verlassen hat. Eines Tages wachte ich auf und sie war einfach so verschwunden. Ich war zur damaligen Zeit ganz schön durch den Wind, wegen diverser Dinge, deshalb hab ich Elliott und Hannah ziemlich zurückgestoßen. Es tat einfach zu sehr weh, eine solche Zuneigung zu anderen Menschen zu fühlen, weil ich ja wusste, dass sie jeden Moment aus meinem Leben verschwinden konnten.«

Ich schloss die Augen, weil ich wieder an jenen warmen Sommertag bei Elliott im Keller dachte. »Hannah hatte sich irgendwie in Elliott verknallt, und es sah so aus, als würde er ebenfalls auf sie stehen. Ich fand es fürchterlich, dass da möglicherweise etwas zwischen ihnen war, das mich ausschloss, dass Elliott Hannah lieber mochte als mich, weil ich vielleicht nicht gut genug war, um ihn stattdessen mich mehr mögen zu lassen. Also bin ich zu Elliott in den Keller, wo wir immer zusammen rumhingen, und knipste das Licht aus. Ich wollte ihn glauben lassen, ich wäre Hannah. Und dann hab ich ihn geküsst …«

Molly richtete sich kerzengerade auf, wobei ihre pinke

und blonde Mähne um ihre Schultern hüpfte. »Moment mal! Du hast Elliott *nicht* geküsst.«

Ich zog den Kopf ein und nickte. »Ich dachte, wenn er mich als Erste küsst, dann würde er mich vielleicht auch lieber mögen. Doch dann kam Hannah die Treppe runter, hat das Licht angemacht und uns erwischt. Sie wurde fuchsteufelswild und war total sauer auf mich, weil ich ihr den Typen ausspannen wollte, auf den sie stand, und Elliott wurde wütend, weil ich ihn hereingelegt hatte.«

Ich konnte mich noch an jedes einzelne Wort erinnern, das sie an diesem Tag zu mir gesagt hatten, doch ich wollte sie nicht laut aussprechen.

»Und ihr drei habt euch nie wieder versöhnt?«, erkundigte sich Molly. »Ihr wart danach einfach keine Freunde mehr?«

»Ich hab ihnen nie die Chance gegeben, alles wieder ins Reine zu bringen«, gab ich zu. »Ich hab sie von mir gestoßen und mir selbst eingeredet, es wäre besser, keine Freunde zu haben. Doch dann kamst du, und irgendwie hast du einen Weg hinter die Mauer gefunden, die ich um mich herum errichtet hatte.«

Molly musste grinsen. »In der Hinsicht bin ich so was wie eine Wühlmaus. Ich grab mich durch jedes noch so winzige Loch, das ich finden kann.«

Wir lachten und mir wurde ganz warm in der Brust. Ein Leben ohne Freunde war auf keinen Fall besser als das hier.

»Und warum hat mir Elliott nie etwas von alldem erzählt?«, wollte Molly wissen.

»Ich dachte immer, es läge daran, dass er sich diesen

Trumpf gegen mich aufheben wollte. Dass er, wenn ich irgendwas mal so richtig vermasselte, loslaufen und allen mein großes Geheimnis verraten könnte.« Ich zuckte mit den Schultern. »Aber ich schätze mal, ich hab mich in vielem getäuscht, was Elliott betrifft. Vermutlich ist er einfach nicht der Typ, der irgendwelche Geheimnisse ausplaudert.«

»Und Hannah? Warum hat sie nichts erzählt?«

Blinzelnd sah ich zur Decke hoch und folgte mit dem Blick den Rissen im Gips. »Das ist mir selbst ein Rätsel. Vielleicht war es von vornherein ihr Plan, mich da in irgendein seltsames Komplott reinzuziehen. Vielleicht wartet sie jetzt seit vier Jahren auf die perfekte Gelegenheit, mich vollends zu ruinieren. Wer weiß? Hannah ist für mich inzwischen eine Fremde. Sie ist ganz anders, als sie früher war.« Ich wandte mich zu Molly um, weil ich gern das Thema wechseln wollte. »Und? Was empfindest du jetzt für Elliott?«

Molly wurde rot. Meiner besten Freundin, diesem, wenn es nach ihr selbst ging, so unabhängigen, fortschrittlich denkenden Mädchen, das nie irgendwas aus der Ruhe bringen konnte, schien meine Frage doch tatsächlich ein wenig peinlich zu sein. »Wir haben rein gar nichts gemeinsam, aber ich glaube, das ist ganz gut für mich. So mache ich ganz neue Erfahrungen, die ausnahmsweise mal nichts mit Computern zu tun haben.«

»Das ist immer gut«, bestätigte ich, ganz die ermunternde beste Freundin.

»Vielleicht … Keine Ahnung, vielleicht mag ich ihn ja *tat-*

sächlich recht gern, richtig gern. Verstehst du, was ich meine?«

Ich zog die Augenbrauen hoch. »Meinst du, du liebst ihn?«

Sie zuckte mit den Schultern und lächelte ganz leicht. »Vielleicht. Findest du mich doof?«

»Nein. Außerdem, was Dummheit betrifft, könntest du mich sowieso niemals übertrumpfen.«

Wieder verfielen wir in Schweigen, und ich lauschte den Geräuschen des Wassers, das durch die Rohre in der Wand floss.

»Ich wünschte nur, die Wahrheit würde nicht so wahnsinnig wehtun.«

Molly sah mich an und zog jetzt ihrerseits die Brauen hoch. »Du magst ihn, nicht wahr?«

»Das war niemals Teil des Plans gewesen, aber ich kann nicht mehr aufhören, an ihn zu denken. Und als er mich geküsst hat …«

»Moment mal! Immer schön langsam!« Molly drehte sich zu mir und starrte mir ins Gesicht. »Er hat dich *geküsst,* und du hast noch nicht mal daran gedacht, deiner besten und einzigen Freundin im ganzen Universum davon zu erzählen?«

»Na ja, wer hat mir denn die kalte Schulter gezeigt? Du wolltest ja nicht mehr mit mir reden.«

»Und das hattest du auch verdient«, erwiderte Molly. »Aber das ist jetzt vorbei, also raus damit. Ich will Details, sofort!«

Siebenundzwanzig

Eine Woche lang war ich viel zu beschäftigt, um auch nur im Entferntesten an Zac zu denken. Ich stürzte mich in die Lernerei für die Prüfungen und bekam kaum was von dem mit, was um mich herum vorging. Molly und Elliott waren nun ganz offiziell ein Paar, und oft trafen wir uns zu dritt bei einem von uns zu Hause, um gemeinsam zu büffeln. Ich tat so, als würde ich es nicht mitkriegen, wenn sie sich hinter den Schulbüchern heimlich küssten, und dabei gab ich mir alle Mühe, nicht an Zacs Lippen auf den meinen zu denken.

Am Morgen des letzten Schultages fielen mir die Behälter zur Wahl von Klassenkönig und Klassenkönigin auf. Ich war so beschäftigt und abgelenkt gewesen, dass ich den dämlichen Beliebtheitswettbewerb komplett vergessen hatte. Zum ersten Mal betrachtete ich also die ganzen bunten, bescheuerten Poster mit »Wählt mich!«-Schriftzügen, die an der Wand klebten. Die Gewinner würden an diesem Nachmittag bei einer Preisverleihungszeremonie verkündet werden.

Würde sich in zwanzig Jahren noch irgendjemand von uns erinnern können, wer die Wahl zum Klassenkönig und zur Klassenkönigin gewonnen hatte?

Hannah vermutlich schon. Wenn sie gewann, würde sie das für immer als einen ihrer glorreichen Momente in Erinnerung behalten, selbst dann noch, wenn wir alle alt und grauhaarig waren. Weil sie nämlich nicht ohne diese Anerkennung leben konnte. Sie brauchte einfach immer wieder die Bestätigung, dass sie gut genug war.

Vielleicht waren Hannah und ich uns auch nach all den Jahren gar nicht so unähnlich.

Ich wühlte in meiner Tasche auf der Suche nach meiner Geldbörse. Ich suchte die Hälfte meiner Münzen raus und warf sie in das Glas.

»Ich hab eh schon gewonnen«, sagte da eine Stimme hinter mir. »Also ist es egal, ob du gegen mich wählst oder nicht.«

Hannah lächelte selbstgefällig. Sie sah so ordentlich und adrett aus wie immer und ihr Haar glänzte wie Seide unter dem Schein der Neonröhren über uns.

Sie trat einen Schritt auf mich zu und reichte mir ein kleines Stück gefaltetes Papier.

»Was ist das denn?«, fragte ich und weigerte mich, es entgegenzunehmen.

»Das restliche Geld, das ich dir schulde. Dreihundert Dollar, ich hab dir einen Scheck ausgestellt.«

Mein Herz flatterte in meiner Brust, fast hätte ich keine Luft mehr bekommen. »Hat er Schluss gemacht?«

Sie nickte. »Gestern Abend, war echt tragisch. Sind reichlich Tränen geflossen.«

Immer noch weigerte ich mich, nach dem Scheck zu greifen, den sie mir hinhielt. Ich starrte auf das Ding, unfähig, mich zu rühren.

»Was war das eigentlich letzte Woche, als du mir vorgeworfen hast, ich würde Zac betrügen?« Hannah hob die Augenbrauen und wartete auf eine Erklärung.

»Mein Bruder arbeitet an einem Fotoprojekt für den Kunstunterricht.« Ich wusste noch nicht mal, warum ich überhaupt das Bedürfnis hatte, ihr das zu erklären. Hannah war ja diejenige, die ständig alle hinterging, sie hätte selbst mal einiges erklären sollen. »Er hat vor ein paar Wochen zufällig ein Foto von dir und einem Typen geschossen, draußen vor dem Buchladen. Und dann noch mal beim Kino.«

Und dann tat Hannah etwas, das ich bei ihr schon richtig lange nicht mehr erlebt hatte.

Sie lachte.

Jetzt war ich diejenige, die fragend die Stirn in Falten legte. »Was ist denn daran so witzig?«

»Du bist witzig. Du erwartest wirklich immer das Schlechteste von jedem, nicht wahr? Wenn ein Mädchen mit einem Jungen zusammen gesehen wird, der nicht ihr Freund ist, dann betrügt sie ihn ganz offensichtlich. Deine Welt besteht nur aus Schwarz und Weiß. Da bleibt kein Raum mehr für Zwischentöne.«

»Dann hast du Zac also nicht betrogen?«

»Natürlich nicht. Warum sollte ich einen Freund loswerden wollen, der zu viel meiner wertvollen Zeit auffrisst, um mir dann gleich einen neuen zu suchen? Nicht dass es dich irgendwas anginge, aber der Kerl, mit dem dein Bruder mich gesehen hat, war mein Coach, mein Lebensberater. Der hält mich davon ab, völlig durchzudrehen und dir den Kopf abzureißen.«

Hannah hatte einen *Lebensberater*?

»Ist das so was wie ein Therapeut?«, fragte ich.

Hannahs finsterer Blick sorgte dafür, dass ich sofort den Mund zuklappte. »Er ist kein Therapeut. Ein Lebensberater hilft einem dabei, den alltäglichen Stress zu reduzieren. Und er berät mich, wie ich mich nur um meine eigenen Erwartungen an mich selbst kümmere statt um die von anderen Leuten. Er war mir eine immense Hilfe in den vergangenen Monaten.« Sie grinste. »Vielleicht solltest du das auch mal ausprobieren.«

Ich versuchte, mir auf das Ganze einen Reim zu machen, aber mir war auf einmal schwindelig. Wieder einmal hatte das Gedankenkarussell sich zu drehen begonnen, ich brachte einfach nichts unter Kontrolle.

»Aber wenn du doch einfach nur allein sein wolltest, warum dann der ganze Plan, dass ich dir Zac ausspanne?«, fragte ich. »Ich bin mir sicher, wenn du mit ihm geredet und ihm erklärt hättest, wie du dich fühlst, dann hätte er das doch verstanden und dich gehen lassen. Ihr hättet schon vor langer Zeit einfach so Schluss machen können. Warum hast du mich da mit reingezogen, damit ich ihm wehtue?«

Ihr Blick wurde hart und sie verschränkte trotzig die Arme. »Der Plan war nicht, Zac zu verletzen.«

Schweigen machte sich breit zwischen uns. Etwas weiter den Flur runter hörte ich Stimmen und Schritte und Spindtüren, die zuflogen, als immer mehr Schüler für den letzten Tag des Schuljahres eintrafen. Endlich hatte sich das Chaos in meinem Kopf ein wenig gelegt, denn mir wurde klar, dass es letzten Endes um das ging, was Hannah *nicht* gesagt hatte.

Der Plan war nicht gewesen, Zac wehzutun. Sie hatte *mir* wehtun wollen.

»Hannah«, sagte ich, wobei ich einen Schritt auf sie zuging. Auf diese Weise versuchte ich, die Kluft zu verkleinern, die sich in den vier Jahren zwischen uns aufgetan hatte. »Das, was damals in diesem Sommer passiert ist, tut mir leid.«

Hannah wurde stocksteif. Ein Muskel an ihrem Kiefer zuckte leicht, doch sie hob lediglich die Schultern. »Spielt doch jetzt keine Rolle mehr. Wir sind quitt.«

So vieles hatte sich verändert seit jenem Sommer. Hannahs Familie hatte sich verändert, ihr komplettes Leben hatte sich verändert, und ich war nicht für sie da gewesen, so wie früher. Das Verschwinden meiner Mom hatte nicht nur Einfluss auf mich gehabt, sondern auch auf viele andere Menschen, wie mir jetzt erst klar wurde.

»Erinnerst du dich an damals, als wir den ganzen rohen Kuchenteig in uns reingestopft haben, den deine Mutter im Kühlschrank hatte?«, fragte ich ganz unvermittelt.

Der Anflug eines Lächelns zuckte um ihre Mundwinkel. »Ganze fünf Tüllen voll«, meinte sie. »Meine Eltern waren überzeugt, dass wir an einer Kolik sterben würden.«

»Mir war ja tatsächlich die ganze Nacht schlecht und ich hatte Bauchschmerzen.« Ich schenkte ihr ein trauriges Lächeln. »Wenn ich die Zeit zurückdrehen und ändern könnte, was damals geschehen ist, würde ich es tun.«

Hannahs Miene verdüsterte sich erneut. »Was geschehen ist, ist geschehen. Und glaub mir, ich vermisse *dich* garantiert nicht.«

Doch mitten während dieses Satzes versagte ihr die Stimme, sodass es mir ganz danach klang, als würde sie lügen.

Abermals hielt sie mir den Scheck hin. »Was ist, willst du den jetzt oder nicht?«

Ich betrachtete das Papier, griff allerdings nicht danach. »Nein, ich will ihn nicht.«

Hannah blinzelte. »Wie bitte?«

Ich zog den ersten Scheck von ihr aus der Tasche und zerriss ihn in ordentliche kleine Quadrate. »Ich bin raus. Ich spiel nicht mehr mit.«

»Es ist doch längst vorbei. Du brauchst nur noch den Scheck einzulösen, dann kannst du abdüsen und die Welt retten, wie du es dir immer erträumt hast.«

»Diese Welt kann auch noch ein weiteres Jahr auf mich warten.« Ich öffnete ihre Hand und ließ die winzigen Papierschnipsel hineinfallen.

Dann schulterte ich meinen Rucksack und lächelte sie an.

»Lass dir von deiner Mom bitte nicht einreden, du wärst nicht gut genug, okay?«

Ihre braunen Augen wurden glasig, und sie presste die Zähne aufeinander, sodass die Muskeln an ihrem Kiefer zuckten.

Die erste Stunde an diesem letzten Schultag vor den Sommerferien wurde gerade angekündigt, als ich davonmarschierte. Dann hielt ich noch einmal inne und drehte mich zu ihr um.

»Ach, übrigens. Ich hab nicht gegen dich gestimmt.«

Achtundzwanzig

»Kann ich Ihnen helfen?«

Ich fuhr zusammen, als ich die Stimme hinter mir hörte, und richtete mich auf. Gerade hatte ich mich über die Kühlerhaube von Zacs Wagen gebeugt. Sein Dad stand in der Einfahrt vom Haus der Greeleys, direkt hinter mir, und musterte mich mit einem argwöhnischen Blick.

Dann allerdings schien er mich zu erkennen und nickte mir zu. »Sie sind diese Freundin von Zac, nicht wahr?«

Ich nickte. »Ja. Avery James.«

»Genau.« Mr Greeley nahm einen Schluck aus der Thermostasse in seiner Hand. In der anderen hielt einen Stapel Unterlagen und Ordner. »Kann ich irgendwas für Sie tun?«

Sein Blick wanderte zu dem Wagen hinter mir und dann auf die Nelke in meiner Hand. Die Blume war beim Nelkenverkauf von der Mathe-AG übrig geblieben. Sie war nicht gerade das schönste Exemplar. Es war nicht zu übersehen, warum gerade diese eine Nelke nicht verkauft worden war bei unserer Geldsammelaktion. Sie war klein und hatte irgendwie eine seltsame Farbe. Der Großteil war weiß, doch auf einer Seite war sie irgendwie verfärbt und hatte orange Streifen an den Blütenblättern.

Sie war nicht perfekt, aber irgendwie dann wieder doch.

»Nein, ich wollte Zac nur was dalassen«, erwiderte ich. Meine Wangen glühten, aber ich gab mir alle Mühe, möglichst locker und entspannt zu klingen, da Mr Greeley mich immer noch eindringlich musterte.

Verwirrt kräuselte er die Stirn. »Soll ich Zac sagen, dass Sie hier sind? Er ist drinnen.« Damit deutete er aufs Haus.

Meine Wangen glühten gleich noch mehr. Mr Greeley musste mich wirklich für verrückt halten, wie ich da so in seiner Einfahrt rumschlich und eine Blume an den Wagen von seinem Sohn klemmte.

»Nein, danke. Ich muss wieder weiter. Ich wollte die nur kurz für Zac hinterlassen …« Ich fuchtelte mit der erbärmlichen Nelke in Richtung von Zacs Auto.

Mr Greeley sah mich noch einen Augenblick länger prüfend an und trank dabei erneut aus seiner Thermostasse. »Okay. Wenn Sie meinen. Ich hab ein paar Auswärtsjobs zu erledigen, also muss ich jetzt los. War schön, Sie wiederzusehen.«

Er marschierte auf seinen Wagen zu, auf dessen Tür »Greeleys Schüsseldienst« zu lesen war. Er stellte die Thermostasse auf dem Dach des Fahrzeugs ab, während er seine Tasche nach den Schlüsseln absuchte.

»Mr Greeley?«

Er hielt inne und drehte sich noch einmal zu mir um. »Ja?«

Einen Moment lang dachte ich darüber nach, ihm die

Wahrheit darüber zu erzählen, was Zac gern aus seinem Leben machen würde. Doch war es nicht an mir, ihm dieses Geheimnis zu verraten. Ich durfte Zacs Leben genauso wenig kontrollieren wie das von jemand anderem. Wenn Zac seinen Vater nicht einweihen wollte, dann konnte ich nichts dagegen tun.

»Zac ist ein toller Junge«, sagte ich und schluckte die Nervosität hinunter, als er mich eindringlich anstarrte. »Er ist witzig und klug, viel klüger, als manche Leute glauben. Man sollte sich seine verrückten Ideen hin und wieder anhören und ihn auch mal ernst nehmen. Lassen Sie ihn der Mensch sein, der er sein will. Denn er ist wirklich ein toller Mensch.«

Mr Greeley sah mich immer noch schweigend an und sein todernster Blick bohrte sich in mich. Er hielt die Schlüssel mit der Faust fest umschlossen. Ich verstand jetzt, wie Zac sich fühlte, wenn sein Dad ihn ansah – als würde der ihn auf irgendwelche Makel hin untersuchen.

Doch dann zuckten ganz unvermittelt seine Mundwinkel und er verzog die Lippen zu einem kleinen Lächeln. »Ich denke«, sagte er, »wenn man danach geht, wie oft mein Sohn Ihren Namen erwähnt, dass er Sie ebenfalls ziemlich toll findet.«

Die Luft blieb mir irgendwo im Hals stecken, sodass ich unfähig war zu antworten. Mr Greeley nickte mir noch einmal zu, ehe er in seinen Wagen stieg und davonfuhr.

In dem Haus hinter mir war alles ruhig. Ich betrachtete die Fenster, doch Zac war nirgends zu sehen. Ich wusste nicht, ob er gesehen hatte, dass ich hier war, doch ich wollte nicht riskieren, dass er mir die Tür vor der Nase zuschlug, wenn ich jetzt versuchte, mit ihm zu reden.

Daher wandte ich mich wieder zu seinem Auto um und hob den Scheibenwischer an. Ich steckte die Nelke darunter und legte noch ein Blatt Papier dazu, das ich ordentlich gefaltet hatte.

Auf dem Zettel stand nichts weiter als »Mitternachts-Comedy?«

Neunundzwanzig

Meine Schuhe schleiften über den Betonboden, als ich die Tür zu dem Laden der Tankstelle aufschob. Jake lehnte hinter dem Tresen am Zeitschriftenregal. Ich dachte schon, er würde schlafen, als er plötzlich die Augen öffnete und mir zunickte.

»Hey. Avery, nicht wahr?«

Ich nickte. »Genau.«

Er tippte sich an die Schläfe. »Ich vergesse nie ein Gesicht oder einen Namen. Bist du mit Zac hier?«

Als ich vor einer Viertelstunde aus dem dunklen Haus geschlichen und quer durch die Stadt gebraust war, zu dieser späten Uhrzeit, um mir einen Slushie zu holen, da war mir das kein bisschen lächerlich vorgekommen. Doch jetzt wurde mir klar, wie absurd die Situation eigentlich war. Ich stand hier in Zacs Tankstelle, wollte mir Zacs Getränk kaufen, redete mit Zacs Kumpel. Und das alles ohne Zac.

»Nein, ich bin allein.« Ich hielt bedauernd die Hände hoch, um ihm zu signalisieren, dass er sich wohl mit mir als Gesellschaft würde begnügen müssen.

Doch Jake schien das kein bisschen ungewöhnlich zu finden. Wieder nickte er. »Cool.«

Ich begab mich in den hinteren Teil des Ladens, ehe mich noch der Mut verließ. Eine ordentliche Ladung Zucker war genau das, was ich jetzt brauchte. Die Automaten surrten wie üblich und wirbelten die rote, grüne und lila Flüssigkeit in den Behältern herum.

Dann versuchte ich es zwanzig Minuten lang, doch ganz gleich, was für Kombinationen ich auch ausprobierte, ich bekam die Mischung aus Kirsche, Limette und Traube einfach nicht richtig hin. Diese Fähigkeit besaß offensichtlich nur Zac. Ich starrte in meinen Slushie und runzelte die Stirn, denn der Geschmack war echt komisch. Ich kam einfach nicht drauf, was noch fehlte. Nichts von dem, was ich versuchte, half.

Jake lehnte immer noch am Zeitschriftenständer, den Kopf gegen das Hochglanzcover der *Time* gelehnt und die Augen geschlossen. Gerade wollte ich das Geld auf den Tresen legen und ihn schlafen lassen, als mir auffiel, dass seine Lippen sich bewegten.

Er musste irgendwie mitgekriegt haben, dass ich vor ihm stand, denn er schlug jetzt die Augen wieder auf. »Ich lerne«, nahm er die Antwort auf meine ungestellte Frage vorweg. Er tippte meinen Slushie in die Kasse ein.

»Zac hat mir erzählt, dass du Rettungssanitäter werden willst«, sagte ich, während ich ihm das Geld für den nicht ganz perfekten Slushie reichte.

Jake nickte. »Ich hab noch ein Semester vor mir. War ein

ganzer Haufen Arbeit, aber ich freu mich schon, wenn ich dann den Abschluss hab.«

»Ich möchte gern mal Ärztin werden«, erzählte ich ihm. »Aber ich hab mich noch nicht entschieden, auf welches Fachgebiet ich mich spezialisieren will. Ich schau mir immer noch die ganzen Optionen an und lese so viel wie möglich über die unterschiedlichen Richtungen.«

Jake bewegte den Kopf langsam auf und ab und deutete so ein Nicken an. »Das ist cool. Vielleicht behandeln wir ja eines Tages gemeinsam dieselben Patienten.«

»Vielleicht«, erwiderte ich lachend. »Aber ich muss erst mal das Medizinstudium hinter mich bringen. Eigentlich wollte ich diesen Sommer an einem medizinischen Praktikum in Costa Rica teilnehmen. Aber ich hab nicht genug Geld zusammensparen können, also muss ich bis nächstes Jahr warten.«

»Hast du dir die Ferienpraktika im Krankenhaus schon mal angesehen?«

Ich legte den Kopf schief. »Im Krankenhaus von Willowbrook?«

»Ja, genau. Die bieten echt tolle Praktika an für Leute von der Highschool. Man macht zwar nicht viel, Bettwäsche wechseln und den Ärzten den ganzen Tag hinterherrennen, aber zumindest bekommt man einen guten Eindruck vom alltäglichen Arbeitstrott von Medizinern. Und das Ganze ist kostenlos, da es sich um ein Freiwilligenprogramm handelt.«

Ich war noch nicht mal auf die Idee gekommen, im örtlichen Krankenhaus nach irgendwelchen Praktika zu fragen. Ich hatte mich voll und ganz auf Costa Rica versteift. Ein Grinsen machte sich in meinem Gesicht breit.

»Jake, du bist ein Genie.«

Er zuckte die Achseln und warf mir ein verlegenes Lächeln zu. »Tja, ich will ja nicht angeben, aber …«

Nachdem ich den Laden wieder verlassen hatte, setzte ich mich in mein Auto und trank den Slushie. Draußen funkelten die Sterne und das rote Licht von einem Flugzeug blinkte immer wieder am nächtlichen Himmel über mir auf. Es fuhren nur wenige Fahrzeuge vorbei, ein leises Brummen, ehe sie wieder um die Kurve verschwanden. Die blaue Leuchtanzeige der Digitaluhr an meinem Armaturenbrett zeigte zwölf Uhr einundzwanzig an. Die Welt lag ruhig und friedlich da.

Als ich mich ein wenig auf dem Sitz hin und her bewegte, quietschte der Plastikbezug ganz leise.

Ich runzelte die Stirn. Irgendwas war komisch und das betraf nicht nur die üble Slushie-Mischung in meinem Becher.

Ich kletterte aus dem Wagen und riss den Plastikbezug vom Sitz. Dann öffnete ich auch noch die restlichen Türen und nahm sämtliche Bezüge ab. Ich ballte sie zu einem Knäuel zusammen und stopfte sie in den Kofferraum.

Wenn mich jetzt irgendwer beobachtete, hielt er mich garantiert für komplett verrückt. Panik überkam mich, als mir klar wurde, was ich getan hatte. Von nun an riskierte ich, meinen Wagen zu ruinieren, den ich bisher so sorgfältig behandelt und in möglichst ordentlichem Zustand gehalten hatte. Wenn ich auch nur einen Tropfen verschüttete, wäre alles versaut.

Doch als ich mich dann wieder setzte, musste ich unwillkürlich kichern. Ich fuhr mit der Hand über den weichen Stoff der Sitze. Fast hatte ich vergessen, wie sie sich unter dem Plastik anfühlten. Dass ich die Bezüge abgenommen hatte, kam mir vor wie eine kleine Rebellion, und ich kämpfte gegen die leise Stimme in meinem Kopf an, die mir sagte, ich würde meinen Slushie verschütten und der Fleck würde dann nie wieder rausgehen.

Freude überflutete mich und strömte durch meinen Körper, bis meine Fingerspitzen und Zehen prickelten. Ich fühlte mich, als könnte ich es mit der ganzen Welt aufnehmen.

Das Gefühl durfte ich auf gar keinen Fall wieder loslassen, um das, was ich als Nächstes vorhatte, durchzustehen.

***

Die Comedyshow hatte bereits angefangen, als ich beim Rose Castle eintraf. Ein paar Minuten lang blieb ich draußen auf dem Parkplatz sitzen und sagte mein Handknochenmantra auf, um meine Nerven zu beruhigen.

Ich schaffte das. Wenn Mr Throckmorton das Ganze mitbekäme, würde er mich dafür wahrscheinlich umbringen und ziemlich sicher sogar feuern, doch das wäre okay für mich. Manchmal war es das Risiko einfach wert, oder?

Ich huschte also in den Laden, ohne viel Aufmerksamkeit zu erregen, trotz der riesigen Tasche, die ich über der Schulter trug. Elliott hatte mir dabei geholfen, sie nach meiner Schicht heute Abend aus dem Diggity Dog House zu schmuggeln. Gerade stand eine junge Frau auf der Bühne und erzählte einen Witz über ihren Exfreund. Ich durchsuchte das Publikum, konnte Zac aber nirgends entdecken. Schweiß brach mir auf der Stirn aus. Was, wenn er gar nicht hier war? Hatte er sich ausgerechnet diesen Abend ausgesucht, um mal nicht zur Comedyvorstellung zu kommen?

Ich hielt mich nahe an der Wand und machte mich auf den Weg zu der Person, die hier verantwortlich zu sein schien. »Ich würde gerne heute Abend auftreten«, erklärte ich dem Mann.

Er musterte mich unter den dichten, buschigen Augenbrauen hervor. Sein Kopf war kahl im Gegensatz zu dem dichten Haar auf seiner Stirn. Er sah irgendwie witzig aus.

»Bist du schon mal aufgetreten?«

Ich schüttelte den Kopf. »Mein erstes Mal.«

Einen Moment lang betrachtete er die Teilnehmerliste. »Du kannst in fünfzehn Minuten rauf, da habe ich eine kleine Lücke.«

»Okay.« Ich wischte mir die verschwitzten Hände an der Jeans ab. »Könnten Sie mir vielleicht sagen, wo ich die Toilette finde?«

Er deutete grob in eine Richtung hinter mir, ehe er sich wieder abwandte. Ich kämpfte mich zwischen den Tischen hindurch und stieß dabei aus Versehen ein paar Leute mit meiner Tasche an.

Nachdem ich mich ein paarmal hintereinander entschuldigt hatte, fand ich endlich die Toilette und stieß die Tür auf. Drinnen waren die Geräusche aus dem Diner nur noch gedämpft zu hören.

Ich lehnte mich gegen das Waschbecken und starrte in den fleckigen Spiegel. Mein Haar hatte sich zum Teil aus dem Pferdeschwanz gelöst und meine Wangen waren gerötet. In meinem Blick lagen definitiv bereits die ersten wilden Anzeichen für eine aufkeimende Panikattacke. Ich spritzte mir ein wenig kaltes Wasser ins Gesicht und redete mir selbst ein, dass das alles schon gut gehen würde. Wenn Zac heute Abend nicht hier war, dann würde ich einfach so lange wiederkommen, bis er endlich auftauchte. Ich hatte ja versucht, mich zu entschuldigen. Das hier war meine letzte Hoffnung.

Als eine Toilettenspülung betätigt wurde, ging ich vom Waschbecken weg, um Platz zu machen für die Frau, die aus der Kabine kam, damit sie sich die Hände waschen konnte.

»Hey, Süße«, begrüßte sie mich mit fröhlicher Stimme.

Ich sah auf und erkannte die Frau mit den wilden, blonden Locken, die mich breit angrinste. Sie verbreitete einen Duft nach Pfefferminze und auf ihrem leuchtend blauen T-Shirt stand »Zac-Pack« vorne drauf.

»Ich bin Ally«, half sie mir auf die Sprünge, während sie sich die Hände wusch. »Du bist doch Zacs Freundin, oder?«

Ich nickte und lächelte sie an, auch wenn ich das Gefühl hatte, dass ich mich gleich übergeben musste. »Genau. Avery. Schön, dich wiederzusehen.«

»Schön, *dich* zu treffen.« Wie schon beim ersten Mal hatte sie kein Problem damit, mir auf die Pelle zu rücken. Sie umarmte mich ganz fest, so als würde sie die ganze Zeit irgendwelchen Leuten um den Hals fallen.

Möglicherweise tat sie das ja wirklich.

»Weißt du denn, ob Zac hier ist?«, fragte ich sie.

Sie schüttelte den Kopf. »Hab ihn nicht gesehen. Aber die Nacht ist ja noch jung. Er kommt vielleicht ein wenig später.«

Ich ächzte. »Ich tret in ungefähr zwölf Minuten auf, ich hoffe echt, er kommt bald.«

Allys Augen wurden ganz groß und sie stieß einen Kreischer aus. »Du trittst auf? Das ist ja klasse, zeig's ihnen, Mädel!«

Ich lachte, weil sie so aufgeregt war. »Freu dich nicht zu früh. Du hast mich ja noch nicht gesehen. Vielleicht bin ich ja ganz schrecklich.«

»Solange du das Publikum zum Lachen bringst, liegst du genau richtig.« Sie klatschte in die Hände. »Ich kann es kaum erwarten. Ich steh auf jeden Fall ganz vorne.«

Sie umarmte mich noch einmal, ehe sie mich allein auf der Toilette zurückließ. Ich huschte in eine der Kabinen, sperrte die Tür hinter mir zu und ließ die Tasche auf den Boden plumpsen.

Dann lehnte ich den Kopf an die kühle Metalltür und stieß langsam die Luft aus. Hatte ich eigentlich komplett den Verstand verloren? Was hatte ich denn bei einer Comedyshow auf der Bühne verloren?

Ich erinnerte mich an das letzte Mal, als ich hier gewesen war. Als Zac mich auf die Bühne holen wollte und alle sich zu mir umgedreht hatten. Damals hatte ich mich gefühlt wie auf dem Präsentierteller, alle konnten mich anstarren und kritisieren.

Das Entscheidende an der Comedy war ja, dass man die Leute zum Lachen brachte, rief ich mir selbst in Erinnerung. Und es war *gut,* wenn sie lachten.

Noch einmal holte ich tief Luft, griff nach unten und zog den Reißverschluss der Tasche auf.

Mir kam es vor, als wären Stunden vergangen, als ich endlich die gedämpfte Stimme des Moderators der Show hörte. »Und jetzt haben wir heute Abend ein neues Talent hier im Rose Castle. Das erste Mal auf der Bühne, bitte Applaus für Avery James!«, verkündete er.

Ich war die ganze Zeit auf der Toilette geblieben, doch jetzt zog ich die Tür auf und hielt sie mit einem Fuß auf, während ich meine Hand in einen der riesigen weißen Handschuhe steckte. Dann machte ich mich auf den Weg zur Bühne.

Das Publikum drehte sich wie auf Kommando zu mir um.

Und dann lachten alle.

Während ich mich, verkleidet als Bob der Riesen-Hotdog und mit einem tragbaren CD-Player in der Hand, zur Bühne durchkämpfte, stellte ich fest, dass das gar nicht so einfach war. Ich stolperte und rannte gegen ein paar Tische und Stühle, ehe sich ein älterer Herr meiner erbarmte und mir die kleine Treppe zur Bühne hoch half.

»Hallo zusammen«, verkündete ich durchs Mikrofon, wobei mich die Lautstärke meiner Stimme, die durch den schwach beleuchteten Raum dröhnte, zusammenzucken ließ. »Wie geht's euch heute Abend so? Mir geht es ausnahmsweise mal so richtig gut. Ich sag mir nämlich jeden Morgen vor dem Spiegel ein positives Mantra auf. Es ist absolut wichtig, dass man den Tag mit positiven Gedanken beginnt. Deshalb guck ich in den Spiegel und sage mir: ›Geh jetzt raus da und stelle dich der Welt, Avery. Du schaffst das. Du bist die Beste. Du bist ein Würstchen!‹«

Durch das Netz vor den Augen konnte ich das Publikum kaum sehen. Doch das Gelächter vernahm ich ganz deutlich. Es klang höflich, aber ich hatte auch gar nicht erwartet, sie mit meinen Witzen vom Hocker zu hauen.

»Was mir aber wirklich hilft, ist ein Trick, den ich von einem guten Freund hab«, fuhr ich fort. »Er tanzt manchmal einfach nur zum Spaß herum. Selbst wenn keine Musik an ist, tanzt er, einfach weil er Lust drauf hat. Und wir haben eine Wette abgeschlossen, dass ich für ihn tanzen würde, wenn wir eine gute Note für unser gemeinsames Schulprojekt bekommen. Also will ich zur Feier des Tages mit meinem Wurstkörper hier auf der Bühne das Tanzbein schwingen.«

Ein paar Leute feuerten mich an, während ich den CD-Player auf dem Boden abstellte und das Mikrofon vom Ständer nahm, um es neben den Lautsprecher zu legen, damit jeder die Musik hören konnte.

Als der Song »Who Let the Dogs out?« aus dem Miniplayer durch das Diner dröhnte, zögerte ich keine Sekunde. Ich machte mir keinerlei Gedanken, was die Leute von mir denken würden. Es war nämlich wurst, ob ich perfekt war oder nicht, das Einzige, was zählte, war, dass ich das Publikum zum Lachen brachte.

Und so legte ich wirklich jeden Tanz hin, den ich kannte. Den Hot-Diggity-Shuffle. Den Moonwalk. Den Twist. Den Kaffeemühlentanz. Selbst ein paar Bewegungen, die man noch nicht mal als echten Tanz bezeichnen konnte, vollführte ich und gab mich völlig der Musik hin, die mich in wilden Verrenkungen über die Bühne fegen ließ.

Und das Publikum war restlos begeistert. Die Leute jubelten und lachten, sodass sie die Musik übertönten, weshalb ich noch nicht mal mehr wusste, ob ich überhaupt zum Takt der Musik tanzte. Die meisten sprangen auf und tanzten vor ihren Stühlen mit.

Als ich schließlich aufhörte, völlig außer Puste und schweißüberströmt, warf ich den Kopf zurück und lachte lauthals im Inneren des Hotdog-Kostüms. Ich hatte endlich das Gefühl, von mir selbst befreit zu sein, von jeglichen Regeln und dem absoluten Ordnungswahn, den ich mir stets auferlegt hatte. Ich fühlte mich wieder wie das kleine, unbeschwerte Mädchen, das ich einmal gewesen war, ehe das Leben mir einen Strich durch die Rechnung gemacht hatte. Endlich kroch ich hinter der Mauer hervor, hinter der ich mich all die Jahre versteckt hatte.

»A-ver-y! A-ver-y!«, intonierte das Publikum und verlangte so nach einer Zugabe. Während ich von der Bühne stolperte, winkte ich den Leuten zu. So spaßig das Ganze auch war, für das erste Mal war es vorerst genug.

Ich huschte zur Tür des Diners hinaus, nachdem ich mich durch das Publikum gekämpft hatte. Alle wollten mich anhalten und mir die Hand schütteln oder mir den Brötchenhintern tätscheln und mir sagen, wie toll ich doch war. Ally versprach, den Schriftzug auf ihrem T-Shirt in »Avery & Zac-Pack« abzuändern.

Als ich endlich draußen stand, schälte ich mich gerade so weit aus meinem Kostüm, dass mein Oberkörper sich von der glühenden Hitze im Inneren erholen konnte. Ich schnaufte kurz durch, schloss die Augen und sog die frische Nachtluft ein. Endlich hatte es ein wenig abgekühlt, die Rekordhitze machte eine kurze Pause, ehe der Sommer ganz offiziell begann.

»Ich muss schon sagen«, hörte ich jemanden ganz in der Nähe sagen, »das waren echt ganz schön beeindruckende Tanzbewegungen.«

Ich schlug die Augen auf, und da stand er und lehnte an der Motorhaube meines Wagens, die Arme vor der Brust verschränkt.

Ich wagte es kaum zu atmen, weil ich Angst hatte, ich könnte den Zauber brechen und er würde sich in der Dunkelheit der Nacht ins Nichts auflösen.

Doch als ich ein paarmal kurz blinzelte, war er immer noch da.

»Hey.«

»Hey.«

»Ich dachte nicht, dass du noch kommen würdest.«

»Glaubst du, ich lass es mir entgehen, wenn du die Schwarte kreisen lässt? Eine Million begeisterter Zac-Fans hätten mich nicht abhalten können.« Er lächelte, allerdings wirkte es ein wenig reserviert, als ob er unterhalb der witzelnden Fassade immer noch ein wenig Bedenken hatte, was da zwischen uns geschah.

Ich grinste und versuchte, meine eigene Nervosität zu überspielen. »Pass lieber auf. Sonst spann ich dir noch deinen Fanklub aus und mache die Leute zu meiner eigenen kleinen Avery-Armee.«

Er sah mich mit hochgezogener Braue an. »Willst du einen Tanzwettbewerb veranstalten? Dann werden wir schon sehen, wer gewinnt. Du hast vielleicht ein paar Moves drauf, aber ich hab den Stil.« Damit legte er einen kurzen Moonwalk über den gekiesten Parkplatz hin, dann drehte er sich um und kam wieder auf mich zu.

Ich lachte, genau wie er auch, und einen kurzen Augenblick lang waren in der ansonsten nächtlichen Stille nur das gedämpfte Gelächter und der Applaus zu hören, die vom Diner zu uns rüberwehten, vereint mit unserem eigenen Lachen.

Dann allerdings verblasste mein Lächeln, und ich sah ihn an, in der Hoffnung, er würde dieses Mal nicht davonlaufen.

»Mir tut das alles so leid, was ich getan habe. Ich war echt bescheuert und hab alles total vermasselt. Ich wollte dir wirklich niemals ernsthaft wehtun.« Ich redete einfach drauflos, hatte keine Kontrolle mehr über die Worte, die aus meinem Mund sprudelten, doch mir war einfach nur wichtig, dass er begriff, wie schrecklich ich mich mit dem fühlte, was geschehen war. »Am Anfang hab ich echt nur an mich selbst gedacht, aber dann mit der Zeit, als ich dich besser kennenlernte, da wurde mir klar, wie falsch das war. Ich hatte nicht erwartet, dass ich solche Gefühle für dich entwickeln würde. Ich hab das Geld nicht genommen. Ich hab's ihr zurückgegeben.«

Zac vergrub die Hände in den Taschen. Sein neutraler Gesichtsausdruck ließ keinerlei Deutung meinerseits zu. »Was ist mit Costa Rica?«

»Ich muss eben noch ein Jahr warten, aber das ist schon okay. Costa Rica rennt mir nicht weg, und ich hab den ganzen Sommer Zeit, um mir das restliche Geld zusammenzusparen. Ich hätte das nicht mit Hannahs Kohle machen können, nicht wenn der Preis dafür du warst. Das alles war ein riesengroßer Fehler.«

»Aber es hatte auch sein Gutes«, meinte Zac, während er mit dem Fuß eine Furche in den Kiesbelag des Parkplatzes zog. »Wir hatten ja schließlich eine Abmachung. Wenn wir für das Projekt eine gute Note bekommen, dann tanzt du und ich rede mit meinem Dad.«

Meine Augen weiteten sich. »Du hast ihm das mit der Comedyshow erzählt?«

Zac nickte. »Gestern hab ich ihm alles gestanden. Er hat zwar nicht so positiv reagiert, wie ich mir das erhofft hätte, aber zumindest hat er nicht damit gedroht, dass er mich in den Laden sperrt und mich zwingt, die Schlüsselmacherei zu mögen. Heute schien er schon viel besser damit klarzukommen. Er meinte, er wolle demnächst mal vorbeischauen und sich einen Auftritt von mir ansehen. Ich würde also sagen, dass wir schon Fortschritte gemacht haben.«

Vielleicht hatte das, was ich zu Mr Greeley gesagt hatte, auch ein bisschen geholfen. »Irgendwann findet er sich schon damit ab«, sagte ich, in der Hoffnung, ich möge recht behalten. Zacs Gesicht strahlte nur richtig, wenn er glücklich war. Deswegen musste er auf der Bühne stehen und für die Leute auftreten.

»Das war schon richtig scheiße, was du da gebracht hast«, meinte er, ohne mich dabei anzusehen. »Ich konnte echt nicht glauben, dass du nur deshalb Zeit mit mir verbracht hast, weil Hannah dich dafür bezahlt hat.«

Der verletzte Unterton in seiner Stimme sorgte dafür, dass sich mir die Brust verkrampfte. »Das war nicht der einzige Grund, weshalb ich mit dir zusammen sein wollte.«

Als er darauf nichts erwiderte, seufzte ich. »Ich war eh voll die Niete, was das Ausspannen betrifft, falls das irgendwas besser macht. Ich hab keinen Schimmer, wie man richtig flirtet und einen Typen erobert.«

»Eigentlich«, meinte Zac, »fand ich dich ziemlich gut darin.«

Er blickte mich unter dem dunklen Haarschopf hervor an, der ihm vor die Augen gefallen war. Den Kopf hatte er immer noch geneigt und ein winziges Lächeln machte sich auf seinem Gesicht breit.

Mein Herz rutschte mir auf der Stelle in den dicken Brötchenhintern.

»Im Ernst?« Ich tippte mir mit dem Finger ans Kinn. »Ich hatte eigentlich vor, mich zur Ruhe zu setzen und aufzuhören mit dem professionellen Ausspannen von Freunden, aber wenn ich echt so gut bin darin, sollte ich vielleicht weitermachen?«

Zac packte meine Handgelenke und zog mich an sich heran, sodass der Schaumstoff-Hotdog zwischen uns platt gedrückt wurde. »Bitte stiehl keine Herzen mehr«, sagte er zu mir. »Du hast doch schon meins.«

Und dann küsste er mich, seine warmen Lippen landeten ganz sanft auf den meinen. Seine Finger verfingen sich in meinem Haar und er zog mich noch fester an sich heran.

Als wir uns schließlich wieder voneinander lösten, um Luft zu holen, hatte ich das Gefühl, meine Lungen würden gleich platzen. »Ich dachte, wir wären kein gutes Paar«, sagte ich dann. »›A bis Z Paardienste‹ hat uns schließlich nicht einander zugeordnet.«

»Ich dachte, du glaubst nicht an den Partnervermittlungsquatsch?«

»Eine gute Geschäftsfrau sollte dem, was sie verkauft, wenigstens ein gewisses Vertrauen entgegenbringen.«

»Eine gute Geschäftsfrau weiß aber auch, dass sich manchmal auch ganz unerwartet was ändert und dass ein Computer nicht alles berücksichtigen kann in seiner Kalkulation.«

»Hmm«, machte ich und schlang ihm die Hände um den Nacken. »Und was hat sich jetzt verändert?«

»Na ja, erstens steh ich echt voll auf Hotdogs.« Zacs Mund verzog sich zu einem Grinsen und seine Augen funkelten im Scheinwerferlicht eines vorbeifahrenden Autos. »Und zweitens siehst du wirklich süß aus, wenn du deinen Wurstkörper kreisen lässt.«

Als ich ihm mit einer meiner riesigen Schaumstoffpranken eine kleben wollte, tauchte er rasch ab. Und dann zog er mich lachend wieder in seine Arme, um mich noch einmal zu küssen.

Abby McDonald

Mein perfekter Sommer

ca. 320 Seiten, ISBN 978-3-570-40136-1

Jenna freut sich auf einen Sommer bei ihrer Patentante in Kanada: Natur pur, süße Jungs in Holzfällerhemden und das alles ganz weit weg von der Ehekrise ihrer Eltern. Doch womit sie nicht gerechnet hat sind Aug-in-Auge-Begegnungen mit Elchen und noch größeren Tieren, die unausstehliche Stieftochter von Tante Susie und dass der süße Reeve sie für eine planlose Großstadttussi hält ...

40108

cbj

www.cbj-verlag.de

Morgan Matson

Amy on the Summer Road

480 Seiten, ISBN 978-3-570-40132-3

Seit dem Tod ihres Vaters hat sich Amy völlig zurückgezogen. Als ob nicht alles schlimm genug wäre, beschließt ihre Mutter von Kalifornien an die Ostküste zu ziehen, und Amy soll nachkommen ... im Auto mit einem wildfremden Jungen! Amy ist verzweifelt. Doch dann steht Roger vor ihr – total süß und irgendwie sympathisch. Die beiden verstehen sich auf Anhieb und sind sich einig: Amys Mom hat sich für den Trip die langweiligste aller Strecken ausgesucht! Und so begeben sie sich kurzerhand auf eine eigene, wilde Reise kreuz und quer durch die Staaten. Und während Amy noch mit ihrer Vergangenheit kämpft, merkt sie, wie sehr sie diesen Jungen mag ...

cbj

www.cbj-verlag.de

40096

Corina Bomann

Kirschenküsse

ca. 220 Seiten, ISBN 978-3-570-40073-9

Sina ist überglücklich: Sie hat die Teilnahme an einem Kreativ-Sommercamp in einem märchenhaften Schloss gewonnen! Und nicht nur das: An dem wunderschönen See im Schlossgarten trifft sie auch gleich noch ihren Traumprinzen: den attraktiven Thomas, der im Schloss als Gärtner jobbt und dessen Aufmerksamkeit ihrem Ego mehr als gut tut. Doch dann verschwindet Sinas Modeentwurf – und wie sich herausstellt, ist der Schuldige jemand ganz anderes, als sie vermutet hatte ...

40049

www.cbj-verlag.de